AS REVELAÇÕES DE DARK

ANTHONY E. ZUIKER
com Duane Swierczynski

AS REVELAÇÕES DE DARK

Tradução de
Ricardo Gomes Quintana

EDITORA RECORD
RIO DE JANEIRO • SÃO PAULO
2012

CIP-BRASIL. CATALOGAÇÃO NA FONTE
SINDICATO NACIONAL DOS EDITORES DE LIVROS, RJ

Z86r

Zuiker, Anthony E., 1968-
As revelações de Dark / Anthony E. Zuiker com Duane Swierczynski; tradução de Ricardo Gomes Quintana. - Rio de Janeiro: Record, 2012.

Tradução de: Dark revelations
Sequência de: A profecia Dark
ISBN 978-85-01-09959-4

1. Homicídios em série - Ficção. 2. Ficção americana. I. Swierczynski, Duane, 1972-. II. Quintana, Ricardo Gomes. III. Título.

12-4703

CDD: 813
CDU: 821.111.(73)-3

TÍTULO ORIGINAL EM INGLÊS:
Dark revelations

Publicado mediante acordo com Dutton, membro do Penguin Group (USA) Inc.

Texto revisado segundo o novo Acordo Ortográfico da Língua Portuguesa.

Editoração eletrônica: Abreu's System

Direitos exclusivos de publicação em língua portuguesa somente para o Brasil adquiridos pela
EDITORA RECORD LTDA.
Rua Argentina, 171 - Rio de Janeiro, RJ - 20921-380 - Tel.: 2585-2000,
que se reserva a propriedade literária desta tradução.

Impresso no Brasil

ISBN 978-85-01-09959-4

Para o tio Denis Scinta, meu maior fã

Os representantes da lei sabem que assassinos são categorizados em uma escala de 25 graus de perversidade, desde os simples oportunistas do grau 1 aos torturadores metódicos do grau 25.

O que quase ninguém sabe é que uma nova categoria de assassinos acaba de surgir.

Apenas um homem é capaz de detê-los.

Seu alvo: assassinos de grau 26.

Seus métodos: tudo o que for preciso.

Seu nome: Steve Dark.

VOCÊ
ENTRARIA
NO
LABIRINTO...?

Capítulo 1

Labirinto

O sem-teto balança para a frente e para trás na esquina, bem em frente ao grande e brilhante falo branco que é o Los Angeles City Hall.

Prepara-se para atravessar a rua ou cair de joelhos e morrer, mas não é a hora dele.

Ainda não.

Após alguns instantes, limpa a testa, segura a caixa debaixo do braço e atravessa devagar a rua.

Boa marionete.

Observo como caminha pela bem-desenhada praça, entrando pela porta da frente do novo e reluzente prédio da polícia, se dirigindo até a divisória de madeira brilhante da segurança.

O sem-teto fica ali, de pé, e espera que o guarda o veja, exatamente de acordo com as instruções que havia recebido.

O guarda pergunta:

— Em que posso ajudar?

A segurança serve para cuidar disso: homens (às vezes mulheres) que surgem naquelas condições em busca de esmola, cigarro ou um banheiro, mas esse sem-teto apenas sorri, revelando gengivas podres, inchadas, e dentes destruídos pelo uso de metanfetaminas. Ele segura uma caixa feito um idiota, gesticulando sem palavras para que o guarda a pegue.

Exatamente como eu lhe disse que fizesse.

A expressão no rosto do guarda parece gritar:

BOMBA.

Todos se agitam.

O prédio novo da polícia possui um sistema antiterrorista moderníssimo — ninguém investe 437 milhões de dólares num novo prédio de polícia sem reservar uma boa parcela dessa soma para segurança, não nesse mundo pós-11 de Setembro, em que prédios do governo e funcionários públicos são o alvo principal.

Pelas janelas de blindex vejo que o sem-teto e sua caixa são rapidamente separados um do outro.

Sento-me no banco e sorvo goles de um café ligeiramente amargo.

Finalmente, a coisa começa.

Posso fazer muitas coisas. Coisas que você sequer é capaz de imaginar.

Tenho poderes, habilidades e aptidões que vão além da compreensão humana.

Não posso ver através das paredes, porém sei exatamente o que está acontecendo neste exato minuto dentro da Central de Polícia.

A suposta B-O-M-B-A foi levada para uma dependência externa, a fim de ser examinada com a ajuda dos equipamentos mais modernos disponíveis. Raios X. Análises químicas. Cada uma delas custa aos moradores de Los Angeles uma fabulosa soma de dinheiro.

O procedimento antigo costumava ser mais simples: explodir primeiro e examinar os resíduos depois.

Mas não agora, não nessa época de maior suscetibilidade.

Se ao menos abrissem a caixa, tudo ficaria explicado. Sabia, contudo, que não o fariam, porque temiam uma bomba lá dentro.

E, verdade seja dita, eles estão certos. Mandei de fato uma bomba.

Só que não está na caixa.

Agora, o sem-teto seria levado a uma sala de interrogatórios, com os comandantes dos departamentos de Antiterrorismo e Operações Especiais.

Verifiquei as escalas e soube exatamente quem estaria naquela sala com o sem-teto malcheiroso.

Homens com passados cheios de altos e baixos.

E o sem-teto não dirá uma palavra. Na melhor das hipóteses, será parcialmente coerente.

Não pedirá advogado nem responderá a perguntas diretas.

Não ousaria.

Exatamente como lhe ensinei.

[Para entrar no Labirinto, acesse Level26.com
e digite o código: *boom*]

Capítulo 2

Dark

Centro de Los Angeles, Califórnia

Quando Steve Dark chegou à cena caótica na Central de Polícia de Los Angeles, uma fileira robusta de uniformes gritava e tentava empurrá-lo para trás — nada de acesso, nada de nada, *não interessa com quem você está, não interessa o que diz*. Dark tirou calmamente o celular do bolso da calça jeans, apertou um botão e depois mostrou a tela ao policial mais próximo.

— Ah, ok. Deixa ele entrar — balbuciou o oficial, abrindo a fileira para que passasse. — Ele pode. Deixa entrar.

Dark ainda tinha passe livre para a cena de qualquer crime, cortesia de Lisa Graysmith. A imagem digital no telefone permitia-lhe acesso a várias áreas policiais do mundo. Era uma insígnia universal do tipo COOPERE COMIGO SENÃO..., com autorização do alto escalão. Dark a recebera num instante, mas sabia que lhe poderia ser retirada com a mesma rapidez.

Levaram-no até a sala de interrogatório atingida pela explosão. A detonação, podia ver, fora brutal, mas de curto alcance: planejada para matar os que estivessem por perto, sem causar, no entanto, danos estruturais ao prédio. As salas eram muito pequenas, com bom isolamento. A explosão não teria outro caminho para se expandir, a não ser atravessando aquelas paredes. Dark pensou na carne arrancada dos ossos, nos fragmentos flácidos do que havia sido vida humana, respingados contra as paredes da sala de interrogatório.

— O que aconteceu?

Um investigador de cenas de crime da polícia de Los Angeles lançou um olhar para a insígnia de Dark e depois explicou que dois detetives estavam naquela sala com o suspeito — um sem-teto que carregava um pacote estranho.

— Só que o problema não estava no pacote — disse o investigador. — O cara é que era uma bomba humana. Estamos tentando juntar as coisas para descobrir de que tipo.

— Onde está o pacote? — perguntou Dark.

— Lá em cima, no laboratório. Pede para chamar o Josh...

— Banner? Eu já o conheço. Obrigado.

Dark ficara sabendo sobre a explosão enquanto preparava o café da manhã para a filha. Colocara o fone de ouvido imediatamente e sintonizara a faixa de rádio da polícia, em busca de mais detalhes: um sem-teto surgira na Central de Polícia de Los Angeles com um pacote, que se imaginou ser uma bomba. No entanto, em vez de a caixa explodir, o *homem* explodiu — matando dois comandantes experientes e ferindo seis policiais. Em questão de minutos Dark deixou a filha aos cuidados da sogra e entrou em seu Mustang, partindo a toda velocidade para o centro.

Aquele não era um incidente terrorista trivial.

Terroristas comuns não deixam pacotes misteriosos para trás.

Steve Dark tinha sido policial.

O melhor entre os melhores, integrando a unidade de caça a criminosos mais exclusiva do FBI — a Divisão de Casos Especiais. Trabalhara com o agente Tom Riggins, o homem que havia tirado a divisão da esfera do Programa de Captura de Criminosos Violentos, do Departamento de Justiça, o ViCap, em meados da década de 1980. Durante anos, os dois, juntamente com outros colegas, perseguiram os piores monstros que já passaram pela face da Terra. E era Dark em geral quem conduzia as caçadas.

Até um dos monstros atacar de novo, da pior forma que se poderia imaginar.

Dark fora criado por uma família adotiva afetuosa, da Califórnia. Os pais, Victor e Laura, achavam que jamais conseguiriam conceber um filho. Adotaram Steve. Logo depois, Laura engravidou. Gêmeos. Mesmo assim, trataram-no da mesma forma que aos irmãos mais novos.

Anos depois, um assassino que não deixava vestígios, que veio a ficar conhecido como Sqweegel, massacrou a família adotiva de Dark da forma mais brutal que Riggins já tinha visto. Steve deixou a Divisão de Casos Especiais e se afastou. Só saiu do isolamento quando o colega o convenceu, e, juntos, numa torturante caçada país afora, pegaram o maníaco responsável.

A um preço terrível, entretanto. Durante o confronto final, Dark perdeu seu grande amor e esteio de sua sanidade — a esposa, Sibby.

Agora, caçava esses monstros por conta própria, enquanto tentava criar a filha de 5 anos, Sibby — batizada em homenagem à mãe. Perseguia os criminosos sem insígnia, sem Riggins, sem o apoio do FBI, sem qualquer autorização oficial.

Em vez disso tudo, contava com o apoio clandestino de um patrono silencioso, com bolsos cheios e equipamento forense que causaria inveja a qualquer divisão policial do mundo. Esse suporte lhe permitia entrar em qualquer cena de crime e executar o que havia nascido para fazer: pegar monstros.

Uma subida de elevador e três corredores limpos, brilhantes e antissépticos depois, Dark encontrou o laboratório de Josh Banner.

— O que você descobriu, Banner?

— Bem, fizemos todas as análises de explosivos e...

Banner interrompeu-se no meio da frase e deu meia-volta, com uma expressão confusa no rosto.

— Steve? O que você está fazendo aqui? Não acredito que tenha voltado para a Divisão de Casos Especiais. Porque, se voltou... Espera, não responde. Não quero saber.

Os dois tinham uma história em comum. Cinco anos antes, Banner havia ajudado Dark a rastrear Sqweegel e, logo depois, entrado para a Divisão de Casos Especiais, onde os dois trabalharam juntos por quatro anos, até que os acontecimentos os colocaram em lados opostos em um caso. Mesmo Dark tendo limpado oficialmente o nome, sabia que o ex-colega ainda sentia desconfiança em relação a ele. E desde esse episódio Banner havia entrado em pânico e voltado para o antigo emprego, no Departamento Forense da polícia de Los Angeles.

— Não, não voltei para a Divisão de Casos Especiais — disse Dark.
— Então, o que havia no pacote?

— Posso perguntar se... quer dizer, se tenho *permissão* de contar para você? — indagou Banner, olhando nervosamente em volta, na direção dos outros técnicos presentes na sala.

Dark mostrou-lhe a insígnia no celular:

— Sim, pode.

— Tudo bem, então — disse Banner, claramente aliviado por não ter que resolver nenhum dilema ético.

Dark exibira a insígnia; Banner mostraria as evidências.

— Não tinha nenhum explosivo no material da caixa. Os caras que trabalham com terrorismo fizeram todos os testes possíveis, e eu ainda fiz mais alguns. Não havia nada nela que pudesse explodir. Depois a abrimos e aí, sim, encontramos uma coisa muita estranha.

Banner levou Dark até a mesa principal, posicionada no meio da sala. Sobre ela havia três objetos.

Um bilhete escrito à mão.

Um despertador.

E um desenho num pedaço de papel, arrancado do caderno de algum artista.

— Aí está — disse Banner. — É, eu sei, nada disso faz sentido.

— Vamos começar com o bilhete — sugeriu Dark.

— Bem, a mensagem está em letra de fôrma, supostamente à prova de análises — explicou Banner. — Um perito em caligrafia está examinando. O mais estranho é que o bilhete foi escrito num papel timbrado, aqui do Departamento de Polícia de Los Angeles, tirado diretamente do escritório do comandante. E não é uma ameaça. Pelo menos, não óbvia.

Dark inclinou-se para ver melhor. No bilhete via-se uma charada:

UMA MULHER DISPARA CONTRA O MARIDO. DEPOIS O MANTÉM SUBMERSO POR MAIS DE CINCO MINUTOS. POR FIM, O PENDURA NUMA CORDA. MAS CINCO MINUTOS DEPOIS OS DOIS SAEM PARA UM JANTAR MARAVILHOSO. COMO É QUE PODE?

LABIRINTO

Dark considerou a mensagem por um momento, mas decidiu seguir em frente. Se esse sujeito desconhecido — "Labirinto" — queria que o foco fosse a charada, então a teria enviado sozinha. As probabilidades eram de que ela só faria sentido num contexto, quando examinada com os outros dois objetos.

E não se matavam dois policiais a sangue-frio sem ter algo importante a dizer.

— E o despertador? — perguntou Dark. — Alguma coisa incomum?

— Sim, posso dizer que os caras do esquadrão antibomba levaram um belo de um susto enquanto o radiografavam — respondeu Banner. — Mas não havia vestígio de explosivos, nenhum fio oculto, nada. O relógio é inofensivo, não faz nada a não ser emitir um som realmente irritante.

Dark examinou-o. Parecia ter sido tirado da mesa de cabeceira de alguém na década de 1950.

— Talvez tenha servido só para testar.

Testar estivera muito em moda no ano anterior. Cada componente de bomba — cronômetros, fios, placas de circuito — era examinado enquanto se ficava sentado, observando como cada detalhe de segurança reagia. Ou não. Anarquistas e terroristas internacionais já tinham tentado isso antes, várias vezes. Todo o estado da Califórnia ainda estava abalado após a explosão da Niantic Tower, em São Francisco, alguns meses antes. Medidas de segurança, já fortes, eram agora super-rígidas. A ideia era: bombas de verdade não são desperdiçadas a menos que as falhas certas na segurança tenham sido examinadas.

— Pode ser — disse Banner, apontando então para o desenho —, mas como é que você explica isso?

Era o esboço a lápis de uma mulher linda — e completamente nua. Dark percebeu que não se tratava do retrato improvisado de algum modelo vivo anônimo, trabalhando para um curso de arte. Notava-se por causa do cuidado e dos detalhes no rosto da mulher. As maçãs do rosto salientes, o sorriso sensual, sutil, a vida nos olhos. O que, por sua vez, tornava mais fácil a identificação.

— Bethany Millar — disse Dark.

— Quem? — perguntou Banner.

Capítulo 3

Labirinto

Estou em Wiltshire, dirigindo para oeste, em direção a Santa Monica, parando ao longo do caminho para fazer algumas coisas e depois riscando-as da longa lista que tenho na cabeça, dando telefonemas não rastreáveis e comprando suprimentos de forma anônima pela internet.

O carro que estou dirigindo é de um estacionamento de longa permanência, perto do Aeroporto Internacional de Los Angeles, e só será dado como desaparecido daqui a três semanas. A placa é falsificada, feita com caracteres adulterados incrivelmente fáceis de se obter. Isso me faz pensar por que alguém se daria ao trabalho de comprar e registrar um veículo nos Estados Unidos.

Não que eu precise de fato tomar essas precauções extras — não há evidências físicas que me vinculem ao cavalheiro que entrou na Central de Polícia de Los Angeles. Só passamos um tempinho juntos dentro de sua mente.

Paro para tomar outro café e ver a hora.

Estaria o departamento de polícia juntando as peças agora?

Teriam aberto o pacote?

Claro que sim. Não tinham escolha. Foi por isso que tive de destruir aqueles detetives.

Não sou sádico.

Precisava que o departamento de polícia abrisse o pacote e sabia que não se arriscariam a destruir a única prova dos assassinatos, agora já famosos, de dois policiais muito condecorados e altamente respeitados.

Quanto a mim, preferia ter deixado o pacote lá e que ficasse tudo por isso mesmo.

Hoje em dia, no entanto, é preciso tomar atitudes extremas para se conseguir a atenção de alguém.

Enquanto penso no que estaria acontecendo na cidade, uma mulher se aproxima.

É bonita, naquele estilo sem graça da Califórnia.

Provavelmente acha que é o ideal de PERFEIÇÃO de alguém, mesmo que por dentro seja mais uma vagabunda suja, a uma ou duas experiências do tipo que mudam a vida de uma pessoa de se tornar apenas um buraco úmido e alugável.

Ela diz:

— Oi, desculpe incomodar...

E depois me pede informações sobre como chegar a uma butique sofisticada, de que talvez eu tenha ouvido falar.

As pessoas estão sempre me pedindo informações ou ajuda.

Tenho cara disso — uma pessoa próxima me disse uma vez.

De abordável.

Comum.

Simpático.

E essa era a questão, a princípio.

Mas se pudessem ver com os MEUS próprios olhos...

Ver o mundo como ele realmente existia, e não como tinha sido vendido a cada um deles pelos governos.

Sairiam correndo, aos GRITOS.

Como essa mulher faria.

Digo a ela:

— Não sei, lamento muito. Não sou daqui. Posso procurar no meu telefone se você quiser.

Ela sorri, parecendo tímida de repente, e diz:

— Ah, não precisa se preocupar. Tudo bem. De onde você é?

Balanço a cabeça e sorrio. Ela não está interessada em informação nenhuma. Queria uma oportunidade para me conhecer.

Eu PODERIA me apresentar.

PODERIA deixá-la entrar.

Não faz ideia de como seria fácil convencê-la a entrar no meu labirinto — ela está praticamente implorando por isso. Um passo a mais e ela entraria no primeiro corredor, mais rápido do que imaginaria, dobrando a primeira esquina, confusa, os primeiros tremores de pavor percorrendo-lhe as veias; pensando depois que a única saída seria dar meia-volta e retornar pelo caminho mesmo, mas ele estaria bloqueado, e ela não teria escolha a não ser enveredar mais e mais pelo interior do labirinto... na minha direção.

Isso tudo se daria em questão de horas — só uma tarde. E sua vida nunca mais seria a mesma.

(Se eu lhe permitisse viver.)

Mas tenho coisas a fazer, pessoas muito mais IMPORTANTES para pôr em meu labirinto.

Digo-lhe então:

— Sou de Chicago. Procurando uma casa para minha esposa e as crianças, todo mundo muito animado com a mudança para esta Califórnia ensolarada. Todo esse ar puro, sol e pessoas simpáticas, sabe?

Vejo a luz morrer em seus olhos quando falo as palavras *esposa* e *crianças*. Mantém os bons modos, mas fica claramente decepcionada.

Não sabe a sorte que tem.

Não imagina o que evitou por pouco.

Enquanto percorro a Moomat Ahiko em direção à Pacific Coast Highway, pergunto-me até que ponto já compreenderam minha mensagem.

Ainda estariam olhando para a foto da vadia nua, tentando imaginar o que eu poderia ter feito com ela?

Capítulo 4

Dark

Quartel-general de Polícia / Centro de Los Angeles

Dark contemplava o desenho.

Era Bethany Millar — nua, quando jovem.

Reconhecera-a de imediato. O cabelo louro, o nariz arrebitado, a clássica pele alva e os lábios grossos. Passara muitos anos acordado até tarde, bebendo até quase entrar em coma, assistindo a filmes antigos na TV a cabo. Bethany Millar tinha sido uma sereia das telas, em fins da década de 1960 e princípios da de 1970, e estrelara uma série de filmes B, apelativos, quase todos lançados antes de Dark nascer. Pelo que sabia, havia feito um bocado de coisas em trajes mínimos, porém jamais nua. Se algum membro da administração do Departamento de Polícia de Los Angeles a conhecesse hoje em dia, seria por causa dos pais, que costumavam ter uma foto dela escondida dentro dos escaninhos. Millar estava muito esquecida agora.

Exceto pela *pessoa desconhecida* que tinha enviado o pacote.

— O quê, Steve? — perguntou Banner. — Quem é Bethany Millar?

— Espera — respondeu Dark, tirando o telefone do bolso e mirando-o na direção do esboço. Um clique, e ele estava com uma imagem em alta resolução salva no celular.

— Você não devia mandar essa imagem para ninguém de fora do departamento — disse Banner.

— Já volto.

— Pelo menos minta e me diga que vai mandar para Riggins.

Dark parou. Olhou para Banner, sem qualquer expressão no rosto.

— Ok. Vou mandar para Riggins.

Toda a tensão pareceu abandonar Banner por um momento, até ele a chamar de volta.

— Espera. Você está mentindo, não?

Dark já estava revirando sua lista de contatos. Vincente Valentine havia sido diretor de cinema até se aposentar, na década de 1990, indo morar numa casa de praia em Malibu, grande e ostentosa, a poucos metros de distância de onde Dark e Sibby moravam. Valentine certa vez se gabara de ter trabalhado com Bethany Millar — "sim, *a* Bethany Millar" — num filme de gângsteres, do início da década de 1970, chamado *Corte profundo*. Na época, Valentine espantara-se de que um pirralho como Dark soubesse quem era ela.

ME LIGA, digitou Dark na linha do assunto e depois enviou a imagem.

Valentine telefonou em sessenta segundos e iniciou a conversa como se os dois tivessem se falado na noite anterior, em vez de há cinco longos anos. Aposentados criativos sempre ligavam de volta imediatamente. Haviam passado a maior parte da vida esperando ligações ao lado do telefone, e esse era um hábito difícil de abandonar.

— Belo esboço, Stevie — disse Valentine. — Onde você o encontrou?

— Dentro de uma caixa que o Departamento de Polícia de Los Angeles achava que continha uma bomba.

— Uau! Tem a ver com o que eu estava ouvindo na CNN? Bombas? A única coisa que não bombou foi *Corte profundo*. Um dos pontos mais baixos da minha carreira.

Outra característica dos mais velhos: fingir que não se chocavam com nada. Jamais.

— O desenho te diz alguma coisa?

— Para um homem da minha idade, diz um bocado — respondeu Valentine. — Bethany nunca esteve tão linda. Posso ter que me trancar no banheiro um instante.

Vincente Valentine: sempre piadista, mesmo depois de duas paradas cardíacas e meia e três ex-esposas. Toda vez que via Dark e Sibby, dava uma cantada óbvia nela — e ela achava bonitinho. Dark sabia que era um hábito vitalício para um don-juan como Valentine. Como respirar.

— Alguma coisa a mais sobre o esboço? — perguntou Dark.

— Você está interessado é no artista, não na modelo, *Stevie.*

— Como assim?

— Meus olhos de aposentado podem estar me enganando, mas juro que esse desenho foi feito por Herbie Loeb. O que seria estranho porque... merda, será que isso quer dizer que ele andou se engraçando com Bethany Millar? E como é que eu não sabia?

Aí estava a ligação de que Dark precisava.

— Obrigado, Sr. Valentine. Fico lhe devendo.

— Que nada, Stevie. Você já proporcionou *muita* coisa a este velho. Dá um beijo naquela beleza da sua esposa por mim. De língua, se você não se importa.

Dark percebeu, com um sobressalto, que ele não sabia.

Fazia cinco anos, e estivera em todos os jornais, mas Valentine não sabia.

Sibby se fora.

— Ok — disse Dark, encerrando a conversa.

Em trinta minutos um perito em arte de Holmby Hills havia sido enviado à Central de Polícia de Los Angeles para autenticar o esboço. Sim, era um desenho até então desconhecido do grande Herbert Loeb, um dos artistas pop mais aclamados de fins do século XX. O desenho não *devia* existir, não *podia* existir... mas ali estava. O perito parecia que ia sofrer um derrame.

— Onde você disse que encontrou isso? E o que vai acontecer com ele depois que... servir de prova?

Dark afastou-se, considerando as implicações. Estavam lidando, então, com alguém que podia executar tanto um roubo de obra de arte como um ataque terrorista e um homicídio. Havia a possibilidade remota de que se tratasse de algum psicótico que tivesse remexido os pertences de um artista morto e essa fosse uma forma algo bizarra de anunciar ao mundo que ainda havia objetos de valor inestimável disponíveis para compra.

Entretanto, aquilo não se encaixava com mais nada — o relógio, a charada.

Era só o começo.

O sujeito desconhecido estava fazendo uma pergunta. Não — mais que isso. Estava desafiando-os.

Resolvam isso antes que eu ataque de novo.

— Você conseguiu extrair alguma coisa do bilhete? — perguntou Dark a Banner.

— Nada. E o analista de caligrafia da casa meio que riu ao ver. É praticamente um manual de como escrever da maneira mais impessoal possível. Até na tinta, da caneta mais comum do universo.

— Alguma mensagem oculta? — perguntou Dark. — Algum microponto?

Seria incomum, mas não impossível. Micropontos eram mensagens secretas comprimidas num caractere minúsculo — uma vírgula, um ponto final, o pingo de um i. Os espiões do tempo da Guerra Fria gostavam de usar micropontos para mandar informações importantes para o lado de lá da Cortina de Ferro.

— Nada — respondeu Banner. — Fizemos todos os testes de que dispomos.

— Então o nosso desconhecido está sendo literal — disse Dark. — Quer que a gente responda a charada.

UMA MULHER DISPARA CONTRA O MARIDO. DEPOIS O MANTÉM SUBMERSO POR MAIS DE CINCO MINUTOS. POR FIM, O PENDURA NUMA CORDA. MAS CINCO MINUTOS DEPOIS OS DOIS SAEM PARA UM JANTAR MARAVILHOSO. COMO É QUE PODE?

— Ela é fotógrafa — disse Banner; logo em seguida confessou com um ar constrangido: — Fiz uma pesquisa no Google.

— Certo — confirmou Dark. — Ela disparou a máquina fotográfica para fazer uma foto do marido, depois *mergulhou* o filme numa solução química para revelar durante cinco minutos e então o *pendurou,* como se faz em uma câmara escura. Depois os dois saem e jantam, enquanto o filme seca.

— Eu ia acabar chegando a essa conclusão — protestou Banner.

— Sim, mas está fácil demais para ser o verdadeiro enigma — falou Dark. — Como você disse, é possível descobrir a resposta on-line, com facilidade. A questão é como essa charada foi parar num papel timbrado do Departamento de Polícia de Los Angeles, dentro de um pacote, junto com o desenho do nu e o relógio? Por que o trabalho de arte? Será uma ameaça a Bethany Millar? Uma forma brutal de dizer que seu tempo está acabando?

Os olhos de Banner iluminaram-se:

— Ok, espera aí... tenho uma coisa estranha aqui para você — disse. — Quando um dos peritos em bomba o examinou, notou que o relógio estava marcado para despertar em pouco menos de quatro horas. — Ele deu uma olhada em seu relógio de pulso digital e de borracha. — Faltam 45 minutos então.

— Porra, Banner! Por que você não me disse isso antes?

— Porque meio que ficamos distraídos pela questão do desenho, lembra?

O relógio era a mensagem mais óbvia de todas.

Resolvam isso antes de eu atacar de novo... daqui a 45 minutos.

Só havia uma pessoa que podia juntar aquilo tudo.

Não era Herbert Loeb. O artista morrera em 1988, de uma overdose em seu apartamento de Tribeca. Dark precisava encontrar a modelo secreta de Loeb.

Antes de o relógio despertar.

Capítulo 5

Dark

Hollywood Hills, Califórnia

Dark parou o Mustang numa ladeira, uma área de estacionamento ilegal, onde os carros eram instantaneamente rebocados, sem perguntas, tipo *foda-se e tenha um bom dia*. O mesmo se poderia dizer sobre as pessoas que moravam em Hollywood Hills: quando se tratava de proteger suas vagas, eram capazes de tudo.

No entanto, ninguém tocaria no carro de Dark. Porque Lisa Graysmith havia lhe dado um crachá de plástico que garantia a ele o equivalente, em termos de estacionamento, à imunidade diplomática, em qualquer lugar da América do Norte. Por mais que odiasse admitir isso, a coisa veio bem a calhar, em especial no pesadelo perpétuo que era o tráfego de Los Angeles.

Principalmente quando se poderia estar correndo para salvar a vida de uma senhora.

Dark descobrira rápido o endereço da casa de Bethany Millar e o número de seu telefone, para o qual ligou enquanto acelerava pela 101, em direção a Hollywood Hills. Uma secretária eletrônica atendeu, e a voz na gravação digital soava frágil e confusa. Mesmo assim, ele a reconheceu. Quando se via uma pessoa com frequência na tela do cinema ou da televisão, era como se a conhecêssemos pessoalmente; o cérebro aprendia a reconhecer o olhar, os gestos e a fala.

Agora, sua esperança era de que Millar ainda estivesse viva.

Dark disparou ladeira acima, pulou uma cerca de ferro e depois correu até a casa.

Uma mulher de idade abriu a porta com a pintura descascada. Dark reconheceu-a de imediato.

Bethany Millar, em carne e osso.

Ele não era do tipo que se deslumbrava com celebridades, mas experimentou um ligeiro sentimento de angústia, de que deveria estar vendo-a numa tela em preto e branco, e não ao vivo e em cores.

— Sra. Millar? Posso lhe falar um instante?

Bastou uma olhada em Dark e a ex-estrelinha percebeu que se tratava de um policial, parado em sua porta para lhe dar alguma notícia ruim.

— É algo a ver com minha filha, não? — perguntou ela, sem rodeios. — Ai, Deus! Por favor, não me diga que encontrou minha garota.

As décadas tinham sido cruéis com Millar. Dark podia sentir o cheiro de gim em seu hálito, assim como o de menta, da solução bucal, com a qual havia, sem dúvida, feito um gargarejo antes de abrir a porta. A casa também emanava um ar de *glórias passadas*. A frente encontrava-se tomada pelo mato, com um provável risco de incêndio. Os vizinhos certamente esperavam que um pequeno abalo sísmico arrancasse a construção dos alicerces e não deixasse nenhuma lembrança.

— Não, estou aqui por sua causa — disse Dark, lançando um olhar desconfiado atrás dela, para se assegurar de que não havia ninguém oculto na sombra.

— Minha causa? — perguntou Millar. — Mas estou bem. Estou preocupada é com Faye. Está tudo certo com ela? Por favor, me diga que sim.

— Você acha que Faye está desaparecida?

— Desaparecida? — retrucou Millar, com rispidez, como se estivesse profundamente ofendida. — Não falei nada sobre ela estar *desaparecida*. Sei muito bem onde está. Com aquele rato nojento.

Faye Elizabeth era filha de Bethany Millar e tinha obtido algo que a mãe nunca conseguira: status de primeira grandeza em Hollywood, estrelando uma série de filmes de ação de grande bilheteria. Raramente falava da mãe, adotando o segundo nome na vida artística e evitando qualquer pergunta sobre os pais. O pai fora contador e bebera até morrer, com uma rapidez que só era possível quando se dispunha de milhões por ano. A mãe caíra na obscuridade.

Estava claro, entretanto, que Bethany Millar ainda se importava muito com a filha.

— Posso dar uma checada em Faye se você quiser — ofereceu Dark —, mas estou aqui por sua causa.

— Minha?

Dark entrou e vasculhou o lugar com os olhos. Era tudo tão vazio que parecia surreal — como se ela estivesse de mudança, vendendo a casa. Não havia nenhum toque pessoal. Nada de cartazes antigos, lembranças, fotos emolduradas, livros, nenhum entretenimento. Se Millar desaparecesse no próximo instante, seria difícil dizer quem havia morado ali. Apenas alguém que não cuidava de fato daquela concha vazia que era a casa, com sua pintura desbotada, descascada, e enormes rachaduras nas paredes.

— Você se lembra de um artista chamado Herbert Loeb? — perguntou Dark.

— Oh, Deus!

— Então o *conhece*.

— Não disse isso. Por que você fica pondo palavras na minha boca? Nem sei quem você é, e me faz essa acusação...

— Sabia que ele a desenhou certa vez? Talvez você tenha trabalhado como modelo para algum estúdio, e o Sr. Loeb estivesse presente.

— Nunca fui modelo e não conheço Herbie. Gostaria que parasse de falar sobre mim e fosse procurar minha filha, trazê-la para casa. Alguém tem que trazê-la imediatamente, para eu falar com ela. Você poderia fazer isso? Por favor!

Dark sabia que ela estava mentindo, e muito mal, estimulada pelo gim ou por algum tipo de analgésico. Provavelmente, as duas coisas. Bethany Millar não queria ficar sóbria e muito menos na própria casa. Qual a razão?

E por que a insistência na filha?

Sem falar no fato de que Millar não perguntou seu nome, nem pediu para ver algum tipo de credencial...

— Tem recebido telefonemas estranhos? Notado algum desconhecido na área?

— Não, nada. Agora, eu ficaria agradecida se você fosse embora e encontrasse Faye. Posso pagar o quanto quiser. Diga um preço.

— Quem sabe onde ela está, Sra. Millar? — perguntou Dark.

— David, aquele idiota. Jamais gostei dele. Contei a ela. Pensa que ela ouviu? Disse a ela o que eles todos são. Todos esses produtores.

— Quem é David?

— Você não está escutando? Aquele idiota dissimulado, David Loeb!

Dark fez a ligação na mesma hora. Não se escuta o mesmo sobrenome duas vezes no mesmo dia e se atribui isso a mais uma coincidência hollywoodiana.

— Com licença, Sra. Millar.

— Traga ela de volta! Eu lhe imploro!

Dark já estava a meio caminho do Mustang quando ligou para Josh Banner, no laboratório, perguntando se Herbert Loeb tinha algum filho. A resposta veio no momento em que se pôs ao volante e pisou fundo no acelerador.

Herbert tinha um filho, chamado David Loeb.

Produtor de Hollywood.

No laboratório de Josh Banner, no Departamento de Polícia de Los Angeles, o relógio tocou.

[Para entrar no Labirinto, vá até Level26.com
e digite o código: *arte*]

Capítulo 6

Labirinto

Enquanto saio da casa de Malibu, fico quase decepcionado ao ver que não há qualquer carro de polícia, nenhuma luz piscando, nada. Ninguém estava me vigiando.

Ninguém reagiu, ninguém descobriu, não veio ninguém.

E essa era a mais fácil.

Tudo bem.

Há sempre uma curva de aprendizado com esse tipo de coisa. Não se pode esperar que todos entendam as regras do jogo na primeira rodada.

Do assento do motorista, olho para as ondas que quebram na adorável e imaculada praia de Malibu, enquanto o sol continua sua lânguida descida pelo céu.

Inspiro com sofreguidão o ar puro do mar quando sopra contra meu rosto, desprendendo da testa o cabelo já úmido de maresia e, só por um instante, consigo entender a atração, a razão pela qual as pessoas trabalhavam tanto por pedacinhos temporários *daquilo*.

Claro que as praias tinham de ser de graça e abertas a todos. Qualquer ser humano devia poder sentar-se e desfrutar desse espetáculo tão puro, a qualquer hora, sem precisar pular uma série de cercas, construídas para os ricos e poderosos.

O cafetão e sua prostituta — não tão poderosos agora.

Penso em como tudo foi fácil.

Como a fechadura da casa era vagabunda.

Quão surpresos ficaram em me ver — o cafetão e a prostituta, em trajes de banho, os pés sujos em cima da mesa de centro, cheia de garrafas de cerveja importada, revistas de moda, doces e sacolés de cocaína.

Como me encararam, estreitando os olhos, como se talvez me conhecessem, porque pareço fazer parte de seu mundo — saudável, bonito, bem-vestido e confiante.

Mas, definitivamente, *não* faço parte de seu mundo.

Foi até fácil fazer com que se despissem.

Perguntava-me, no entanto, se entendiam o significado daquilo.

Queria que ficassem completamente nus, de forma que pudessem ver o corpo um do outro. Não com desejo, mas com um olhar clínico.

Porque, se assim o fizessem, logo certas semelhanças anatômicas se manifestariam.

Será que algum dia pensaram sobre as marcas de nascença idênticas?

Ou sobre a forma idiossincrática das mãos — os dedos anulares longos da mão esquerda?

Ou a cor dos olhos — que sugeria ouro queimado no meio de uma selva exuberante da Nova Guiné?

Isso nunca lhes ocorreu, nem durante a onda do narcótico, enquanto fodiam?

Era importante que percebessem por que aquilo lhes estava acontecendo. Porque, se não entendessem, o restante do mundo também não entenderia. Eles tinham que *convencer*.

Se vamos salvar o mundo juntos.

Capítulo 7

Dark

Malibu, Califórnia

Dark olhou para o relógio no instante em que estacionou em frente ao endereço que Bethany Millar havia lhe dado. Se o despertador naquele pacote fosse uma contagem regressiva para alguma coisa, então eles teriam chegado à hora zero alguns minutos antes.

Merda.

Pisou no freio, saltou do Mustang e pulou a cerca de ferro, na esperança de não estar atrasado demais.

A porta encontrava-se encostada. Dark tirou a Glock 19 do casaco, abriu a porta com um chute e entrou na sala, absolutamente imunda. Saquinhos de cocaína, comida processada de luxo e cervejas pela metade. Pelo jeito, Elizabeth e Loeb estavam enfurnados ali havia muito tempo. Dias, provavelmente.

Estariam na praia, ou tomando mais uma dose de droga, outra bebida?

No fundo, Dark sabia que não era o caso. Podia sentir o tremor no próprio sangue, da mesma forma como um animal pressente uma tempestade.

O aposento seguinte era a cozinha e, do lado, um quarto. Não se tratava de uma casa grande. Só um bangalô na praia, de muitos milhões de dólares, para se degradar e foder, pelo visto. Dark movia-se com eficiência e rapidez, examinando a cozinha antes de entrar no quarto, checando cada canto e centímetro quadrado de chão e depois seguindo em frente. Os músculos estavam tensos, e ele se preparou para qualquer coisa. Uma luta, ou um espetáculo de horror.

Até para o cheiro que entrou de repente por suas narinas — o odor acobreado de sangue recém-derramado.

Continuou seguindo em frente e abriu a porta com o joelho. Os corpos da atriz de primeira grandeza e do namorado-produtor estavam no banheiro.

Loeb estava caído de cara sobre uma privada entupida, um ferimento ensanguentado nas costas. Faye Elizabeth jazia estendida na banheira, com uma arma na mão e a cabeça virada num ângulo que não era natural.

O tempo havia acabado.

Ao primeiro olhar, Dark pôde ver a cena que *supostamente* teria se desenrolado:

O produtor David Loeb enlouquece, bate e estrangula a namorada-atriz — a famosa Faye Elizabeth. Num gesto desesperado de autodefesa, ela lhe dá um tiro no peito. Os dois caem e morrem devido aos ferimentos.

Dark sabia, contudo, que aquele não era o caso. Os dois tinham sido forçados. Os corpos arrumados. A perícia iria provar.

Quem fizera aquilo se dera ao trabalho de organizar tudo desde o início. Agora estava desafiando a polícia a pegá-lo antes que matasse alguém de novo.

O FBI chegou logo depois, forçando o Departamento de Polícia de Los Angeles a ficar fora de seu próprio caso. O agente especial no comando ameaçou mandar Dark "para Guantánamo" por contaminar a cena do crime. Dark deixou-o dar vazão a sua fúria — conhecia as frustrações daquele trabalho melhor que qualquer um — antes de mostrar-lhe sua insígnia digital no celular. Diante disso, o policial calou-se e balbuciou uma promessa de manter Dark a par de qualquer descoberta nova. Ele agradeceu e manteve-se à margem.

A trajetória da bala que havia atravessado o peito de Loeb e ficara cravada na parede de azulejos do banheiro era compatível com a posição da arma na mão de Faye Elizabeth. Nenhum outro DNA na cena ou no restante da casa alugada — exceto o de uma solitária faxineira. Todos os sinais indicavam que um tinha matado o outro.

Hora da morte... Bem, os caras da perícia concluíram que fora alguns minutos depois que o relógio tocou na sala de Banner.

Dark contemplou a casa e pensou numa coisa que seu velho amigo diretor tinha dito. Sobre Herbie Loeb estar "se engraçando" com Bethany Millar.

Pediu aos caras da perícia amostras do sangue de cada uma das vítimas, que eles entregaram após um ligeiro aceno de cabeça do agente especial, e partiu correndo em seu Mustang.

Capítulo 8

Dark

West Hollywood, Califórnia

De volta à casa, em seu laboratório no porão, Dark pegou as amostras de sangue da cena do crime e deu início ao processo de testar o DNA.

O equipamento daquela instalação secreta, em sua residência em West Hollywood, existia também graças a Lisa Graysmith. Permitia-lhe analisar as próprias amostras forenses e checar os resultados na base de dados mais sofisticada (e secreta) do mundo.

Algumas horas depois o teste de DNA das vítimas confirmou: havia uma possibilidade de 88 por cento de que Faye Elizabeth e David Loeb fossem meio-irmãos. O pai em comum: o famoso artista Herbert Loeb.

Uma cantiga chula de criança passou pela cabeça de Dark: *Incesto é bacana, faça um teste com sua mana.*

De alguma forma, o assassino sabia daquele segredinho sujo. Seria tudo pessoal, então?

Nesse caso, se o objetivo era envergonhá-los da forma mais pública possível, por que tirar do caminho dois detetives do Departamento de Polícia de Los Angeles?

Dark olhou para o teto, juntando os pedaços dos acontecimentos do dia segundo o ponto de vista de Labirinto, tentando ajustar-se a sua frequência particular e doentia.

Fechou os olhos e começou a costurar as coisas.

Entrou no modo *remoer*.

Na época da Divisão de Casos Especiais, Dark tinha fama de remoer as coisas, em especial quando mergulhava de cabeça num caso novo. Os outros agentes diziam, de brincadeira, que, quando ele entrava nessa, movia-se *tão* devagar que quase voltava no tempo alguns dias. Riggins, contudo, o defendia. Dark pode ser uma tartaruga, dizia, mas vocês deviam ver a coleção de cabeças de coelho empalhadas na parede da sala dele. Era verdade. Quando Dark se fixava num caso, era como se nada mais existisse. Sua concentração chegava às raias do sobrenatural.

A única diferença agora era que precisava dividir a vida em duas partes distintas: caçador de criminosos e...

— PAPAI! — gritou Sibby, da sala. — A gente CHEGO-OU!

Era Sibby, recém-chegada do primeiro dia de aula do primeiro ano, acompanhada da avó. Era hora de Dark esquecer os quatro homicídios que ocupavam sua mente e concentrar-se na filha de 5 anos, que iria querer lhe contar tudo sobre seu dia. Teria que parar de pensar em testes de DNA e esboços de subcelebridades nuas, a fim de dedicar-se a servir um copo de suco à menina e perguntar-lhe que tipo de dever de casa ela tinha para fazer aquela noite.

Aquela coisa de ser pai em tempo integral era nova. Dark trouxera recentemente a filha de Santa Barbara para morar com ele, ali em West Hollywood. Sua ex-sala de estar — com móveis sem estilo definido e cartazes de cinema — encontrava-se agora abarrotada de coisas de criança. Foram-se os cartazes macabros dos filmes favoritos da infância (*A morte pede carona, Viver e morrer em Los Angeles, Perseguidor implacável*). No lugar deles, desenhos emoldurados da própria Sibby. Às vezes, Dark podia jurar que tudo que ela havia aprendido a fazer no jardim da infância, em Santa Barbara, fora criar um catálogo ridiculamente grande de arte primitiva.

No fim da contas, a vida, a casa — tudo se encontrava num estado de transição extrema. Não era um lar só dele. Era de Sibby também.

No passado, jamais teria imaginado que a vida de caçador de criminosos e o papel de pai pudessem coexistir. Pareceria uma proposição do tipo uma coisa ou outra. Da mesma forma que tinha sido com a mãe da pequena Sibby. As duas coisas haviam *funcionado*... pelo menos enquanto conseguiu manter os demônios afastados. Dark levara muito tempo para chegar ao estágio em que pudesse ser tanto pai quanto caçador de criminosos. E sabia que podia fazer as duas coisas.

A pior parte, porém, era trocar de função.

Esquece tudo, dizia para si mesmo. *Tira o monstro da cabeça. Agora você pertence a sua filha.*

— Steve — chamou a sogra, lá de cima. — Você está em casa?

Dark já ia responder quando o smartphone vibrou — uma mensagem de texto.

De Graysmith:

ASSISTA A ISTO IMEDIATAMENTE.

Abaixo, vinha o link de um vídeo on-line.

A imagem abre com a atriz, segurando o nu artístico que o pai desenhou. Ela sorri, mesmo parecendo claro que esteve chorando. Depois, diz o seguinte: "A ideia de um quadro valer 2 milhões de dólares e pertencer a um colecionador particular está descartada. A arte é para as pessoas; é de graça. Todos precisam entender e ter acesso a ela. Não pode ser só para os ricos e privilegiados — os espoliadores deste mundo..."

Depois a atriz ergue uma arma e aponta para a câmera. Alguém fora do quadro diz: "O que você está fazendo?"

Fica tudo escuro. Um grito: "OH, DEUS! NÃO!" Um tiro. Outro grito — de homem, dessa vez. Depois, um letreiro:

VOU MOSTRAR A VOCÊS
O CAMINHO PARA
FORA
DO LABIRINTO

Capítulo 9

Dark

Quando o vídeo de Labirinto chegou à rede — e, minutos depois, à mídia convencional —, não houve jeito de esconder *nenhuma* parte da história.

O assassinato e o incesto de Elizabeth e Loeb tiraram qualquer outro acontecimento do noticiário — revoluções no estrangeiro, crises econômicas, vazamentos de petróleo, cúpulas políticas e qualquer outro escândalo envolvendo celebridades.

O vídeo de Labirinto teve mais de 2.700.000 acessos, só nas primeiras horas. O YouTube tirou-o quase que de imediato de sua página, mas sites-espelho haviam surgido por todos os lados, e cada esforço para restringir a divulgação fazia com que o vídeo se espalhasse ainda mais rápido, como um tumor maligno bombeado com esteroides.

A notícia nem *vazou* tanto para a mídia, mas manifestou-se espontaneamente, independentemente da dureza dos fatos ou de chamadas telefônicas de repórteres. Nos últimos dias, Dark vinha observando uma mudança na forma como as pessoas recebiam as notícias. Já tinha passado a fase dos repórteres ávidos e dos âncoras retumbantes, alimentando as pessoas com os acontecimentos do dia — empacotando, processando, entregando. Agora, os consumidores de mídia queriam as notícias instantaneamente, e desejavam elaborá-las eles mesmos. Quando acontecia uma tragédia, algumas pessoas ainda ligavam a televisão. Todavia, um número cada vez maior também tinha o telefone na mão, de forma que pudessem ver o que os amigos estavam escrevendo, que links andavam acessando e as piadas que vinham fazendo. De certa forma, era um retorno a uma mentalidade de cidade do interior, onde pessoas afins se agregavam. Em vez de ocupar o mesmo local, elas seguiam umas às outras nas redes sociais.

Entretanto, algo estranho tinha acontecido com esse novo caso do "Labirinto".

Enquanto Dark ainda esperava pelo resultado do teste de DNA, o rumor de que Elizabeth e Loeb eram meio-irmãos já estava circulando. De alguma forma, as pessoas nas redes sociais sabiam — e começaram a espalhar — *informações que ninguém tinha ainda.*

Um suposto fato foi tuitado ainda na primeira hora:

A atriz morta? O produtor-namorado morto? Eram meio-irmãos!
1 hora atrás

Seguido de inúmeras retuitadas, encaminhamentos e mais comentários:

Grossburgers. RT: A atriz morta? O produtor-namorado morto? Eram meio-irmãos!
54 minutos atrás

Esses tipos de Hollywood fazem qualquer coisa.
40 minutos atrás

Impossível. Ela era gostosa, ele era um idiota. Nenhuma relação.
32 minutos atrás

Vocês têm que ver a minha irmã/me deixa acabado de manhã.
19 minutos atrás

Como as notícias circulavam tão rápido? Dark perguntava-se se aquele era um desses segredos abertos de Hollywood. Telefonou para sua fonte, a fim de perguntar.

— *Claro que não!* — exclamou Vincente Valentine, que havia consultado uma multidão de suspeitos habituais: assessores de imprensa, empresários, produtores.

O relacionamento de Elizabeth com Loeb não era segredo; sites de fofoca on-line já vinham noticiando que eles estavam saindo juntos havia pelo menos seis meses. Mas e a questão do incesto? Nunca se comentou.

— Eu teria ficado sabendo — disse Valentine. — Acredite em mim. Bethany, aquela velha idiota...

Quando a história chegou à imprensa oficial, os repórteres praticamente se atropelaram na corrida em direção à desolada casa de Millar, em Hollywood Hills. Microfones foram apontados para sua cara. *Por que não tinha dito à filha a verdade? Que tipo de monstro era ela?*

Essa resposta, Dark sabia:

Ela era do tipo que não queria admitir a verdade. Nem para si mesma.

Porém, a questão do incesto não incomodava Dark. Aquilo era Los Angeles, uma mina virtual de segredos escabrosos. Mentir para a filha sobre a verdadeira identidade do pai não era nada de novo, especialmente num mundo onde a linhagem podia significar tudo e a combinação errada de progenitores era capaz de amaldiçoar um ser desde o momento da palmadinha do médico na maternidade.

Dark não conseguia parar de pensar em como esse tal de Labirinto também sabia.

Não só sabia como os transformou em alvos e explorou o fato da forma mais sensacional possível.

Alguém que queria provar seu ponto de vista para qualquer um que quisesse escutar.

O que incluía, àquela altura, praticamente *todo mundo.*

Todos os comentários (43.978)

Uma tragédia sem sentido... porque ela estava vivendo o que queria, mesmo que fosse com o irmão.

Alx9722 55 segundos atrás

Se, como dizem, sempre que uma celebridade morre outras duas também batem as botas, essa morte conta como duas? Ou uma só? Existe desconto para irmão/irmã?
ME AJUDEM, ESTOU CONFUSO
petme1029 1 minuto atrás

Quem é esse LABIRINTO??? Era o que eu queria saber.
Mesta mysteries 1 minuto atrás

Uau. Isso soa falso.
gossoon 2 minutos atrás

mamilos!!!!
zzzmango 3 minutos atrás

Pois eu digo que já vão tarde, esses tipos hollywoodianos falsos. Picaretas que ganham demais e têm talento de menos. Eles devem ter se conhecido através do mesmo traficante. Que provavelmente era um primo de primeiro grau ou algo assim.
Joeno ono 5 minutos atrás.

Alx9722 está certo. Eu teria comido aquela merda antes de ela morrer e tudo isso é UM DESPERDÍCIO
discostixxx 5 minutos atrás

Como essa putinha vaidosa deve ter ficado feliz de morrer na frente de uma câmera.
Omnigatherum111 5 minutos atrás

Qual é o problema de vocês, gente? Eles eram seres humanos, pelo amor de Deus!
CrystalShawATL 6 minutos atrás

Mais novidades em breve...
labirinto 8 minutos atrás

Após Dark ter colocado Sibby na cama para dormir, retornou ao laboratório no porão e se perguntou se o FBI teria finalmente convocado Riggins, Constance e o restante da Divisão de Casos Especiais.

Uma parte de Dark queria entrar em contato com ele, e que os dois resolvessem o caso juntos. Riggins era, em muitos aspectos, seu oposto — precipitado, ríspido, dado a desconfianças sem razão aparente e a uma postura do tipo "atire primeiro e pergunte depois" —, mas suas habilidades complementavam um ao outro. Haviam tirado do circuito um número imenso de monstros. Muitos deles, para sempre.

Normalmente, esse caso iria, sem sombra de dúvida, para a Divisão de Casos Especiais. Na época em que Dark ainda era um agente jovem e ambicioso, teria se precipitado de qualquer canto do país para chegar primeiro em Los Angeles. Era o tipo de caso sofisticado e intrincado para o qual a Casos Especiais tinha sido criada.

No entanto, a Divisão encontrava-se imersa em grandes problemas.

O próprio Dark tinha abandonado o barco ao ver que ele ia afundar. Queria muito bem a Riggins e Constance, mas não conseguia mais engolir tanto sapo.

Perguntava-se como o colega aguentava aquilo havia tantos anos.

Capítulo 10

Riggins

Quantico, Virginia

O agente Tom Riggins enxaguou a boca, cuspiu na pia, jogou água fria no rosto, examinou a língua e se perguntou se era isso mesmo — se esse era o dia em que o trabalho iria matá-lo.

De dentro para fora.

Os caroços ainda estavam lá — definitivamente, estavam lá. Seu médico devia ser cego. Talvez precisasse de um novo. Talvez *estivesse* morrendo, apesar do que o médico dissera. Morrendo de dentro para fora, e agora a praga havia chegado à sua língua. Lavou o rosto de novo, dessa vez com água quente, o mais quente que podia suportar, e pôs um pouco na boca. *Tomem essa, seus merdas.* Após secar-se com uma toalha de papel, voltou para o escritório, que ainda estava escuro, e não só porque o expediente já terminara, num dia de semana, na Divisão de Casos Especiais.

Divisão de Casos Especiais: orgulho e alegria de Riggins, o departamento do qual cuidava desde a fundação. A unidade policial mais dura e de elite já criada em solo americano. A menina dos seus olhos.

Divisão de Casos Especiais: agora numa espiral da morte.

A unidade começara de forma espetacular. Anos de burocracia, contudo, e diretivas confusas, vindas das esferas superiores, transformaram-na numa sombra do que fora. A "Elite" tinha ficado apenas nos comunicados de imprensa; agora corria o risco real de se tornar mais outro feudo aleatório no império bizantino da Segurança Interna.

Riggins foi chefe da Divisão de Casos Especiais desde o começo, quando foi criada como um simples projeto paralelo do Programa de Captura de Criminosos Violentos, do Departamento de Justiça, o ViCap, grupo de peritos que rastreava e comparava assassinatos em série. Tratava-se de um expediente de importância vital para a aplicação da lei. Entretanto, o ViCap lidava algumas vezes com casos tão violentos e extremos que agentes locais e até mesmo o FBI não se encontravam adequadamente equipados para conduzi-los. Era quando a Divisão de Casos Especiais entrava em cena.

Cinco anos antes, porém, o secretário de Defesa, Norman Wycoff, havia se interessado de modo especial pela Divisão. Tentou obrigar os agentes a camuflar algumas de suas próprias indiscrições.

Deu certo.

E, depois que conseguiu se enfronhar lá dentro, nunca mais saiu.

Via de regra, um secretário de Defesa teria controle zero sobre qualquer agência do Departamento de Justiça. Riggins, no entanto, devido a uma série de circunstâncias que ainda lhe faziam embrulhar o estômago, encontrou-se na posição de garoto de recados de Wycoff, que via a Divisão de Casos Especiais como um esquadrão particular de coletores de propina e capangas.

Justamente quando Riggins achava que a situação não poderia piorar, isso aconteceu: foi duas semanas antes, depois de vir a público que havia uma acusação federal contra Norman Wycoff por abuso de poder no cargo.

Bem feito, tinha pensado Riggins. *E vocês, seus burocratas, só agora perceberam?*

Contudo, aquilo era a pior coisa que podia acontecer para a Divisão de Casos Especiais. O que seria mais desastroso do que ter um maléfico senhor supremo questionando cada movimento feito? A súbita ausência de um. Um patrono, mesmo que fosse o próprio Satã, era melhor que nenhum.

Com a ajuda daquela primeira citação judicial, a Divisão de Casos Especiais — já em vias de se tornar irrelevante — tinha se tornado algo contaminado. Tudo que Wycoff tocava virava merda, e ele tinha as digitais espalhadas por toda a Divisão. As manchetes dos jornais causaram um êxodo em massa entre os melhores e mais brilhantes caçadores de criminosos e peritos forenses. Riggins já havia organizado festas de despedida para três de seus melhores agentes e dois técnicos de laboratório. E o pior desfalque de pessoal ainda estava por vir...

Assim, enquanto Riggins passava a língua pelo interior da boca, não conseguia deixar de pensar que seria necessário um gesto de Deus para dar uma reviravolta na Divisão de Casos Especiais.

Ou — se os primeiros rumores fossem uma indicação — o gesto de um louco chamado Labirinto.

Riggins tinha lido sobre o caso na noite anterior e meio que ficou esperando o telefone tocar a qualquer momento. Anos antes, na época que costumava chamar de A.W. (Antes de Wycoff), a Divisão de Casos Especiais seria a agência óbvia para lidar com uma situação daquelas. Um psicopata astuto que planeja o homicídio duplo de dois importantes cidadãos de Los Angeles *e* deixa pistas no quartel-general da polícia da cidade como se fosse o maldito Coringa? Era direto para a Divisão. No período A.W., Riggins chegava a recusar casos, determinado a dedicar os recursos da Casos Especiais só para os mais extremos, os piores de todos.

Mas e agora, em plena era pós-A.W.?

O telefone era uma massa inútil de plástico sobre a mesa apinhada de coisas. Nenhum e-mail, FedEx, mensagem de texto, nada.

Riggins censurou-se por ter pensado que alguém ligaria para ele.

Seu idiota.

Por mais que odiasse pensar em termos políticos, o que a Divisão de Casos Especiais precisava para se salvar era encontrar esse tal Labirinto logo. Procurar onde ninguém estava procurando. Riggins não se preocupava com o emprego. Podiam demiti-lo amanhã, e ficaria bem. Todavia, *a Divisão de Casos Especiais precisava existir.* O país precisava dela. Na verdade, o mundo era um lugar mais insano ainda. A loucura era algo presente em todos os cantos, como nunca antes.

Bastava ver as reações a esse cabeça de merda de Labirinto. Riggins deu uma olhada nos comentários postados no YouTube e viu mais aplausos e congratulações que expressões de pesar ou choque. O país todo estava perdendo a maldita cabeça.

Se pusesse Steve Dark e Constance Brielle atrás desse cara, eles poderiam...

Riggins deteve-se e censurou-se novamente. *Para de pensar naquilo que você não tem. Se concentra no que faz. No que sempre fez.*

Pega esse filho da puta.

Já tinha feito isso antes; poderia fazer de novo. A saber: juntar os melhores cérebros anticrime do planeta e pegar um monstro. Haviam pegado piores antes. Mesmo no caso Sqweegel, uma das piores humilhações na história do departamento — eles conseguiram resolvê-lo. A Divisão de Casos Especiais podia estar por baixo, mas não estava morta.

Eles ainda eram capazes de superar os entraves daquela burocracia de merda e pegar esse psicótico, antes que as coisas piorassem.

Capítulo 11

Dark

Dois dias depois a identidade de Labirinto ainda era um mistério.

O lado bom da questão era que o assassino não tinha enviado nenhum pacote novo ou postado qualquer vídeo adicional.

Por outro lado, não precisava fazer isso. A mídia ainda estava no meio de um frenesi total de notícias sobre ele, Elizabeth e Loeb.

O FBI, seguindo o comportamento do noticiário, parecia concentrado no ângulo hollywoodiano. Dois detetives mortos era uma tragédia, mas os membros do Departamento de Polícia de Los Angeles colocavam as vidas em risco todo dia. Assassinatos de celebridades, entretanto, capturavam a imaginação do público como nada mais. As pessoas investiam partes de si na vida das celebridades. Quando algo terrível, pavoroso, chocante ou embaraçoso acontecia a um famoso, era como se tivesse ocorrido a elas também.

Dark, porém, não prestava atenção a nada daquilo. Durante os últimos seis dias dirigira o foco para o sem-teto — a bomba-relógio ambulante.

Que era um mistério tão grande quanto Labirinto.

Nenhum tipo de identificação, nada de digitais ou DNA correspondente em nenhum banco de dados. Testemunhas oculares declararam que ele tinha simplesmente entrado no prédio, vindo da rua, e permanecido completamente calmo enquanto era separado à força da caixa. Tremia, e fedia como o interior de uma tumba, mas não estava sob coerção, diziam. Parecia resignado à própria situação.

Contudo, ninguém sabia quem ele era.

As pessoas não se materializam do nada. O fantoche tinha de ter nascido em *algum* lugar para terminar no meio de Los Angeles.

Uma coisa estava clara: o atentado de "Labirinto" não era um caso isolado. A coisa toda havia sido muito bem elaborada, planejada com bastante cuidado. O relógio, o roubo da obra de arte, a pequena manobra com o papel timbrado do Departamento de Polícia de Los Angeles. Era um ato de exibição: *Oh, vejam o que consigo fazer.*

Nada deixaria Dark mais feliz do que pegar esse cara imediatamente e dizer na cara dele:

Olha o que eu consigo fazer.

Ao mesmo tempo que o departamento de polícia não tinha conseguido levantar nada sobre o sem-teto, eles estavam se vendo tremendamente cerceados pelo número de bancos de dados espalhados pelo mundo. Havia mais deles no planeta do que os agentes da lei conseguiam acessar. Tinham aqueles chamados de extralegais e de mercado negro, que já existiam antes de Sir Alec Jeffreys fazer suas descobertas sobre DNA, na Universidade de Leicester, em 1984. Roubos descarados de amostras, relatórios e material genético haviam preenchido as lacunas, a fim de criar um banco de dados realmente rico, com quase qualquer ser vivo deste mundo, assim como muitos dos mortos.

Esse era o tipo de banco que Dark acessaria — mais uma vez, graças ao anjo da guarda, Graysmith, e suas nebulosas fontes de informação.

Josh Banner roubara para ele aquela manhã, do Departamento de Polícia de Los Angeles, uma amostra do DNA do sem-teto. Dark a havia processado e estava aguardando alguma descoberta.

Rezando para fazer uma.

Seu telefone tocou.

Graysmith de novo.

Ela estivera fora, viajando por alguma parte desse mundo — e, como de hábito, não diria exatamente onde. Todavia, estava de volta à Califórnia e queria fazer uma visita para falar sobre Labirinto.

Seis meses antes, Graysmith havia aparentemente se materializado do nada e agido como um anjo da guarda para ele — oferecendo-lhe acesso, armas, informações e até aviões que o conduziriam de uma costa à outra, em perseguição ao monstro. Disse-lhe que tinha acesso a um orçamento irrestrito, de canais muito secretos da inteligência americana, e que não se preocupasse com a origem daquilo tudo.

Você viu em primeira mão o tipo de recursos que posso oferecer, dissera ela.

Mas o que você quer em troca?, perguntara Dark.

Quero que pegue esses monstros.

A Divisão de Casos Especiais faz isso.

Mas a Divisão não é tão boa quanto você. E não pode fazer o serviço todo — dar aos monstros aqui fora o que merecem.

Que seria exatamente o quê?

A morte.

Um anjo da guarda — com um pouquinho do demônio dentro de si.

Dark alimentara sérias dúvidas sobre Graysmith durante aquele primeiro caso — a caçada ao chamado Assassino das Cartas de Tarô. Por algum tempo, chegou a suspeitar de que ela *fosse* o criminoso, e que estava surgindo em sua vida só para lhe confundir a cabeça. As suspeitas mostraram-se infundadas. Ela fora vital para a investigação. Deu a ele exatamente o que tinha prometido — nada mais, nada menos.

Ao final do primeiro caso, Graysmith insinuara que ia deixar o emprego não especificado na inteligência dos EUA e juntar-se a ele em tempo integral.

E fazer o quê, então? Pegar assassinos em série nas horas vagas?, perguntara Dark.

Isso, respondera ela, apertando-lhe a mão.

Nos últimos seis meses, era o que tinham feito. Toda vez que Dark não estava sendo pai. Usavam um programa de base de dados sofisticado para rastrear todos os assassinatos incomuns, no mundo todo, em busca de padrões. Aparentemente, Graysmith ainda dispunha de acesso aos bancos de dados e ao financiamento. Quando lhe perguntou sobre isso, ela disse que não se preocupasse e continuasse em busca dos monstros. Haviam ocorrido desdobramentos promissores na Europa, mas aí o assassino tropeçou e foi pego pela Interpol. Dark continuou a pesquisar, a estudar padrões.

O tempo todo, porém, perguntava-se: quem a estaria financiando? Para onde ia isso tudo? Fez algumas buscas e encontrou respostas.

E em breve teriam uma conversinha sobre aquilo tudo. Porque o que havia descoberto suscitava *mais* perguntas ainda.

Como sempre, Graysmith entrou com café em uma das mãos e cerveja na outra. Entregou a garrafa de Shiner Bock para Dark. Ele tirou a tampa, deu um gole e tentou imaginar onde ela estivera, pela aparência. A pele macia encontrava-se ligeiramente bronzeada e o cabelo estava arrumado. Tirando isso, parecia a mesma. Os olhos brilhantes tinham sempre a mesma expressão divertida — um pequeno distanciamento que Dark nunca conseguia entender.

— Meu chefe está muito interessado em Labirinto — disse Graysmith. — Em que estágio você está do caso? Quero poder dizer a ele alguma coisa.

— Se não?

Dark tinha plena consciência de que o acesso a bancos de dados, ferramentas forenses, crachás para estacionamento — *tudo* poderia desaparecer num instante. Quase esperava que isso acontecesse. Era um homem que tinha recebido presentes maravilhosos ao longo da vida e os vira ser arrancados de suas mãos, quando menos esperava. Portanto, sempre que se espera algo, o golpe pode ser suavizado.

Do jeito como se sentia, queria que tudo acabasse. Naquele momento. Não precisava de equipamentos sofisticados para pegar o monstro.

Então, insistiu no assunto.

— Quero falar com o seu chefe.

Graysmith sorriu, com uma ponta de tristeza nos olhos. A intuição de Dark — normalmente um ótimo termômetro para esse tipo de situações — parecia apenas fria.

— Não pode. Ele valoriza a privacidade acima de tudo.

— Me apresente, de algum jeito.

— Você não confia em mim?

Cada nervo de seu corpo gritava NÃO. Às vezes, eles eram tão íntimos quanto dois seres humanos podiam ser, mas Dark tinha plena consciência do espaço aéreo interditado entre eles. Se quisesse apoio para continuar, não poderia mais fazer perguntas.

— Lisa — disse ele —, não é uma questão de confiança. Quero falar com ele. Agora.

— Impossível. Se desse, não haveria problema. Mas isso não vai acontecer.

— Quero falar com Damien Blair. Imediatamente.

Aquilo paralisou Graysmith.

— Como você conhece esse nome?

Capítulo 12

Dark

Dark teve vontade de dizer:

Porque sou um caçador de homens.

Depois do caso do Assassino das Cartas de Tarô, seus olhos se abriram. Não aguentava mais ser empurrado daqui para ali, como um peão de xadrez. Havia aprendido a fazer as próprias promessas, estabelecer objetivos. Forjar o próprio destino. Enquanto pudesse fazer isso, haveria esperança. Mesmo quando tudo mais estivesse contra ele.

Assim, realizara uma série de investigações por conta própria ao longo dos últimos seis meses. Desprezou os recursos eletrônicos e trabalhou à moda antiga, seguindo uma trilha de papel. Exatamente como Tom Riggins lhe ensinara, quando ele era apenas um principiante. E, nos últimos meses, fora capaz de rastrear a supostamente irrastreável Lisa Graysmith por meio de suas movimentações financeiras. A verdade era que, quando se trabalhava para alguém, a pessoa tinha que pagar. Por mais que se tente, é quase impossível erradicar completamente da face da Terra o rastro deixado pelo dinheiro.

Dark não tinha todas as peças do quebra-cabeça. Descobriu, entretanto, o nome de Damien Blair, que tinha vários endereços na Europa, África do Sul e Hong Kong, além de uma vasta fortuna à sua disposição. Blair era bem-relacionado, educado, experiente e discreto. Não era objeto de interesse para a mídia comum. A única menção a ele, em um ano, era a de que frequentava regularmente o Fórum Econômico Mundial, em Davos, na Suíça — o preço do ingresso é apenas de meio milhão de dólares, sem incluir passagem de primeira classe, aluguel de chalé, carro e motorista, além do helicóptero, e assim por diante.

Não havia nada de problemático na biografia pública de Blair, mas isso poderia significar apenas que tivesse gastado milhões a fim de ocultar sua vida de olhares curiosos. Nenhum homem se dá ao trabalho de atrair e financiar um agente aposentado do FBI a menos que queira algo específico em troca.

Dark, porém, imaginou que seria um trabalho árduo descobrir a verdade.

— Você quer me falar sobre ele, ou devo seguir em frente? — perguntou. — Posso ligar eu mesmo para o escritório dele.

Dark tomou outro gole de cerveja e esperou a resposta. Observou o ar divertido em seus olhos transformar-se em aborrecimento. E em resignação, por fim.

— Me deixa dar dois telefonemas.

A primeira ligação foi presumivelmente para Blair.

A segunda, contudo, foi para a sogra de Dark.

Graysmith havia conhecido a Sra. Collins no final do caso do Assassino das Cartas de Tarô, apresentando-se como ex-colega de Dark no FBI. A sogra era esperta demais para aceitar aquilo sem questionar; parecia com a filha nesse aspecto. Intuitiva, sagaz, empática em um nível quase sobrenatural. Dark sentiu que ele e a sogra teriam em breve uma conversa sobre quem era Graysmith e o que pretendia em relação à sua neta.

Por ora, no entanto, a Sra. Collins guardaria essas ideias para si e aproveitaria o tempo que podia passar com Sibby.

— Está tudo resolvido — disse Graysmith. — Tudo arranjado para sua filha.

— Você ligou para minha sogra?

— Acabe sua cerveja. Temos que fazer uma viagem.

Graysmith dirigia, tomando a 101 e atravessando Hollywood, em direção a Van Nuys. O avião particular estaria esperando, explicou ela.

Dark se deu conta de que estava vestindo uma camiseta semilimpa, um casaco com capuz e uma calça jeans gasta. Sem arma, telefone, sequer uma caneta. Aonde quer que estivessem indo, imaginava que receberia o que precisava ao longo do caminho.

— Imagino que você vá abrir o jogo — disse Dark. — Deixa eu ajudar.

— Não precisa — replicou Graysmith. — Tenho permissão de contar para você. Mas não me faça repetir. Trabalho como olheira para um grupo único e muito discreto de investigadores que está interessado em você faz tempo. Desde o caso Sqweegel, há cinco anos. Quando o Assassino das Cartas de Tarô surgiu, Damien Blair decidiu dar a você as ferramentas de que precisava para pegá-lo.

— O quê? Como um teste?

— Não, como ajuda. Nunca menti para você, Steve.

Dark processou aquilo, repassando rapidamente os últimos seis meses, analisando as conversas entre eles sob a luz desse novo e delicioso desdobramento.

— Queríamos que você aceitasse nossa ajuda, a fim de que pudesse alcançar o máximo do seu potencial. E você chegou lá, Steve. Não percebeu? Pense em onde estava há seis meses. Ainda tentando descobrir o que significava isso tudo. Ainda se debatendo e ignorando o potencial daquilo em que podia se transformar.

— Lindo — cortou Dark. — Então eu desabrochei. Mas para onde estamos indo? Especificamente?

— Paris — respondeu ela.

Los Angeles Times

Nenhuma ameaça nova do "Labirinto", nenhuma indicação da identidade. O chefe de polícia especula: "Achamos que se trata de um caso isolado."

Capítulo 13

Labirinto

Todo mundo no chique saguão da companhia de petróleo está se perguntando:

Será um tanque gigante para peixes? Qual desses figurões mimados e super-remunerados mandou construi-lo?

No entanto, estava ali, sendo levado sobre rodinhas para o quartel-general da Intertrust Petroleum Corporation, a IPC, uma das maiores do ramo de petróleo, em Dubai.

O lema não oficial da companhia parece ser: Dinheiro Não É Objeto. E esse espírito se refletia em cada aspecto do design do prédio.

Observo um funcionário confuso recebendo o tanque, supondo que algum diretor tivesse encomendado.

Porque, todos sabem, diretores fazem coisas estranhas como essa.

Quando o dinheiro não é objeto, procuram-se brinquedos cada vez mais bizarros para diversão.

Ora, o meu novo pacote vai diverti-los.

Dois executivos aproximam-se do tanque, examinando o peixe solitário e feio em seu interior.

No momento em que os pacotes foram aceitos pela recepção principal da IPC, recebi um alerta no celular, que me conectou com os servidores da companhia.

Espiono, usando câmeras e microfones ocultos do próprio sistema de segurança interna da IPC.

Com o aplicativo certo, é possível estar em qualquer ambiente no mundo, graças à rede de câmeras de segurança que os seres humanos instalam para se assistir obsessivamente.

É divertido observá-los tentando entender aquele presente.

Uma secretária pergunta:

— Que espécie é essa dentro do tanque? Você reconhece esse tipo de peixe?

A outra diz:

— Não faço ideia. Parece... doente.

— Por que encomendar um tanque desse tamanho com um peixe só dentro?

— Já disse, não faço ideia. Talvez seja algum tipo de brincadeira. Daqui a alguns minutos alguém vai entrar pela porta da frente com uma touca branca e um conjunto de facas, e o pobrezinho acaba virando um sushi.

Elas tentam ocultar uma gargalhada. Não querem que os executivos as ouçam divertindo-se tanto.

Mas as brincadeiras ajudam a aliviar a tensão de se trabalhar para as pessoas mais nervosas e ávidas por poder no mundo.

Secretárias de executivos extraem humor de onde podem encontrá-lo.

Não as censuro por isso.

Outro pacote chega alguns minutos depois — uma pequena caixa FedEx.

Uma das secretárias brinca:

— Comida para peixe, provavelmente.

Mas quando arrancam a fita adesiva da caixa ficam muito surpresas ao encontrar um relógio de ouro dentro, juntamente com uma folha de papel dobrada, com o timbre da companhia.

Isso provocou um estalo.

Uma delas fala que aquilo tudo a faz lembrar-se de algo que acabara de ler na internet — sobre aquela atriz e o namorado-produtor.

Ela diz:

— O Departamento de Polícia de Los Angeles não recebeu um monte de merda horas antes de uma bomba explodir?

A outra responde:

— Sim, um enigma. O maluco enviou uma *charada*!

Espero que esteja mais do que claro agora que não sou "maluco". Toda a ação tem um propósito e um significado específico.

Não importa se o mundo não entende agora.

Os que participam do jogo vão pegar as menores nuances do que eu fizer.

E essas serão as pessoas que vão me ajudar a salvar o mundo dele mesmo.

Dois detetives do Departamento de Investigação Criminal, da polícia de Dubai, chegam à IPC em minutos.

Companhias petrolíferas recebem atenção imediata e cortês da polícia.

O mais baixo dos dois é também o mais largo; o mais alto é calvo.

Homens vulgares, envolvidos em negócios vulgares, iludindo-se ao pensar que estão fazendo algo de bom protegendo vidas vulgares.

Examinam minha charada numa silenciosa sala de conferências, dizem que técnicos da perícia estão a caminho.

Com uma companhia tão poderosa e influente como a IPC, a polícia sabe que tem de se armar até os dentes.

Por enquanto, esses homens vulgares apenas tocam a borda da minha carta com dedos enluvados, falam sobre a eliminação das impressões digitais das secretárias executivas.

Deviam estar examinando a charada. Ela vai lhes dizer tudo.

Minha charada:

POSSO CORRER, MAS NUNCA ANDAR,
MUITAS VEZES MURMURAR, NUNCA CONVERSAR.

TENHO LEITO, MAS NUNCA VOU DORMIR,
TENHO BRAÇO, MAS NUNCA O ERGO.
O QUE SOU EU?

LABIRINTO

Em vez disso, examinam o relógio de pulso de ouro. de dar corda — um Patek Philippe, sob encomenda, que incluía um calendário perpétuo, com as fases da lua.

Um artigo caro, feito à mão, com os melhores materiais.

Uma obra de arte requintada, manuseada por dedos símios em forma de salsichas.

Os policiais vulgares falam sobre examinar o relógio em busca de digitais, atropelando-se a fim de impressionar um ao outro com seus conhecimentos forenses, os quais são ínfimos.

Por fim, finalmente reparam na inscrição e na data no verso do relógio:

Para Everette
Meu infiel favorito
10/11/48

Um dos detetives pede ajuda à central — precisam saber quem é esse "Everette", o que significa a data e, se possível, que merda quer dizer aquela dedicatória que fala de um infiel.

A data parece cravar-se na mente do detetive gordo.

Ele pensa alto:

Mil novecentos e quarenta e oito.

Uma época turbulenta, controversa e significativa no Oriente Médio, e alguma coisa a respeito dela o incomoda...

Como deveria.

O mais alto nota que os ponteiros do relógio parecem estar andando... devagar.

O gordo compara-o com o seu próprio, digital — o de corda está perdendo segundos aqui e ali.

Pergunta:

— O que isso quer dizer?

Tenho vontade de falar: "Vá, continue brincando, você está se saindo bem."

Escuto quando ligam e pedem que o melhor fabricante de relógios da área seja conduzido até a central imediatamente, e eles estão prestes a levar a carta e o relógio para o laboratório, na central, quando uma das secretárias os detém e diz:

— Vocês não querem ver o peixe?

Os detetives param e olham um para o outro.

Peixe?

A polícia está inflexível: nenhum detalhe deve vazar para a mídia.

Nem.

Uma.

Única.

Palavra.

As expectativas da polícia de Dubai são tão irracionais quanto improváveis.

Exatamente como eu havia previsto.

Eles são culpados de esquecerem que muitos dos funcionários da Intertrust Petroleum Corporation são americanos expatriados, e os americanos são uma nação de pessoas falantes, que tendem a compartilhar demais as coisas.

A secretária que tinha recebido o tanque para peixes e o pacote?

Não era exceção.

Nem acordos supersecretos são suficientes para dissuadi-las de compartilhar o que recebem. Como se os acontecimentos da vida real não ocorressem de fato, a menos que fossem notados e "curtidos" no mundo virtual.

A secretária-executiva da IPC, Lauren Sandovsky, é a primeira a vazar a informação, cerca de uma hora e 23 minutos após a chegada dos pacotes.

Meu vírus da informação começa com ela numa mensagem direta, particular e curta para um ex-namorado:

Ei. Você deve estar dormindo, mas adivinha o que aconteceu comigo hoje no trabalho?
3 horas atrás

Não, linda, estou acordado. Estou sempre. Então, tudo bem, vou perguntar. O que aconteceu com você no trabalho hoje? Algum xeque te convidou para fazer parte do harém dele?
3 horas atrás

Racista. NÃO. Acho que abri um pacote enviado por um assassino em série!!!!
3 horas atrás

O QUÊ?
2 horas atrás

Você já deve ter ouvido falar nesse tal de Labirinto — do assassinato envolvendo Bethany Millar?
Bem, recebemos esse pacote estranho hoje, e a polícia acha que veio desse cara.
2 horas atrás

Isso é uma loucura. Você tirou foto do pacote? Posso usá-la?
2 horas atrás

É, tirei... mas você NÃO pode usar. Quer que eu seja despedida?
2 horas atrás

Que é isso... Vou te recompensar... :)
43 minutos atrás

Sério, Lauren, como é que você pode NÃO dividir isso comigo?

Eu vivo para essas coisas!
40 minutos atrás

Não me faz cair de joelho e implorar.
19 minutos atrás

SÓ PARA VOCÊ. Entendeu, garotão?
[PIX ATTACHMENT: 43728.23.jpg.]
7 minutos atrás

Uau! Sim, prometo.
1 minuto atrás.

Brad Rayner trabalha como gerente de conteúdo em um site independente de notícias com sede em Chicago, Illinois.

A foto aparece no site aproximadamente 17 minutos depois de ele a ter recebido.

Me surpreende que tenha demorado tanto.

Capítulo 14

Dark

Do outro lado do oceano Atlântico

Dark estava entrando num estado de semiatordoamento quando o laptop na mesa a seu lado emitiu um sinal. Piscou, olhou em volta e logo se lembrou — ah, sim, estou dentro de um Gulfstream G650, viajando a 0.9 mach, para encontrar o homem que me recrutou em segredo.

O sinal do laptop indicava que a amostra de DNA do sem-teto correspondera a uma identidade. Mais uma vez, os bancos de dados clandestinos de Graysmith vieram a calhar. O homem realmente existiu. Dark virou a máquina ultrafina em sua direção, a fim de que pudesse ver a tela, e depois apertou algumas teclas.

— Quem é, então? — perguntou Graysmith, do outro lado do avião.

— A resposta está vindo.

Aquela curta troca de sete palavras foi a única conversa entre os dois desde o embarque no Gulfstream. Ela se aproximou, sentando-se no assento em frente com uma xícara de chá de ervas, fones de ouvido e um tablet.

Dark aguardava o resultado.

E o misterioso sem-teto acabou se revelando... ninguém.

Não literalmente. O homem tinha uma vida, um passado não muito distinto — não o suficiente para que digitais e identidade fossem retiradas de todos os bancos de dados conhecidos no mundo. Seu nome era Aldi Kutishi, comerciante albanês, que se pensava ter sido morto durante uma onda de saques em princípios da década de 1990. Só as fontes clandestinas de Graysmith revelavam esses pequenos dados biográficos. Seu paradeiro nas últimas duas décadas?

Desconhecido.

Era como se o homem tivesse entrado num universo paralelo, contraído uma doença irrastreável e depois aparecido em Los Angeles, num dia ameno de outono, vivendo o bastante para entregar um pacote estranho à polícia.

E depois esse... "Labirinto".

Para início de conversa, ele tinha dado a si mesmo aquele apelido. Algo significativo. A maioria dos assassinos era batizada pela mídia ou pela polícia, mas Labirinto identificara-se desde o início. Será que se via como um mestre no centro de um dédalo vertiginoso e sem saída? Ou também estaria preso ali, e matar pessoas era a única forma de sair?

Teve o cuidado de usar um mensageiro sem passado. Portanto, devia ter algum tipo de acesso a bancos de dados da polícia, no mundo todo, para ter certeza de que aquele homem era uma nulidade apropriada e irrastreável.

Labirinto também tinha acesso, ou podia falsificar, papel timbrado do Departamento de Polícia de Los Angeles, além de um esboço raro de uma estrelinha de Hollywood. Era um ladrão ou empregara algum, talvez vários. Não havia nada de incomum em delegar uma tarefa.

Por que havia, no entanto, escolhido aquele entregador? O que em Aldi Kutishi o tornava uma bomba humana ideal?

— Esse nome diz alguma coisa para você? — perguntou Dark.

Graysmith balançou a cabeça.

— Absolutamente nada. Mas as pessoas que você vai encontrar daqui a pouco podem ter uma ideia.

— Há quanto tempo você trabalha para eles? Ou você é alguma espécie de autônoma que sai por aí entrando na vida das pessoas?

— Trabalho para Damien há muito tempo. Por falar nisso, entendo o que está fazendo. Você se sentia como se tivesse sido traído ou abandonado pela maioria das pessoas na sua vida. Naturalmente, está descontando um pouco dessa hostilidade em mim. Não só entendo como esperava isso. Porque usei esse sentimento de traição e abandono para entrar na sua vida. Mas foi tudo cuidadosamente pensado, e não vimos outra forma. Você tinha acabado de sair da Divisão de Casos Especiais. Não ia entrar para nenhuma outra organização, por mais sensacional que pudesse parecer. Tive que guiar você para isso, e foi tudo o que fiz. Se me odeia por causa disso, estou preparada para aceitar.

— Não odeio você — respondeu Dark. — Como odiar alguém que nem se conhece?

Graysmith disse:

— Não acho que você acredite realmente nisso, Steve.

Dark redirecionou a atenção para o laptop. Como tinha ido parar ali, não interessava; o fato era que havia outro monstro solto por aí. E Graysmith tinha dito a verdade. A ideia de uma organização com recursos e acesso ilimitados — e sem burocracia — agora o seduzia de fato. Desde que conseguisse tirar o monstro do caminho.

Quando desembarcaram, já era noite, e muito fria. Um vento que vinha do norte trazia a umidade do mar e jogava-a sobre seus corpos. Dark tentava calcular a diferença de fuso horário e imaginava o que a filha estaria fazendo naquele exato momento. Preparando-se para a escola?

Enquanto desciam a escada do avião, uma limusine preta aproximou-se em velocidade, tentando alcançá-los no momento em que pisassem na pista. Graysmith procurou algo na bolsa e tirou um capuz de tecido. Sem dizer palavra, estendeu-o para que Dark o pegasse. Ele apenas olhou para a coisa.

— Você está brincando.

— Desculpa, é um requisito. Eu disse a você, Blair valoriza muito a privacidade. A menos que você queira dar meia-volta e voar para casa.

— Isso é uma loucura.

— Blair insiste. Ele opera em segredo total, e a existência da organização depende disso. Sempre existe a chance, por mais remota, de que você seja um sociopata extremamente inteligente, que percebeu meu disfarce desde o início e, na verdade, vem me seguindo para chegar até eles.

— Ah, você me descobriu.

— Eu sabia. Agora, por favor, faça o que estou pedindo. Não vai ser por muito tempo. Você nem vai sentir que está usando.

Ele pegou o capuz. O tecido era macio e fino, pelo menos. Enfiou-o na cabeça.

No fim das contas, o capuz era só uma distração. No momento em que o colocou, Dark sentiu uma picada na lateral do pescoço, e sua visão escureceu de verdade.

AP News

Últimas notícias: Norman Wycoff acusado de abuso de poder no Ministério da Defesa.

Capítulo 15

Riggins

Quantico, Virginia

O restaurante estava silencioso, pouco iluminado, vazio. Do jeito que Riggins gostava.

— Faça-me o favor — disse ele — Sou *eu*. Você não acha que eu ia descobrir de qualquer jeito?

Constance Brielle sorriu:

— Eu *poderia* ter dito...

— Mas teria que me matar, certo? — falou Riggins, sorrindo e mexendo o gelo no copo. — Ora, meu bem, muitos já tentaram e, seja como for, continuo por aí.

— É — retrucou ela. — Eu também.

Riggins passara um bocado de tempo com Constance no hospital, assim que terminou o caso do Assassino das Cartas de Tarô. Ela havia ficado cara a cara com um militar psicótico, ex-membro de uma força de operações especiais da Marinha, na torre do maior prédio de São Francisco — a Torre Niantic. Quase não sobrevivera ao embate. Havia quebrado o braço em dois lugares, fora asfixiada e depois atirada de cabeça contra uma parede de concreto, o que lhe causou uma concussão. O fato de ela ter sobrevivido significava que era mais forte do que qualquer um pudesse imaginar — inclusive ela própria. Fora, no entanto, Riggins quem a tinha carregado para fora da Torre Niantic em chamas, ficado com ela, segurando-lhe a mão e dizendo quão durona era. Se tivesse sido com ele, teria se encolhido em posição fetal, gritando pela mãe. Constance sorrira, em meio ao torpor causado pela morfina, e Riggins sabia que ela ficaria bem.

Ele estava, entretanto, errado quanto a isso. Constance não estava bem.

E agora, seis meses depois, deixava a Divisão de Casos Especiais.

— Acho que somos sobreviventes natos — disse Riggins.

Eles tinham marcado o encontro numa espelunca não muito distante de Quantico — uma churrascaria escura, antiga, com grandes divisórias de madeira e toalhas de mesa brancas. Riggins gostava dali porque era calmo e um bom lugar para se beber. Constance pediu um bourbon, Black Maple Hill, puro, sua primeira bebida alcoólica desde que havia tido alta; e Riggins, um creme de menta com suco de abacaxi e gelo, que estava absolutamente horrível. E a ideia era essa. Precisava de um drinque, mas achava que beber uma coisa ruim o impediria de embebedar-se demais. Não queria ficar chapado, não naquele momento. Olhou, porém, para o bourbon de Constance.

— Alguma novidade do rei dos imbecis? — perguntou Constance.

Rei dos imbecis = palavra-código para Wycoff.

— Não. O homem está ficando cada vez mais queimado. É só o que se sabe.

— O que isso quer dizer para você?

— Que vou ignorar essa história e fazer meu trabalho.

Um brilho súbito surgiu nos olhos de Constance.

— Você está no caso desse tal de Labirinto, não?

— Estou — mentiu Riggins.

A verdade era que, na semana em que o primeiro vídeo havia sido postado, ninguém lhe tinha dito *não*. Já que era assim, decidiu entrar na coisa. Não ter um chefe do mal significava não ter de prestar contas a ninguém. A curto prazo, pelo menos.

— Devia estar trabalhando comigo — disse. — Preciso de alguém como você nisso.

— Tom...

— Já sei, já sei. Menti. Não preciso de ninguém como você. Preciso de você, e sei que não posso ter.

— Só sinto que eu...

— Não precisa explicar. Entendo melhor que ninguém.

E era verdade. Tom Riggins conhecia a paixão pelo trabalho melhor que ninguém. O fato de ainda estar nele, após todos aqueles anos, era um milagre ou uma anomalia estatística. Os agentes da Divisão de Casos Especiais duravam algo entre 48 horas e seis meses, os melhores. Uma carreira excepcionalmente longa significava um ano ou dois de serviço. Não se sabia como, mas Riggins tinha durado um quarto de século. Apenas Steve Dark e Constance Brielle vinham em distantes segundo e terceiro lugares na lista de longevidade.

Dark saíra no início do ano; Constance estava pendurando as chuteiras agora.

Tinha sido encaminhada para um trabalho na inteligência; fora sondada. Riggins havia feito uma busca intradepartamental. Descobriu que ela vinha sendo solicitada com muita frequência, ao longo dos anos, mas tinha rejeitado categoricamente todas as ofertas. Preferira ficar com Riggins. E, é claro, com Steve Dark, seu amor não correspondido.

Que não a visitara no hospital.

Nem uma vez.

Nunca haviam falado sobre o assunto, mas Riggins sabia que aquilo incomodava os dois.

Pensou na última vez em que vira Steve Dark. Seis semanas antes, no oeste da Califórnia, no rastro de um banho de sangue. Durante um período de tempo horrível e excruciante, Riggins esteve preocupado com a possibilidade de que Dark tivesse chegado a um ponto sem retorno. De que ele *fosse* o Assassino das Cartas de Tarô. Sabia coisas sobre a linhagem dele das quais nem o próprio Dark tinha conhecimento. De maneira que, quando esteve com a arma na mão e a apontou para a coisa mais próxima que tinha de um filho... estava totalmente preparado para apertar o gatilho. E que momento terrível fora aquele.

Não estou louco. Tom. Estou mais são que nunca, tinha dito Dark.

O que você anda fazendo?, perguntou Riggins.

Meu trabalho. Mas não para você.

Estaria ele ainda fazendo seu trabalho lá em Los Angeles?

O fato era que — e essa era a horrível verdade que jamais poderia revelar a ninguém, muito menos a Dark:

Riggins meio que esperava que Steve explodisse a qualquer momento.

Quando isso acontecesse, não seria culpa de Dark. Não de todo. Não quando esse tipo de coisa estava no sangue da pessoa.

Ao final do caso Sqweegel, cinco anos antes, Steve havia destruído completamente o corpo do adversário, cortando-o em pedaços antes de levá-lo pessoalmente até um crematório. Horas depois, contudo, percebeu o erro. Deveriam ter guardado uma amostra do DNA de Sqweegel para referências futuras, a fim de compará-lo com o de outros crimes sem solução. E então se lembrou do único lugar onde ainda poderia encontrar uma amostra. Riggins oferecera-se para realizar a tarefa.

Horas mais tarde, Tom estava segurando a mão fria de Sibby Dark e passando um palito sob uma das unhas com a mesma suavidade com que se seca a lágrima do canto do olho de um bebê. Pensou em como ela tinha se agarrado à vida, resistindo a seu torturador, rasgando-lhe a roupa de látex e arranhando-lhe a pele.

Riggins analisou a amostra pessoalmente e aguardou o resultado no laboratório vazio. Quando este apareceu, com um equivalente retirado do CODIS, o banco de dados de DNA do FBI, Tom não se surpreendeu. Sqweegel não tinha surgido das entranhas do inferno para aterrorizar a humanidade. Até os monstros tinham parentes.

Riggins, no entanto, não fazia ideia de que um desses familiares pudesse ser *o próprio Steve Dark*.

Segundo a análise, os dois eram irmãos.

Assim, durante os últimos cinco anos, Tom havia engolido a verdade e a guardado numa caixa trancada, dentro de si mesmo, e passou a beber um pouco mais, para mantê-la bem fechada. Não podia deixar aquilo escapar, transparecer.

Ficava, entretanto, de olho em Dark, prestando atenção em qualquer sinal de psicose ou instabilidade. Não que essas coisas circulassem pela família, mas explicavam, com certeza, muitas das inclinações de Dark. Era o melhor caçador de criminosos do mundo porque estava ele mesmo muito perto de ser um assassino de grau 26.

Essa ideia aterrorizava Riggins.

A de que um dia tivesse de caçar o próprio filho postiço...

— Terra para Riggins, você ainda está com a gente?

Constance sorria para ele, mas de forma automática. Tom sabia que ela também estivera pensando em Dark.

O que desejava mais que tudo era juntar os dois e trabalhar nesse último caso, essa última vez. Porém, era impossível ter tudo que se queria, e viver no passado era a forma mais segura de desistir do futuro.

— Sim, estou aqui.

Riggins levantou a mão, chamou o garçom e pediu outro Black Maple Hill, duplo e puro.

Disse a Constance:

— Não vou a lugar algum.

Mas ela ia, e Riggins sabia disso.

Capítulo 16

Dark

Quando Dark acordou, estava deitado num divã, no meio de uma grande sala. O mundo parecia ter se inclinado para a esquerda. Graysmith estava sentada a seu lado. Ela pôs a mão no ombro dele, como se para despertá-lo de um suave cochilo e não de uma injeção de tranquilizante.

— Steve, este é Damien Blair, chefe da Global Alliance.

Blair, de pé à frente deles, tinha cerca de dez anos a mais que Dark e cabelos grisalhos nas têmporas. Traços bonitos. Olhos brilhantes. Ele não estendeu a mão. Ficou parado, com um olhar glacial, fixo em Steve.

— Como você descobriu meu nome? — questionou.

Dark tirou uma foto mental do ambiente. Colunas adornadas, pintadas com umas dez camadas de tinta de cor pálida. Um teto alto, abobadado, precisando urgentemente de um pouco daquela tinta. À esquerda, um palco. Percebeu de repente por que o mundo parecia inclinado para um lado. Estavam num velho cinema, sem as cadeiras, o que deixava o chão num declive em relação ao palco.

— Você mora aqui sozinho ou tem um colega de quarto? — perguntou Dark.

— Só pedi este lugar emprestado para o nosso encontro. Que vai ser breve, porque a situação está se complicando rápido, e não tenho muito tempo para apertar sua mão — disse Blair, olhando para Graysmith. — Vou perguntar de novo: como você descobriu meu nome?

— Da forma antiga — respondeu Dark. — Procurando.

Blair sorriu — ou algo equivalente. O rosto do homem parecia geneticamente incapaz de expressar alegria genuína.

— Você é o primeiro candidato a descobrir meu nome, o que é muito impressionante.

— Então houve outras tentativas? Se eu adivinhar quanto pesa e mede, você vai me deixar entrar para o seu pequeno superclube?

Dessa vez Blair sequer tentou fingir que sorria. Em vez disso, virou-se e encarou Graysmith, perguntando-lhe:

— Ele já sabe sobre Dubai?

Graysmith balançou a cabeça.

— Não. Mantive o avião sem acesso a qualquer tipo de mídia, como você pediu.

— Bom — retorquiu Blair.

Dark levantou-se. O sangue, concentrado na cabeça, desceu, e ele sentiu vertigem:

— Você vai me dizer agora quem é e o que faz?

Blair respondeu:

— A sua amada Divisão de Casos Especiais era conhecida como a unidade máxima de elite, de caça a assassinos em série, do país. Lidando com o pior do pior. Certo?

Dark assentiu.

Blair continuou:

— Imagine uma unidade parecida, só que em escala global. Cheia de caçadores de criminosos do seu calibre e, em alguns casos, até mais qualificados. E cuja presa é muito mais assustadora que os seus assassinos em série comuns.

Dark achou que Blair não percebia quão ameaçadores podiam ser os assassinos em série — como o pior deles que havia encarado. Um ser que nem se podia qualificar como humano. Um monstro vivo, com tanto ódio no sangue que queimava as veias, como piche fervendo. Chamavam-no de Sqweegel. Ele levara embora a única mulher que Dark tinha amado de verdade. Fora necessária uma amizade especial a fim de guiá-lo para fora da casa dos horrores em que havia se transformado sua mente.

A pessoa cria o próprio destino, Dark tinha dito a Riggins alguns meses antes. *Enquanto se faz isso, há esperança*. E ele passara a crer naquilo.

Se Blair tivesse passado apenas trinta segundos num ambiente qualquer com Sqweegel, não o descartaria como um "assassino em série comum".

Dark ficou calado. Estava ali, no território de Blair; era melhor deixá-lo conduzir o jogo.

— Você passou sua vida profissional perseguindo o que chama de assassinos de grau 26 — continuou Blair. — Mas existem coisas piores por aí, piores do que a Divisão de Casos Especiais imagina. Criei a Global Alliance, com o apoio de governos importantes do mundo todo, para neutralizar essas ameaças que surgem sem parar.

Dark encarou-o. Seria aquilo para impressioná-lo? Os monstros que *eu* caço são maiores e piores que os *seus*.

— Engraçado — alfinetou — que eu nunca tenha ouvido falar de você, nem dessas *coisas piores* de que você fala.

— É porque, até agora, nós os detivemos primeiro — retrucou Blair, com ar impassível. — Sr. Dark, posso lhe mostrar alguns arquivos de casos interessantes, e você pode dar uma olhada quando for possível, se escolher continuar. Vai achá-los intelectualmente fascinantes. Mas, como já mencionei, não há muito tempo para rodeios. Então me deixe explicar o que fazemos.

Da forma como Blair explicou, a Global Alliance era uma equipe de agentes internacionais, só estrelas, que reunia as melhores pessoas de cada área: perícia, combate, interrogadores, tecnologia, operações de inteligência e assim por diante. Não havia uma sede; cada agente vivia no próprio país, juntando-se aos outros quando necessário. Blair não era policial; explicou que era apenas um facilitador, com fundos que lhe permitiam mover qualquer coisa, para qualquer lugar, sem que se fizessem perguntas.

— Por que se incomodar comigo? — perguntou Dark. — Parece que você já dominou completamente o planeta.

Graysmith suspirou alto.

— Eu disse que precisava de um pouco mais de tempo.

Blair sorriu.

— Não, ele está se saindo bem.

Voltou então a atenção para Dark.

— Antes de ser convidado a entrar para a GA, cada agente é cuidadosamente monitorado e testado em vários casos. Notamos você quando prendeu e despachou o assassino conhecido como Sqweegel. Observamos com atenção a forma como lidou com o Assassino das Cartas de Tarô. Normalmente, teríamos convidado você de forma mais controlada, tranquila. Sedutora até. Mas, agora que surgiu Labirinto, não há tempo. Precisamos de sua habilidade, urgentemente.

— Mais uma vez, por que eu?

— Os membros da Global Alliance são muito qualificados, os melhores naquilo que fazem. Mas nunca encontrei ninguém que conseguisse entrar na cabeça de um assassino do jeito que você consegue. E, se vamos pegar Labirinto, preciso de você na minha equipe.

— Por que Labirinto requer a atenção da Global Alliance? — perguntou Dark.

Os olhos de Blair se estreitaram. Ele passou a língua pelos lábios, como se tivesse mordido algo desagradável e quisesse tirar o gosto imediatamente.

— Labirinto é a *razão* pela qual criei a Global Alliance.

— Mas ele só surgiu na semana passada.

— É verdade — disse Blair —, mas eu já sabia da sua existência faz algum tempo. Pense naquele programa do qual você ficou tão fã. O que reúne materiais disparatados, o farto fluxo de informação eletrônica, que não para de jorrar? Isso foi ideia minha. O Genius nada mais é que a habilidade de juntar duas informações dissonantes para criar algo novo. Uma intuição, uma canção, uma revolução, não interessa. O meu programa é uma aproximação grosseira do potencial do gênio humano.

— Você parece estar muito orgulhoso.

— Você já o usou — disse Blair. — Na verdade, se não estou enganado, você confia totalmente nele. Como sabe, o programa procura padrões e tenta entendê-los. Venho captando sinais ao longo desta última década, da mesma forma que os meteorologistas sentem que uma supertempestade se forma. Indicações de que alguém como Labirinto apareceria. Todos os sinais estavam aí. Então passei algum tempo juntando uma equipe para lidar com essa ameaça, assim que surgisse.

— Até agora ele só matou algumas pessoas e postou um vídeo de merda no YouTube.

Blair retrucou:

— Você acha que ele é só mais um assassino em série? Não vê a batalha maior que está sendo travada?

Dark perguntou:

— O que aconteceu em Dubai?

Capítulo 17

Dark

Graysmith explicou rapidamente a charada a Dark, o tanque para peixes e o relógio de ouro. Tudo que a polícia de Dubai conseguira foi enviado para seu tablet, e, durante o voo, ela havia digerido e analisado cada evidência.

— Por que você não me contou sobre isso no avião? — perguntou Dark.

Blair respondeu por ela:

— Francamente, se você rejeitasse nossa oferta, não o queríamos no caminho.

— Vocês estão muito confiantes, não?

Dark sabia que os paralelos entre esse novo pacote e o caso original de Labirinto nos Estados Unidos eram inegáveis. Havia a charada escrita à mão, no papel timbrado da companhia. Os objetos estranhos que não pareciam se encaixar em nenhum padrão óbvio. O que um relógio de ouro, dado a um executivo da indústria petrolífera, tinha a ver com um peixe? Seria algum tipo de piada grosseira?

Mais importante ainda: quem era a vítima em questão?

Qualquer executivo no ramo do petróleo, em 1948, hoje já estaria velho ou morto. Mesmo que tivesse 18 anos na época em que recebeu o relógio, estaria com 80 hoje. Teria o tal de "Labirinto" intenção de matar um homem que não dispunha de muito tempo de vida?

Porque, se esse caso seguisse o mesmo padrão dos homicídios nos Estados Unidos, quando o relógio parasse, uma nova vítima de assassinato seria revelada ao mundo.

— Então, o que você acha disso tudo? — perguntou Blair. — Sabe a resposta da charada?

POSSO CORRER, MAS NUNCA ANDAR,
MUITAS VEZES MURMURAR, NUNCA CONVERSAR.
TENHO LEITO, MAS NUNCA VOU DORMIR,
TENHO BRAÇO, MAS NUNCA O ERGO.
O QUE SOU EU?

— A resposta — disse Dark — é um rio, que pode correr, murmurar, está sobre um leito...

— Exatamente — concordou Blair.

— As charadas não são exatamente complexas.

— Você está certo — concordou Blair. — Elas parecem ser a primeira parte de uma mensagem com significado mais profundo. Nos ataques em Los Angeles, na semana passada, a charada parecia indicar o método de assassinato, enforcamento, tiro, afogamento. Mas não continha uma revelação, de fato, sobre quem ou por quê. O significado verdadeiro está oculto nos outros itens.

Dark assentiu.

— Exato. A charada não é o que interessa. Elas são resolvidas com muita facilidade. Ele quer que olhemos além.

— O que você acha do relógio de ouro? — indagou Blair. — E do peixe? O que significam?

— O relógio nos diz quando — respondeu Dark. — O de Los Angeles despertou bem na hora em que Elizabeth e Loeb estavam sendo forçados a matar um ao outro. Essa é a forma que Labirinto tem de nos dar um prazo.

— Quanto tempo ainda temos? — perguntou Graysmith.

Dark virou-se para encará-la:

— Você disse que um dos detetives em Dubai notou que os ponteiros do relógio parecem estar mais lentos. Quando parar de todo, vai ser a hora em que Labirinto atacará de novo. Eu mandaria um fabricante de relógios até a central de polícia imediatamente para nos dar seu palpite. Alguém como Labirinto deve tê-lo cronometrado para o segundo exato.

Blair sorriu.

— Você está dizendo que vai se juntar a nós, Sr. Dark?

— Vamos chamar de período de experiência. Me levem para Dubai e vamos ver se conseguimos impedir que esse maníaco mate mais alguém.

— Muito bem — disse Blair. — Vamos decolar daqui a trinta minutos. O resto da equipe já está a caminho do avião.

Graysmith estendeu a mão:

— Estou me despedindo.

— É mesmo? Já vai rumo à próxima missão?

— Trabalho como autônoma. Sempre trabalhei. Não sou um membro da equipe, mas sou muito boa para ajudar a formar equipes.

— Qual é o seu nome de verdade?

Graysmith — ou quem quer que estivesse por detrás de seu rosto — sorriu.

— Talvez eu conte a você um dia. Se tiver sorte.

— Certo.

— E, Steve, tome conta daquela sua garotinha. Ela é especial. Os pais, às vezes, esquecem de como as filhas os admiram.

Dark tentou ler os olhos dela. Não sabia direito se estava finalmente se abrindo para ele e falando com base na experiência pessoal, ou se estava ainda a trabalho, tentando plantar uma semente em sua cabeça que pudesse ser explorada mais tarde. Isso, entretanto, não importava. Dark estendeu a mão, pegou a dela e puxou-a para mais perto.

— Vou ver você de novo — disse.

— Não se eu encontrar você primeiro — replicou Graysmith.

[Para entrar no Labirinto, vá até Level26.com e digite o código: dubai]

Capítulo 18

Labirinto

Desligo o telefone.

Nem foi tão difícil, afinal de contas.

Num tempo recorde, Charles Murtha renasceu, reabilitou-se e está pronto para o próximo estágio.

Penso em como gritou quando ouviu minha voz no seu ouvido. Talvez tenha pensado que Deus estava falando com ele. Esses tais de capitães da indústria se assustam com tanta facilidade!

É verdade que minha voz estava eletronicamente distorcida. O que pode soar apavorante. Mas eu precisava que ele me levasse a sério — e nós todos crescemos com a expectativa de que as pessoas que sequestram outras falam com vozes eletronicamente distorcidas.

Tudo é questão de expectativas.

Sendo assim, me preocupei em parecer bem tranquilizador. A esperança é um analgésico poderoso. Quando se tem um fiapo de esperança, é possível sobreviver praticamente a qualquer experiência, por mais traumática que seja.

Disse a ele que não se preocupasse, que estavam vindo pessoas para salvá-lo naquele exato momento.

Falei:

— Você não pode realmente fazer nada. Então, não perca tempo se preocupando com isso. Deve se preocupar em diminuir o ritmo da respiração. Não tem muito ar aí embaixo. Você vai consumir tudo.

— *Merda... Ai, meu Deus...*

Não.

Não há tempo para pânico.

Em vez disso, disse a ele que se concentrasse na lição.

Não demora muito para que Charles Murtha, um dos executivos da indústria de petróleo mais ricos dessa região, aprenda a lição e a recite de cor. Ele parece absurdamente grato pela chance de *poder* fazer alguma coisa depois de ficar tanto tempo pendurado naquele cano. Como tantos outros executivos, está ansioso por agradar, mostrar seu valor em alguma espécie de arena, mesmo que seja uma tão lúgubre e desesperadora como essa.

Assim, em pouco tempo, ele a estará recitando com verdadeiro prazer, como se acreditasse nas palavras que saem de sua boca.

Ah, dos seus lábios para os ouvidos do mundo, Charles.

Fico feliz que Charles Murtha tenha aprendido a lição.

Porque logo teremos ultrapassado o ponto sem volta. Mesmo que algum membro da polícia local conseguisse matar minha charada, não haveria tempo suficiente para fazer com que uma equipe de manutenção descesse até as entranhas do resort, a fim de libertar o pobre Sr. Charles Murtha antes que...

Bem, não quis dizer nada disso a ele. Especialmente considerando o que aconteceria com seu corpo.

Ele já estava bastante sensível.

Capítulo 19

Dark

Um motorista robusto levou Dark do cinema abandonado de volta ao aeroporto, parando apenas para mostrar a tela do celular num posto de verificação, a fim de obter permissão para dirigir até a pista. Parecia que Blair sentia prazer com aquelas coisas, pois aparentemente as distribuía como brindes de festa.

Não havia dúvida quanto ao avião em que embarcaria. Um Gulfstream estava acabando de abastecer. Dark saltou do carro e viu outro homem aproximando-se da escada ao mesmo tempo. De constituição delgada, dentro de um sujo casaco de lã da Guarda Irlandesa. Apesar de ter um rosto jovem, a cabeça era coberta por uma rebelde cabeleira branca, como se tivesse sido enviado à cadeira elétrica. O homem diminuiu o passo quando viu Dark e passou a sacola de náilon para a outra mão.

— Finalmente, Steve Dark em carne e osso — disse, estendendo a mão. — Sou Deckland O'Brian.

Dark balançou a cabeça e apertou a mão ossuda e áspera do homem.

— Ei, você não trouxe nenhuma bagagem de Los Angeles?

— Não gosto de bagagem.

— Nem um livro para ler durante a viagem? Não sei ir a lugar algum sem uma boa leitura. Tenha a bondade, meu amigo.

Dark subiu a escada e entrou no caríssimo jato da Gulfstream. Todos os detalhes luxuosos, porém, haviam sido retirados em nome da funcionalidade: estações de trabalho, ostentando computadores com *touch screen*, prateleiras cheias de armas e uniformes e até um pequeno laboratório forense.

De pé, diante de um depósito de armas, estava um homem alto, largo, com uma cabeça que parecia poder ser usada como aríete. Em vez de cabelo, uma elaborada tatuagem gótica espalhava-se ao longo do crânio ossudo, descendo pela nuca e desaparecendo atrás da roupa à prova de balas. Estava montando uma Heckler & Koch MP5A3, de cano triplo.

— Dark, este é Hans Roeding. Ele fala um pouco de inglês, mas não muito. E, mesmo que falasse, não ia dizer muita coisa.

Roeding balançou a cabeça e voltou para o que estava fazendo.

— Essa é a forma de ele dizer "Encantado".

— Certo — falou Dark.

— Muito mais sociável e capaz de falar *várias* línguas — continuou O'Brian —, esta é a adorável Natasha Garcon.

Quando ela se virou na cadeira a fim de olhar para ele, Dark percebeu que O'Brian não estava brincando. Era linda. Olhos azul-acinzentados, lábios que pareciam estar sempre em vias de mandar beijos pelo ar. Mesmo com o cabelo puxado para trás, num rabo de cavalo bizarro, e sem um pingo de maquiagem, Garcon poderia participar de qualquer evento e ser a mulher mais estonteante do ambiente.

— Estamos prontos? Vou informar ao piloto que podemos decolar.

E com isso ela voltou à posição anterior, colocou um botão de flor atrás da orelha esquerda e começou a falar num francês incisivo e rápido. Mal tinha olhado para Dark, o que pareceu um pouco incomum. Estaria sendo descartado como membro da equipe antes mesmo de juntar-se formalmente a ela?

O'Brian deu-lhe um tapa nas costas e apontou para a estação de trabalho:

— É toda sua, camarada. Sinta-se em casa. Próxima parada, Oriente Médio.

Essa era então a Global Alliance.

A "melhor entre as melhores".

Como Blair a criara?

Caçadores de criminosos do seu calibre e, em alguns casos, até mais qualificados. E cujas presas são muito mais assustadoras que os seus assassinos em série comuns.

Aquelas pessoas, contudo, não eram ex-policiais. Tinham outras especialidades. Eram enigmas virtuais — e durante a última década tinham vivido nos bastidores.

Antes de Dark sair para o aeroporto, Blair havia transmitido pequenos dossiês sobre cada membro da equipe para o smartphone de Dark. Deckland O'Brian era ex-membro do IRA e aficionado por tecnologia. Por fora, parecia apenas um dos muitos engenheiros de programação de uma das maiores companhias de informática que haviam existido durante a época do Tigre Celta. Sob esse disfarce, era conhecido como perito em extrair informações eletrônicas de qualquer coisa com um chip de memória, on-line ou não.

Hans Roeding era ex-membro da Força Especial de Comando alemã — Kommando Spezialkräfte, ou KSK. Eram soldados top de linha, treinados para lidar com insurreições, contraterrorismo, operações clandestinas e uma série de outras atividades não oficiais, que nunca aparecem nos livros de história. Roeding era o melhor que a KSK tinha produzido desde a queda do Muro de Berlim, tendo comandado operações secretas em Kosovo, Bósnia, Afeganistão, Paquistão, Iraque, China e Líbia.

Isso significava que a equipe possuía cérebros.

E músculos.

Natasha Garcon, por sua vez, era o rosto da Global Alliance. Não só em termos de beleza. Segundo seu dossiê, era exímia linguista, um prodígio que já falava seis línguas quando estava no ensino fundamental e três dúzias no ensino médio. Além da simples tradução, entendia a cultura e o idioma de dezenas de nações, assim como de estados dentro delas. Se havia alguma divisão de polícia, de inteligência ou governo estrangeiro a ser abordado, Garcon era a primeira a entrar em cena, abrindo caminho para os outros. Blair a nomeara líder da equipe nessa missão.

Muitos anos antes, Dark havia, de certa forma, implorado por uma chance de entrar na Divisão de Casos Especiais. Queria fazer parte da equipe de Tom Riggins mais que tudo neste mundo... antes de se perder nele, e de perder tudo que tinha amado nesta vida.

Enquanto se sentava e colocava o cinto, olhando em torno para a nova "equipe", Dark se perguntava se iria repetir o mesmo erro.

Capítulo 20

Dark

Dubai, Emirados Árabes Unidos

Um voo comercial entre Paris e Dubai costuma levar cerca de sete horas, dependendo do clima e das condições dos aeroportos. O tempo fora da França estava péssimo, mas ainda assim o Gulfstream particular de Blair completou o percurso em menos de quatro horas. Uma van que os esperava levou a equipe diretamente do avião para a central de polícia de Dubai, onde Natasha Garcon conversou com o chefe do departamento. Em questão de minutos foram levados para a sala de provas, até o tanque de peixes e o relógio de pulso de ouro.

Enquanto O'Brian e Roeding pareciam petrificados diante do estranho peixe, Dark colocou luvas de borracha e examinou o relógio. Como o esboço de Bethany Millar, parecia um objeto roubado, de natureza pessoal. Essa informação não estava na fabricação nem no material; o mais importante parecia ser o fato de ele ter sido dado de presente, na década de 1940, para algum executivo da indústria petrolífera.

Dark notou que o ponteiro dos segundos se movia cada vez mais devagar, como um inseto morrendo. Ia acabar parando, e, nesse momento, Labirinto mataria a próxima vítima.

Blair conseguira que um fabricante aposentado de relógios fosse trazido do vizinho Abu Dhabi e examinasse o objeto com uma máquina de raios X. O relógio estava de fato parando. E, se seus cálculos estivessem corretos, faltava uma hora, talvez menos, para que deixasse de funcionar.

Dark começou a construir o perfil em sua cabeça. Aquele era um assassino de padrões: dois cenários separados, duas partes diferentes do mundo, mas que ainda assim mantinham uma similaridade. Todas as vezes, Labirinto havia enviado uma charada, um relógio de algum tipo e um objeto roubado. O cronômetro dizia a eles quanto tempo ainda tinham para resolver o enigma; mas o que significavam a charada e o objeto roubado? A vítima? Dark pensou nos infelizes de Malibu. A atriz e o namorado-produtor, completamente ignorantes de que tinham o mesmo sangue. O nu artístico fora o que havia indicado suas identidades. Como a charada, todavia, entrava naquilo tudo?

O segundo ponteiro, diminuindo cada vez mais de velocidade...

Labirinto estava dizendo:

Tenho todas as peças. Sou tão inteligente que as compartilho com vocês — dou a dica antes. Mas ainda acho que não vão conseguir me pegar, porque sou mais esperto que todos.

Dark sabia que aquela arrogância seria o fim de Labirinto. Mesmo os sociopatas mais brilhantes não conseguem manter o jogo de gato e rato para sempre. Ser pego faz parte do prazer, de alguma forma doentia.

Quantas vítimas, porém, Labirinto faria antes disso?

Capítulo 21

Dark

O peixe desconcertava Deckland O'Brian.

E muito. O irlandês detestava não ter resposta para alguma coisa *imediatamente*. Conectou então seu tablet à internet da polícia e começou uma busca louca pela origem do peixe. Em questão de minutos, pelo Skype, conseguiu que o espécime fosse examinado por um ictiólogo, o qual o identificou provisoriamente como Cyprinodon nevadensis calidae. O mais estranho não era o fato de o peixe estar do outro lado do mundo, e sim que existisse. De acordo com o ictiólogo, o Serviço de Peixes e Vida Selvagem dos Estados Unidos havia declarado trinta anos antes que ele estava extinto — fora um dos primeiros a ser incluído na lista de espécies ameaçadas, uma novidade então. No entanto, ali estava ele, nadando dentro do tanque. O ictiólogo implorou por uma chance de examiná-lo pessoalmente, dizendo que podia estar lá no dia seguinte se eles...

— Ok, ok — disse O'Brian. — Obrigado, amigo.

Extinto era um termo governamental, nada mais. O fato de um governo rotular uma coisa de extinta não significa que tenha desaparecido, de modo absoluto e positivo, da face da Terra. Havia mercados negros de animais exóticos e, é claro, O'Brian sabia como acessar seus (supostamente secretos) fóruns de mensagens.

— Se Labirinto comprou essa coisinha — disse O'Brian —, *alguém* a tinha.

Óbvio. Fazia sentido. Mesmo assim, Dark achava que isso era olhar na direção errada. Deveriam estar rastreando as pistas que levavam à próxima vítima, e não olhando para trás, tentando descobrir algo que o assassino podia ter feito meses antes. A vida de alguém estava em risco naquele momento. Mas de quem?

As pistas diriam.

Talvez...

Dark disse:

— Fale um pouco sobre esse peixe. De onde ele é?

O'Brian assentiu, tocando na tela freneticamente.

— Mate essa charada agora. Parece que o peixe era natural do seu estado natal, a Califórnia. — Depois o irlandês começou a cantar, desafinado: — "*I wish they all could be Cal-i-for-nia...*"

Dark ignorou-o. O peixe era da Califórnia — um transplante literal ali. Exatamente como os executivos da indústria petrolífera. O relógio dizia o mesmo.

— Temos uma lista de todos os executivos do petróleo em Dubai? — perguntou.

Natasha sacudiu a cabeça:

— Todo mundo da Intertrust foi contado. Não tem ninguém faltando. Foi uma das primeiras coisas que chequei quando chegamos.

— E as outras companhias?

— Sim! — gritou Deckland O'Brian, começando então a tocar na tela furiosamente. — Boa ideia, Steve-O. Estou nessa.

Foi quando soaram alarmes por toda a central de polícia de Dubai.

Imediatamente Natasha Garcon correu em direção ao tumulto e puxou para o lado um detetive, falando com ele em árabe, muito rápido. O agente estava horrorizado, com uma expressão atordoada, que dizia a Dark que o homem nunca tinha passado por aquilo antes.

— O que aconteceu? — perguntou Dark.

— Encontraram um corpo num resort, no outro lado da cidade — respondeu Natasha.

— Em que parte do resort?

— Em todas as partes.

Deckland O'Brian levantou os olhos do tablet.

— Fiz uma busca, e pelos registros vocês vão entender o que vou dizer agora. Aposto mil libras que o nome da vítima vai ser Charles Murtha.

AP (Oriente Médio)

Últimas notícias: Homem encontrado morto em resort de luxo em Dubai.

Capítulo 22

Dark

Do outro lado da cidade o rio se transformara em sangue. Tratava-se de um rio artificial, no meio de um resort de luxo, construído na época do crescimento vertiginoso de Dubai, poucos anos antes. Naquele tempo, simulacros de meio ambientes estavam na moda — como, por exemplo, estações de esqui no meio do deserto. Ali, no estabelecimento em questão, era possível tomar coquetéis nas margens artificiais de um falso rio Amazonas, completo, com vida selvagem animatrônica e sons da natureza "autênticos".

Quando o sangue começou a correr, hóspedes já embriagados imaginaram que se tratasse de algum tipo de efeito especial, para comemorar algum feriado ou, talvez, promover um novo filme. Isso até um hóspede adolescente ver uma mão decepada flutuando ao longo da margem do caudaloso rio.

— Mas que diabo é...

— AH, MEU DEUS!

— Será que é...

Outras partes do corpo surgiram em seguida, boiando nas águas espumosas e tingidas de vermelho, e a polícia foi logo chamada.

Alguns hóspedes tiveram calma suficiente para tirar fotos com celulares e postá-las nas redes sociais. Não demorou muito para que as conexões fossem feitas na internet.

Puta que pariu! Acabei de saber que esse maluco desse Labirinto mandou uma charada para Dubai!
2 minutos atrás

Ele matou alguém famoso? #labirinto
2 minutos atrás

Fala sério, qual é a desse cara? Ele fica viajando pelo mundo com milhas e matando gente para se divertir?
1 minuto atrás

Espero que ele visite meu ex-marido em Miami #labirinto
1 minuto atrás

A notícia já estava entre os assuntos mundiais do momento (#labirinto) quando Dark e o restante da equipe da Global Alliance chegaram ao resort. O'Brian estava rastreando as novidades pelo celular.

— Nunca vi uma *hashtag* tão ativa — disse ele, agitado. — As pessoas estão se envolvendo nisso.

Dark disse:

— E ele, provavelmente, está acompanhando. Adorando a atenção, a publicidade. Tem como rastreá-lo pela rede social?

— Você está brincando — falou O'Brian. — Deve haver milhões de pessoas seguindo esse caso.

— E se rastreássemos de trás para a frente? Tentando descobrir quem começou a falar primeiro sobre Dubai?

— É muito fácil, mas o que isso provaria?

— Acho que é ele quem dá um empurrão nas coisas — respondeu Dark. — Espalha a notícia como um pai orgulhoso.

Natasha disse:

— Tuíta ele mais tarde. Já estamos quase chegando na cena do crime.

A equipe dividiu-se de acordo com as habilidades naturais de cada um. Deckland O'Brian encarregou-se dos computadores do resort e do serviço de câmeras, enquanto Natasha Garcon juntava-se aos donos do estabelecimento, a fim de explorar todo o resto. Hans Roeding partiu numa caçada pelo resort, no caso de Labirinto ainda se encontrar por perto. Steve Dark — único policial entre eles — foi encontrar as equipes de perícia já no local.

Encontrou a mão num pequeno redemoinho artificial, perto de um bar à beira do rio. Pegando emprestados um balde de gelo e um saco plástico, pescou o membro e guardou-o. Não tinha um kit móvel ali, mas dispunha de tudo que precisava (e até mais) no Gulfstream.

Mas não tinha dúvidas de que se tratava do corpo do executivo Charles Murtha, da indústria petrolífera — que avisara estar doente quatro dias antes, de acordo com Garcon. Seguindo a pista de O'Brian, ela entrara em contato com a empresa em que Murtha trabalhava, enquanto atravessavam a cidade, e falara com a secretária executiva dele. Ela imaginava que o patrão estivesse tirando umas pequenas férias no deserto, regadas a bebida e drogas; pressões do trabalho, essas coisas.

Em algum momento, contudo, "Labirinto" — ou um de seus comparsas — raptara Murtha e o mantivera vivo até aquele momento, quando a corda do relógio de ouro acabou e os ponteiros pararam de se mover.

A direção havia desligado o rio artificial. Dark entrou nele e foi em direção à nascente. Garcon ajudou-o a encontrar uma equipe de manutenção, que abriu a rede subterrânea de canos que forneciam água. Sobre um deles, Dark encontrou as correntes partidas — e pouca coisa além disso. O local era, no entanto, onde Murtha havia claramente sido amarrado, aguardando que milhares de litros de água descessem pelo cano, dilacerando-lhe o corpo num jorro. E eliminando, ao mesmo tempo, qualquer prova forense no próprio cano.

Dark sabia disso porque O'Brian gritou a todos para que fossem até seu computador imediatamente.

Labirinto tinha postado o próximo vídeo.

O executivo está pendurado no túnel. Ele diz: "Meu nome é..." Hesita. Está muito assustado. "Meu nome é Charles Murtha e a Terra em que vivemos é um presente! Um presente para os seus habitantes! E em troca nós abusamos de nossa Mãe Terra! Pegamos o que nos foi dado, sujamos e destruímos! Não mais, agora! A Terra já estava aqui muito antes de nós. Vamos honrar e respeitar isso!"

Depois veio a água, correndo com tanta força que a imagem na tela pulou quando a onda estourou sobre a câmera. Prestando-se atenção, um segundo antes de ela bater e de a tela mostrar a espuma branca, era possível ver Charles Murtha, executivo da indústria petrolífera, ser literalmente dilacerado...

Por fim uma legenda:

VOU AJUDAR
VOCÊS A SAIR DO
LABIRINTO

O MUNDO
AINDA PODE
SER SALVO

Vocês viram isso? É só pausar em 2:43 que dá para ver o cara EXPLODIR.
Dollarhyde28 19 segundos atrás

O cara tem razão. Fodam-se as companhias de petróleo gananciosas.
Felding11 1 minuto atrás

Ei, FosterK777, qual é a diferença entre isso e mostrar civis inocentes sendo metralhados por helicópteros dos EUA?
2Buzz2 2 minutos atrás

Não acredito que isso ainda esteja aí, e nós todos assistindo. Isso é o vídeo de um cara morrendo!
FosterK777 3 minutos atrás

Você não é o cara.
Dazzaland101010 5 minutos atrás

E o melhor ainda está por vir.
entrenolabirinto 6 minutos atrás

Capítulo 23

Bruxelas, Bélgica

O nome na tela do celular que vibrava era TREY, e Alain Pantin, membro do Parlamento Europeu, mesmo estando no meio de sete projetos diferentes e de duas conferências ao vivo em seu apartamento-escritório, perto do Leopold Park, pegou o telefone e encostou-o no ouvido.

— Você está acompanhando as notícias? — perguntou Trey.

— Que notícias? — espantou-se Pantin, estreitando os olhos e tentando lembrar-se das manchetes mais importantes das últimas horas. A revolução no Oriente Médio? A falência do sistema de saúde no Ocidente? O escândalo sexual político do momento?

— As notícias sobre *Labirinto.*

Por vezes, Trey conseguia ser irritantemente enigmático. Do nada, fazia referências a cifras de bilheteria, à impureza das fontes de água no Oriente Médio ou a algum outro detalhe de banalidades globais. Pantin aprendera, porém, que, quando o homem se interessava por alguma coisa, valia a pena interessar-se também.

— Labirinto? Você está se referindo ao assassino que anda deixando charadas? — perguntou Pantin.

— Ah, aí tem muito mais coisa que isso. Manda alguém da sua equipe fazer um resumo. Não, melhor ainda, eu mando. Isso tem me fascinado, essa história. As implicações podem ser grandes.

Pantin não sabia ao que ele estava se referindo. Sua cabeça, contudo, não conseguia funcionar com a velocidade e a precisão da de Trey. Eles se conheceram num jantar na Espanha, três anos antes, e foi Trey quem, após uma conversa breve, porém intensa, convenceu Pantin de que devia considerar a ideia de se candidatar ao Parlamento Europeu. Pantin descartou-a com uma piada; depois, passou a noite inteira olhando para o teto do quarto de hotel, pensando que, sim, era para isso que sua carreira nada ortodoxa o preparara. Espantoso. Trey precisou de apenas alguns minutos de perguntas perspicazes para fazê-lo ver; Pantin considerava aquele um dos momentos mais profundos de sua vida.

Na manhã seguinte, ligou para Trey e perguntou se ele estaria interessado em fazer parte da equipe de sua campanha. Trey hesitou educadamente, dizendo que não podia se comprometer, mas que daria, de boa vontade, conselhos e consultoria quando fosse necessário. Pantin foi eleito por uma larga margem de votos, e Trey foi o homem dos bastidores que o ajudou a vencer — e a se tornar uma das vozes mais influentes do Parlamento Europeu.

Pantin estava prestes a ser reeleito, de maneira que podia ceder aos caprichos de Trey vez por outra.

— Soube que ele atacou de novo — disse Pantin. — Em algum lugar do Oriente Médio, acho.

— Os assassinatos são interessantes em seus aspectos selvagens e grotescos. Mas, quando se olha para além do Grand Guignol e se escuta sua mensagem, acho que se trata de alguém tentando mobilizar o mundo num nível nunca visto antes.

— Mobilizar?

— Ele é um assassino para quem os assassinatos não são o mais importante. Está tentando enviar uma mensagem ao mundo. E o que esse tal de Labirinto precisa é de alguém que responda a ele, do palco do mundo.

— Claro, da Interpol — disse Pantin.

— Eu estava pensando em você.

— O quê... *eu*?

— É exatamente do que você precisa a essa altura da sua carreira.

Como novo membro belga do Parlamento Europeu, Pantin era visto como um indivíduo de futuro promissor. Ninguém sabia que, secretamente, Trey estava o tempo todo ajudando seu jovem protegido a chegar lá. Pantin não sabia o que Trey fazia o dia inteiro; havia rumores de que trabalhava na inteligência britânica, mas nada de sólido. Dizia sempre que jamais se candidataria; gostava do dia a dia dos bastidores, de ser o homem por detrás dos homens.

— Isso não seria como enfiar os pés na lama? — perguntou Pantin. — O homem é claramente um psicopata. Parece estranho eu me meter nisso, ainda mais quando ele está operando tão longe da Europa...

— Esqueça os crimes e pense na mensagem dele.

— Que é...?

— Com base nos ataques às indústrias do entretenimento e do petróleo — disse Trey —, eu diria que ele tem problemas com egoísmo e ambição. Soa como as promessas de campanha de um certo jovem membro do Parlamento Europeu que conheço.

— Você não está sugerindo que eu me alie a um louco.

— Não. Você condena e depois toma a frente nos diálogos. Esse Labirinto pode ser psicótico, mas sua ira é alimentada por preocupações verdadeiras. As *suas* preocupações, na verdade. Essa é uma forma de tornar a sua agenda conhecida de uma forma espetacular.

Pantin fez uma pausa. O conselho parecia ir contra tudo que Trey havia ensinado a ele.

— Não sei, Trey.

— Não precisa saber. Concordo, é um jogo arriscado e ousado. Tudo que sugiro é que você comece seriamente a prestar atenção em Labirinto. Leia tudo que puder. Pense em sua mensagem. Às vezes, uma revolução começa a partir do gesto de um único indivíduo. Veja o caso da Tunísia e daquele pobre miserável que ateou fogo em si mesmo. Pode chamá-lo de louco, mas o cara tinha uma mensagem também, que se tornou uma epidemia. Esse Labirinto? Não acho que vá sossegar tão cedo, e o mundo vai precisar de alguém que reaja. Que transforme o negativo em positivo. Acho que essa pessoa poderia ser você.

— Obrigado, Trey. Você acaba de me dar um bocado em que pensar.

— Vou mandar para você um arquivo, em menos de uma hora.

Pantin desligou o telefone e desculpou-se educadamente com as pessoas das duas conferências em andamento. Contemplou o parque, visível através da janela do escritório. Como sempre, os conselhos de Trey chocavam a princípio e precisavam de tempo para serem digeridos.

E então, de repente, o conselho fez total sentido. As pessoas gostavam de líderes que conseguiam injetar uma postura de calma e racionalidade nas relações globais.

Pantin sorriu.

Vamos lá, Labirinto.

Vamos ver o que você tem.

New York Times

Últimas notícias: Labirinto está postando nas mídias sociais?

AP News

Últimas notícias: Executivo texano da indústria petrolífera é atacado por bando de adolescentes repetindo o discurso de "Labirinto".

Guardian

Últimas notícias: Organizações ecológicas pedem boicote aos produtos da IPC até que as acusações de "Labirinto" sejam investigadas.

Capítulo 24

Dark

Dubai, Emirados Árabes Unidos

Dark já fora provocado antes. Sqweegel — seu inimigo de tanto tempo e assassino à prova de perícia — havia sido despachado fazia mais de cinco anos, mas ainda se encontrava parcialmente vivo num ponto qualquer de sua cabeça. Sqweegel fixara-se em Steve Dark, forçando-o a sair do casulo, levando-o pelo país, numa trilha sangrenta de selvageria, deixando cadáveres frescos atrás de si, até o confronto final. Um embate que tomou tudo que Dark tinha. Portanto, se havia algo que aprendera a odiar eram as provocações de assassinos que se achavam mais fortes, rápidos e espertos que os policiais que os perseguiam.

Mas agora Dark entendia o jogo de Labirinto.

A charada dava o *método* do assassinato. Com a atriz e o produtor, fora literal: tiros, enforcamento, afogamento, exatamente como na charada. O executivo do petróleo havia sido destruído por um rio artificial.

O artefato apontava para *quem*. O nu artístico. O peixe extinto californiano.

E, finalmente, o relógio revelava *quando*. Mas também proporcionava uma percepção quanto a quem e ao método. Tudo era simbólico, cuidadosamente pensado com antecedência.

Para *provocar*.

Dark percebeu que isso, porém, funcionaria a favor dele. A inflexibilidade de Labirinto era sua vulnerabilidade. Era um louco que armava ciladas no estilo ostensivamente elaborado das geringonças de Rube Goldberg. Tudo que Dark tinha a fazer era retirar uma peça antes e assistir ao resto despencar ao seu redor. Era familiar, de uma forma doentia. Se tivesse sido mais incisivo, poderia ter detectado o padrão de Sqweegel com muito mais antecedência. Parecia um carma aquela repetição.

No entanto, nada explicava o interesse de Blair — e da Global Alliance — no caso.

— Quero falar com Blair — disse Dark a Natasha Garcon.

— Você tem telefone.

— Um número seria ótimo.

Ela suspirou. Tinha passado as últimas horas tentando obter cada segundo de vídeo das câmeras junto aos donos do resort, e estava cansada por causa do esforço. O fato de que tinham problemas óbvios em lidar com uma *mulher* não ajudava em nada também. Ela tirou o celular do bolso, acessou a agenda de contatos, apertou a tela e depois passou o telefone a Dark, tudo da forma mais espalhafatosa possível.

— Obrigado — disse ele, pondo o aparelho junto ao ouvido.

Blair atendeu após o primeiro toque.

— Qual é a novidade, Natasha?

Dark não se importou em explicar. Em vez disso, falou:

— Tem uma coisa me preocupando.

— Ah, Dark — replicou Blair — O que é?

— Pelo que você me disse, a Global Alliance opera no mundo de forma paralela, neutralizando as ameaças antes que surjam. Essa já surgiu. O mundo inteiro está começando a falar sobre isso. O que estamos trazendo à luz que outra agência legal já não esteja fazendo? Sinto que estamos jogando na última posição aqui.

— O que você sugere?

— Concentrar nossos esforços em dar um passo à frente. Vamos esquecer Dubai por agora. Já acabou, ele já causou o impacto que queria. Perdemos essa rodada do jogo. Vamos começar a pensar nisso como um jogo de xadrez e prever o próximo movimento.

Fez-se silêncio na linha, e, por um instante, Dark suspeitou de que talvez tivesse ido longe demais.

Blair, no entanto, disse:

— Você está certo. Me deixa falar com Natasha.

Capítulo 25

Labirinto

Agora o mundo estava finalmente despertando do sono e começando a prestar atenção.

Leio tudo,

manchetes

tuitadas

atualizações de status

notificações via telefone celular

blogs

comentários

E, sim, as pessoas estão começando a prestar atenção.

Faça uma declaração bombástica, e elas rotularão você de excêntrico — o gesto pode ser um caso isolado. A mídia diria a mesma coisa. As pessoas entendem e podem lidar com aberrações. Até os choques perdem impacto. Basta considerar as lições do 11 de Setembro. A normalidade retorna rapidamente. As pessoas querem ser normais. Anseiam por isso, porque é mais seguro e tranquilo.

Para se fazer uma mudança global, é preciso dar prosseguimento com outra declaração.

Uma que mostre a profundidade da mensagem.

Que mostre seriedade.

É assim que se salva o mundo.

Um choque de cada vez.

* * *

Logo que aterrisso em Johanesburgo, pego um táxi até meu local de trabalho, alugado num arranha-céu comum, e começo a preparar meu próximo presente. Conhecem-me aqui. Sorriem e meneiam a cabeça para mim porque sou educado, agradável, bonito, bem-vestido e não permaneço na presença deles tempo suficiente para causar outra impressão. Podem ter me visto em algum lugar, talvez na TV... Mas não comentam, nem ficam de queixo caído — seria grosseiro.

Dizem:

— Olá.

E fazem algum comentário sobre o tempo ou perguntam algo em relação a meu voo. Eu participo do jogo e digo:

— Vocês sabiam que agora eles estão cobrando pelos travesseiros? Isso não é uma loucura? Gosto de conforto como outra pessoa qualquer, mas por 9 euros prefiro ficar um pouco desconfortável.

Eles sorriem e dão gargalhadas junto comigo, ainda que eu não esteja dizendo algo muito engraçado.

Olho para eles e continuo:

— Espero que perdoem meu casaco amassado. Acaba dando no mesmo que um travesseiro; a gente só tem que se lembrar de tirar as canetas dos bolsos!

Novas gargalhadas, mais animadas agora, porque é assim que foram educadas.

Podia puxá-las até um canto, dizer umas palavras e, em uma hora, cortariam as próprias gargantas e desenhariam pentagramas nas paredes com o próprio sangue.

Tudo isso conversando com elas.

Mas não.

Há outro pacote a preparar.

Pego o elevador até meu escritório particular, onde meu convidado espera por mim.

* * *

É relativamente fácil; enviei o material para cá meses atrás, por meio de uma série de mensageiros e contêineres, nenhum deles rastreável.

Mesmo que alguém fosse esperto o suficiente para rastrear a movimentação das caixas e apreendê-las, elas revelariam apenas objetos inofensivos caso fossem abertas.

Um livro.

Uma escultura em pedra.

Mas se compreendessem o jogo...

Significariam tudo.

E em breve significarão.

Capítulo 26

Dark

Espaço aéreo europeu

Quando a equipe voou de volta para a França, estavam todos exaustos. Apesar de seus esforços, o suspeito conhecido como Labirinto não havia deixado nenhuma impressão digital. Nada de equipamentos, engrenagens, reservas, ordens de envio, nenhum contato humano, de qualquer espécie. Era como se um fantasma tivesse mandado o tanque com o peixe e o relógio de ouro e escrito a charada no papel timbrado da companhia.

Agora era hora de retornar ao quartel-general da Global Alliance e planejar um contra-ataque.

— Acabo de perceber — disse Dark — que não faço ideia de para onde estamos indo. Onde fica o quartel-general da Global Alliance?

O'Brian deu um sorriso com o canto da boca.

— Ele não disse? Ah, você vai adorar.

Paris França

Há quase duzentos anos, Paris começou a tirar a pedra calcária do solo para construir seus prédios magníficos. O que ficou para trás foi uma série de túneis subterrâneos, que foram usados mais tarde por vários grupos, de integrantes da resistência francesa a invasores nazistas e, mais recentemente, exploradores urbanos que invadem esses espaços rotineiramente para fazer festas ou por simples prazer. Os franceses declararam ser ilegal andar por esses túneis na década de 1950, mas isso não deteve os apaixonados pelas catacumbas parisienses.

Também não deteve Damien Blair quando chegou a hora de escolher um quartel-general para a sua expansionista Global Alliance.

O acesso era difícil, a menos que se fosse Blair ou algum membro da equipe. Guardas armados vigiavam as três entradas: um elevador oculto em um arranha-céu, uma plataforma de carga subterrânea, localizada num nível secreto de uma garagem (grande o bastante para acomodar veículos) — e, como saída de emergência, uma tubulação de esgoto a alguns quarteirões de distância. Mesmo que se conseguisse forçar a passagem, em meio aos guardas armados — muitos dos quais tão peritos em combate quanto Hans Roeding, pois fora ele quem os havia treinado —, a única forma de acessar os túneis era através de uma série complexa de dispositivos biométricos. Ainda assim, a menos que se fosse Blair ou algum dos membros de sua equipe escolhida a dedo, a forma da íris, a curva das orelhas, o padrão da pele do nariz e a estrutura das veias nas costas da mão denunciariam o invasor. Travas. Alarmes. Armadilhas. Depois disso tudo, era necessário um advogado extremamente bom.

O complexo principal ficava seis andares abaixo do nível da rua e incluía uma sala de reuniões, de armamentos, laboratório forense de última geração, biblioteca, academia de ginástica e alojamentos para os membros da equipe.

Como recruta mais novo, Dark havia recebido um quarto espartano, juntamente com alguns artigos básicos: roupas (do seu tamanho, com caimento perfeito), um kit de produtos de toalete, um telefone novo e um tablet. Blair disse-lhe que podia pedir o que quisesse pelo tablet; seria entregue aos guardas pela plataforma de carga em seis horas. Se necessitasse de algo depressa, bastava marcar "urgente" que chegaria por mensageiro em trinta minutos. *Como uma pizza*, pensou Dark.

O que ele mais queria, no entanto, era ligar para a filha, Sibby, e ouvir a voz dela, mas eram 3 horas da manhã em casa. Não podia acordá-la em dia de escola.

Em vez disso, resolveu ir para a dura cama de casal que havia recebido e disse a si mesmo que, no mínimo, seria bom ter algumas horas de sono. Quando pensou nisso, percebeu que fazia dias que não dormia. Desde que ficara sabendo sobre o primeiro pacote de Labirinto.

E não conseguia dormir agora também.

A cabeça se recusava a desligar.

Não o faria até que descobrisse qual seria o próximo movimento do assassino.

Quando a mente de Dark se fixava num caso, não havia muito que fazer. Era quase como se entrasse num estado de fuga, com um cinema dentro de sua cabeça exibindo trechos das cenas dos crimes — *o rio ensanguentado, o despertador, o relógio de ouro, a sala de interrogatórios destruída, o dedo, o desenho de Bethany Millar* — numa espiral infinita, enquanto a parte lógica do cérebro tentava encaixar as peças. Algum maluco fodido qualquer também tinha ficado obcecado pelos mesmos objetos...

Para onde teria ido a mente desse louco agora?

Com o que Labirinto estaria obcecado naquele instante?

Antes que as peças se encaixassem, porém, o assassino atacou outra vez.

AP News

Últimas notícias: Rumores de uma nova charada de Labirinto na África do Sul.

A equipe da Global Alliance juntou-se na sala de reuniões, todos com os olhos inchados, exceto Dark, que não tinha dormido.

— Vamos para a África do Sul então? — perguntou O'Brian.

Blair balançou a cabeça.

— Não vamos a lugar nenhum até haver uma confirmação.

O'Brian procurou notícias do rumor on-line, tentando descobrir a origem. Todos concordavam que era mais do que possível que o próprio Labirinto tivesse dado início aos boatos, pondo lenha na fogueira antes de entregar o pacote. Enquanto isso, Hans Roeding preparava o avião e carregava as armas. O homem era um caçador nato, sentia o cheiro de sangue no ar. Natasha monitorava a mídia sul-africana de perto, procurando roubos suspeitos ou registros de pessoas desaparecidas que lhes pudessem dar uma primeira pista.

Nesse meio-tempo, Dark remoía as ideias em seu quarto escuro, tentando encaixar as peças. Los Angeles, Dubai, África do Sul — qual era o padrão? Não conseguia parar de pensar que estavam sendo empurrados, forçados a seguir outra linha de raciocínio.

Já tinha lidado com assassinos que usavam a geografia como tabuleiro de xadrez e moldavam os crimes a partir de um ponto de vista onisciente.

Estaria Labirinto fazendo a mesma coisa?

Não... usaria um dédalo.

Com ele no centro, feito o Minotauro do antigo mito. Todos os caminhos levariam a ele. Ficaria extasiado vendo as pessoas tropeçando em torno de seus corredores mofados, perdidas, incapazes de ver o padrão que ele podia entender tão claramente...

Algumas horas depois o rumor revelou ser real. Uma nova charada de Labirinto, escrita em africâner, fora entregue numa delegacia de polícia, numa das áreas de maior incidência de crimes em Johanesburgo.

Blair estava de pé atrás de Natasha, enquanto ela fazia um pequeno registro, a partir do noticiário da South African Broadcasting Corporation, e esperava que a ligação feita a seu contato na polícia fosse completada. Falava-se em dois objetos junto com a charada, mas fontes do governo recusavam-se a dar detalhes, até que mais investigações fossem realizadas.

— Consegui — anunciou, depois de uma rápida conversa com sua fonte. Digitou rápido e pôs a charada na primeira das três grandes telas planas, instaladas nas paredes da sala de conferências.

SOU A PARTE DO PASSARO QUE NAO ESTÁ NO FIRMAMENTO.
NADO NO MAR E NÃO ME MOLHO EM NENHUM MOMENTO.
O QUE SOU EU?

LABIRINTO

— Quais eram os objetos? — perguntou Blair.

— A polícia está nos enviando imagens digitais, já estão baixando — respondeu Natasha —, mas parece que são um livro e um relógio de sol.

— Que tipo de livro?

— Primeira edição de uma cartilha de escola britânica. De no mínimo cem anos de idade, em condições perfeitas. Algum idoso lá disse que foi uma das primeiras a serem distribuídas sob o domínio britânico. Estão analisando-a em busca de mensagens ocultas, explosivos, substâncias tóxicas... tudo.

— Os objetos não são as armas do assassinato — disse Dark. — Estão perdendo tempo.

Todos na sala se viraram. Dark estava na porta, os olhos fixos nas três telas enquanto as imagens ainda começavam a aparecer na segunda e na terceira.

Blair disse:

— Sabemos disso, mas é uma medida de segurança, considerando-se o que aconteceu em Los Angeles.

A imagem na segunda tela começou a se materializar: o relógio de sol.

— Dá para melhorar a resolução?

Sem dizer palavra, Natasha tocou a tela e deu um zoom na imagem.

— O que é aquilo? — perguntou ela. — É... sangue?

— Diga à polícia da África do Sul que leve o relógio para o lado de fora — falou Dark. — É a única forma de saber quanto tempo ainda temos.

— Ele gosta mesmo de trocar de relógio — disse O'Brian. — Relógio de pulso, de sol...

— Quer que saibamos que pensa em tudo — retrucou Dark. — E que é adaptável. Tirem dele a tecnologia e ele ainda pode nos alcançar, com algo tão primitivo quanto um livro impresso e o relógio mais antigo do mundo.

Natasha transmitiu a mensagem para a polícia da África do Sul. Os relógios de sol dependem da posição no globo — acrescentando minutos, conforme a localização. A resposta, no entanto, veio logo.

Eles dispunham de aproximadamente dez horas antes que Labirinto atacasse de novo.

Capítulo 27

Dark

Blair não perdeu tempo para pôr sua equipe em ação.

— Vocês vão para a África do Sul imediatamente. De acordo com Dark, temos dez horas; o voo vai durar metade desse tempo. As autoridades locais vão mandar fotos e imagens em 3-D do conteúdo do último pacote. No avião, vocês podem analisar esse material, para que, ao aterrissarem, estejam prontos para agir. Ele está nos desafiando a pegá-lo. Vamos fazer sua vontade.

— É um erro — disse Dark.

Blair piscou.

— Perdão?

Os outros três membros da equipe olharam para Dark. Aparentemente, não estavam acostumados a ouvir alguém questionando o todo-poderoso Blair. Dark, entretanto, não dava a mínima. Tinha passado os últimos e tristes anos de sua carreira na Divisão de Casos Especiais, obedecendo as ordens de alguém em vez de seguir seu instinto.

— Um erro — repetiu ele. — Labirinto oferece o queijo, e nós saímos correndo atrás como se fôssemos camundongos. É assim que vamos pegar esse cara? Seguindo o seu labirintozinho da forma como ele o imaginou?

Blair deu um sorriso triste.

— Ele está nos testando. Quer ver se conseguimos operar no seu nível intelectual. A única forma de pegá-lo é fazendo seu jogo e depois o surpreendendo, antes que o prazo esgote. Ele se acha mais esperto que nós, e sei que está errado.

— O que está me preocupando é o seguinte — falou Dark. — Seria coincidência o fato de ele ter nos dado tempo *suficiente* para chegarmos na cena do crime e assistir a outra pessoa morrer?

— Você faz parecer como se fosse uma coisa pessoal. Labirinto não tem nenhuma razão para ter conhecimento da nossa existência. Tudo o que sabe é que somos investigadores de fora, chamados para ajudar a polícia de Dubai. Operamos em segredo.

— Tenho a impressão de que ele sabe — insistiu Dark. — Um filho da puta doentio como esse cara presta muita atenção em quem o segue. Esse é o jogo.

O'Brian riu.

— E aí, Dark? Qual é a sua sugestão? Deixamos esse monstro matar outra pessoa? Sequer tentamos impedir? É essa a sua solução?

— Não — respondeu ele. — Vamos nos concentrar no próximo pacote. O que ele ainda não enviou.

Os olhos de Natasha brilharam.

— Você detectou algum padrão? Algo que não percebemos?

Todos se viraram para Dark, esperando ansiosamente.

— Não. Ainda não.

Blair deu um passo à frente.

— Você já sabe a resposta da charada, não?

— Sim, tenho uma ideia.

Blair insistiu:

— Então você tem as peças. Por que não trabalhar com o que nos foi dado?

— Exatamente por isso — respondeu Dark. — Porque nos foi dado. Na palma da mão. Não estou preocupado com essa charada. A *próxima* é que me interessa. Ele planejou essa merda toda com grande antecedência. Se ficarmos presos à charada da vez, vamos estar sempre atrás. Os itens que enviou foram comprados ou roubados há muito tempo, e temos razão para crer que nesse momento ele já está pensando nos próximos dez ou doze movimentos.

Blair caminhava pela sala, refletindo sobre o que ouvia.

— Muito bem. O'Brian, quero que você e Roeding conduzam as investigações na África do Sul. Dark, você e Garcon ficam aqui e tentam descobrir qual vai ser o próximo movimento de Labirinto. Vamos ver se a sua teoria tem algo de concreto. Ao mesmo tempo, quero que vocês também trabalhem nesse último pacote, dividindo as descobertas com O'Brian e Roeding. Entendido?

A equipe assentiu e separou-se. Quando Dark dirigiu-se para a porta, encontrou Natasha impedindo o caminho.

— Espero que você saiba que merda está fazendo.

Capítulo 28

Labirinto

Uma atendente cordial detém Labirinto no saguão, toca seu braço e pergunta:

— Posso ajudá-lo?

Naquele delicioso sotaque sul-africano.

Ele diz:

— Ah, definitivamente, pode, sim.

Labirinto tem um rosto em que as pessoas confiam, além de um comportamento que as desarma. E é por isso que ela sequer estremece quando ele enfia a mão no bolso do paletó e tira um saco plástico lacrado, contendo um dedo humano. A boca da atendente abre-se ligeiramente quando ele lhe diz:

— Meu nome é Labirinto, e quero confessar.

Oh, olhem para ela!

Conhece aquele nome. Leu as notícias. Assistiu às imagens nos telejornais da TV a cabo. Está por dentro da mídia. Sabe que, mesmo que esse homem não seja Labirinto, é alguém mais louco ainda, o que pode ser pior.

Já não está mais tão disposta a *ajudar* agora, não é?

Olhos

Boca

Músculos

Tetas

Boceta

Tudo tenso.

Calma, mantenha-se respirando. Você, coisinha linda. Você pode. Não é o *seu* dedo no saco plástico.

Se você tirasse a digital do dedo decepado, uma análise subsequente revelaria que esse anular costumava fazer parte da mão que pertencia ao que restou do Sr. Charles Murtha.

Labirinto diz a ela:

— Vamos falar com o seu chefe.

Capítulo 29

Bruxelas, Bélgica

Alain Pantin era conhecido por ser bom com repórteres. Trey havia lhe dado uma série de dicas muito boas desde a primeira campanha: responda apenas o que quiser, qualquer que seja a pergunta. Certifique-se de inserir seu ponto de vista pelo menos três vezes, qualquer que seja a pergunta. Sorria, qualquer que seja a pergunta.

Com o caso Labirinto, era necessária uma estratégia um pouco diferente: diga alguma coisa meio chocante... e depois insira seu ponto de vista.

Trey contatou (anonimamente, é claro) um repórter americano chamado Johnny Knack, insinuando que alguns políticos europeus influentes tinham uma visão surpreendente sobre o caso. Knack pedira um nome; Trey discretamente mencionou Alain Pantin.

Pantin fora informado sobre a carreira de Knack — o repórter estivera metido num caso envolvendo uma dupla de assassinos em série, e se encontrava no momento escrevendo um livro sobre isso. De forma que era importante parecer ser anti-Labirinto, estava claro, mas ao mesmo tempo mudando o foco para a mensagem do cara.

Pantin achava que fizera um bom trabalho.

Isto é, até ler a matéria.

[Para entrar no Labirinto, vá até Level26.com e digite o código: *politicagem*]

TheSlab.com

Alain Pantin, membro do Parlamento Europeu, diz: "Labirinto tem a ideia certa."

Alain Pantin, jovem estrela ascendente do Parlamento Europeu, diz que o louco assassino/terrorista internacional autointitulado Labirinto tem a ideia certa.

Bem, ele não disse exatamente isso. Entretanto, fica-se com a impressão de que não está vertendo nenhuma lágrima por causa da morte de Charles Murtha.

"A América não pode tratar o resto do mundo como se fosse seu quintal", disse Pantin, conhecido em Bruxelas por sua incansável ética de trabalho, assim como pelas declarações provocantes. "Mais cedo ou mais tarde a gente acaba irritando a pessoa errada."

Pantin tentou qualificar suas declarações, é claro, expressando tristeza pela morte de Murtha. "Ninguém merece morrer daquele jeito — nem o melhor ou o pior entre nós", disse ele.

"Prefiro pensar que podemos resolver as coisas com discussões pacíficas. Mas esse indivíduo, seja ele quem for, parece pensar que já exaurimos as opções de paz. E não posso discordar dele no ambiente atual."

Ano passado, Pantin aplaudiu a liberação de documentos secretos de inteligência, chegando mesmo a doar dinheiro a páginas da web e oferecendo proteção a informantes.

Mas um líder internacional dando apoio a um assassino de policiais? Bem, não seria a primeira vez.

— Knack me destruiu.

— Não — disse Trey —, fez o trabalho dele. Exatamente do jeito que achei que faria.

— Você tem que me explicar isso então. Porque, na última vez que chequei meu e-mail, a caixa de entrada estava lotada de mensagens de pessoas escandalizadas, pedindo minha renúncia.

— Podem se escandalizar o quanto quiserem. Você acaba de criar a reputação de pensador independente, de homem que não tem medo de expressar sua opinião sobre o que não está exatamente no centro do debate. Esqueça o que está sendo escrito sobre isso nos meios de comunicação de massa. Olhe para as reações dos cidadãos comuns, do mundo todo.

Pantin sabia do que Trey estava falando. O caso Labirinto, assim parecia, havia desencadeado discussões globais paralelas. Superficialmente, só se falava em condenar seus atos de terrorismo e exigir sua captura imediata. Havia as mesmas notícias sensacionalistas na TV, como na época de assassinos feito Zodíaco, o Unabomber e até Sqweegel.

Por trás disso, porém, existia uma enorme e secreta onda de apoio. Era possível vê-la no Twitter, nas atualizações de status do Facebook e nos comentários do YouTube sobre os supostos vídeos do "Labirinto".

As pessoas gostavam do que Labirinto estava fazendo.

Quem ele atacava e *por quê.*

Ele estava proporcionando a satisfação dos desejos secretos de milhares — provavelmente milhões — de pessoas que não se encontravam em posição de poder, que não tinham a oportunidade de falar num microfone, não dispunham de uma plataforma.

— Em outras palavras — concluiu Pantin —, você está dizendo que sou o primeiro a dizer em voz alta o que todo mundo está pensando.

— Sabia que você ia chegar nesse ponto. E o apoio que você vai receber será grande. Todos vão se lembrar do seu nome e prestar atenção no que está dizendo. Mesmo que não admitam isso a princípio.

O gênio de Trey residia no fato de que ele conseguia mostrar às pessoas o caminho, enquanto as convencia de que o haviam descoberto por si sós. Tudo o que receberam foi um empurrãozinho.

— E o que faço agora?

— Aceite todos os pedidos de entrevista que puder, condene o criminoso, mas acentue a importância de dar voz às queixas dele.

— E?

— Preste atenção na África do Sul, porque acredito que o nosso amigo está prestes a nos surpreender outra vez.

Capítulo 30

Dark

Após Blair sair, um grupo de policiais escoltou O'Brian e Roeding até o jato. Natasha espalhou suas coisas na estação de trabalho — café, cigarros turcos e pastilhas de menta para mascarar o hálito de fumante — e começou a baixar os arquivos da polícia sul-africana. Estavam todos muito ocupados. Enquanto isso, Dark foi para seu alojamento.

— Vai estar pronto num minuto — disse-lhe Natasha.

Dark, porém, pareceu ignorá-la. Ela também o ignorou e continuou trabalhando, pondo na boca uma pastilha atrás da outra. Quando Dark retornou à estação de trabalho, vestia um casaco de couro que havia encomendado, só para ver se Blair tinha palavra. O chefe não estava brincando. O agasalho, feito sob medida, tinha chegado em uma hora.

— Está com frio? — perguntou Natasha.

— Não exatamente — respondeu ele.

— Vem cá e dá uma olhada nessas imagens escaneadas da cartilha — pediu Natasha. — Os detalhes e a qualidade da impressão são incríveis para um livro de cem anos...

— É muito bom. Realmente, trabalho de primeira. Qualquer novidade, me avisa — disse Dark, antes de dar meia-volta e sair da sala.

— Espera, onde você está indo?

— Deter Labirinto.

Natasha encarou-o por um instante, sem entender.

— Não é para isso que estamos aqui?

— Tenho um palpite de que sei onde vai ser o próximo ataque — disse Dark.

— Sim, em Johanesburgo. Todos nós sabemos.

— Não. Quero dizer depois desse. Ele já tem o próximo ataque planejado. Você sabe, não? É metódico. Está trabalhando nisso há anos.

— Acredito em você — confirmou Natasha, friamente. — Ele já tem alguma coisa planejada para depois de Johanesburgo, não há a menor dúvida quanto a isso. Mas onde seria?

— Digo depois que o tiver sob custódia.

— Você não está falando sério.

— Pode vir comigo, se quiser. Compro outra passagem no caminho para o aeroporto.

— Não é assim que as coisas funcionam — disse Natasha. — Você não é mais um lobo solitário. Faz parte de uma equipe. Se você for sem a aprovação de Blair, está fora.

Dark retorquiu:

— E isso arruinaria completamente o meu dia.

Ao mesmo tempo que os recursos de Blair eram impressionantes, Dark sabia que dinheiro, aviões ou equipe de resgate não iam pegar aquele monstro. Precisava fazer aquilo da forma que sempre tinha feito: sintonizando a frequência do criminoso e imitando sua audácia. Se tivesse que passar cada intuição ou decisão pelo crivo de Damien Blair, dava no mesmo que estar na Divisão de Casos Especiais, sob a mão pesada de Norman Wycoff. A equipe não importava. Para Dark, o negócio era pegar Labirinto. Blair podia censurá-lo depois.

— E onde você acha que ele vai estar? — perguntou Natasha.

— Olha, é um palpite meio louco, mas quanto mais penso, mais acho que está certo.

— Você vai querer que eu adivinhe ou vai me contar?

— Nova York.

— Por que você acha que ele vai voltar para a América?

— Por causa das charadas. Tenho a impressão de que elas não apontam só para a ameaça da vez. Acho que ele inclui um pequeno prenúncio do que vai acontecer na seguinte também. Lembra da primeira? A da fotógrafa, pendurando o marido para secar? Era uma referência à atriz e ao produtor, e uma pequena indicação do que aconteceria ao executivo também. Um marido, Charles Murtha, literalmente pendurado para secar.

— É uma interpretação meio forçada — disse Natasha. — E a segunda charada?

POSSO CORRER, MAS NUNCA ANDAR.
MUITAS VEZES MURMURAR, NUNCA CONVERSAR.
TENHO LEITO, MAS NUNCA VOU DORMIR,
TENHO BRAÇO, MAS NUNCA O ERGO.
O QUE SOU EU?

— A resposta literal? — perguntou Dark. — Um rio. Mas acho que também se refere à vítima. Alguém que também se encaixa nessa descrição. Talvez até um oposto. Alguém que merece ser castigado por falar demais. Ou talvez adormecer ao volante. Tenho a impressão de que é alguém importante. Até agora, Labirinto só visou celebridades e ícones de indústrias especializadas.

— Você compartilhou esse rompante de genialidade com Roeding ou O'Brian?

— Você pode contar a eles no caminho para o aeroporto — disse Dark. — Embora eu ache que não vá adiantar nada. Foi o que eu disse a Blair. Ele está brincando com a gente, nos dando tempo suficiente para entrar em seu joguinho e depois... Opa, desculpa, tentem de novo. A única forma de ganhar desse filho da puta é passar à frente dele.

— Talvez você esteja certo. Como você chegou a Nova York, a partir da terceira charada?

SOU A PARTE DO PÁSSARO QUE NÃO ESTÁ NO FIRMAMENTO.
NADO NO MAR E NÃO ME MOLHO EM NENHUM MOMENTO.
O QUE SOU EU?

— Vou contar para você se estiver certo — disse Dark.

Após um momento de hesitação, Natasha desligou o laptop, enrolou o fio e seguiu Dark para fora, até um carro que já estava esperando.

— Se você estiver errado, eu mesma te dou um tiro — anunciou ela, enquanto o veículo saía em disparada para o aeroporto.

TRANSCRIÇÃO: PROGRAMA DE JANE TALBOT

TALBOT

Olá, amigos. Se vocês não estiverem vendo o cenário habitual do Programa Jane Talbot, não se preocupem — não é culpa do sinal da sua TV a cabo. [Risos] Estou chegando até vocês de um estúdio remoto, num lugar que só eu sei, por razões que vão ficar claras daqui a pouquinho. Como vocês sabem, há muitos anos pessoas acusadas de crimes aparecem no meu programa para se entregar. Têm medo de sofrer maus-tratos da polícia, e, muitas vezes, com razão. Bem, hoje teremos outra pessoa acusada do crime mais sério que se possa imaginar — não aqui, em Johanesburgo, mas em Los Angeles, nos Estados Unidos, e em Dubai, no Oriente Médio.

MONTAGEM: Cenas de noticiários de TV a cabo dos assassinatos de Labirinto — Malibu e Dubai.

TALBOT

Ele se chama de Labirinto e diz ser uma força do bem neste mundo, não do mal.

MONTAGEM: Foto da polícia — itens dos pacotes de Labirinto.

TALBOT

E hoje, com exclusividade mundial, Labirinto está aqui, ao vivo, no estúdio ao lado, pronto para explicar seus atos da semana passada.

CORTE PARA: "Labirinto", envolto em sombras, num estúdio escuro, esperando.

TALBOT

Quero que vocês saibam, telespectadores, que essa decisão foi um pouco difícil. Não protegemos criminosos; apenas facilitamos sua rendição. E o homem que se chama Labirinto afirma que irá se entregar após este programa. Mas, primeiro, ele quer um fórum para expressar suas opiniões. [Pausa] Labirinto, estamos atendendo seu pedido.

LABIRINTO

Obrigado por me receber, Sra. Talbot. Sou fã do programa.

TALBOT

Por que você está fazendo isso?

LABIRINTO

Por que *você* faz isso?

TALBOT

Você quer dizer este programa?

LABIRINTO

Sim.

TALBOT

Tento ser uma força do bem no mundo. Para mostrar que as boas ações de uma pessoa podem ter um grande impacto.

LABIRINTO

É isso que adoro em você e no seu programa. Exatamente isso. Estou tentando fazer a mesma coisa.

TALBOT

Mas você é... acusado de *matar* pessoas. Qualquer que seja a justificativa, assassinar é errado. Se não acreditarmos nisso, voltaremos à selvageria.

LABIRINTO

Discordo, e acredito que os gestos audaciosos são a única forma de produzir mudanças audaciosas. Mas posso entender sua opinião. Vamos fazer um trato, então. Eu paro de matar. Em homenagem a você e seu programa. Talvez eu propague a minha mensagem sem derramamento de sangue, graças à sua generosidade.

TALBOT

Deixa eu ver se estou entendendo. Você quer parar de matar e se entregar, neste programa?

LABIRINTO

Oh! [risos] Não falei nada sobre me entregar.

TALBOT

Não entendo. Estou oferecendo a você um fórum para se explicar a milhões de espectadores no mundo todo.

LABIRINTO

Milhões, Sra. Talbot? Tem certeza? Acho que você está exagerando um pouco o seu alcance.

TALBOT

Vamos voltar a você, Labirinto.

LABIRINTO

Daqui a um minuto. Estou fascinado. Todo o trabalho que você faz. Especialmente com as crianças. Você é conhecida internacionalmente por isso, não?

TALBOT

Os meus espectadores preferem saber sobre você e sua missão.

LABIRINTO

Você ajuda muito as escolas, não? Especialmente aqui, na África do Sul. Uma causa tão nobre.

TALBOT

Sim, é verdade. Mas não estamos aqui para...

LABIRINTO

Passei muito tempo admirando o seu sistema. Mais especificamente, como você ajuda essas escolas. É um modelo fascinante, que cheguei a pensar em adotar eu mesmo. Veja bem. Seu método, que os espectadores em casa podem não conhecer, é fazer o programa numa escola com dificuldades, bem aqui, em Johanesburgo, talvez. E pedir contribuições de grandes corporações, *envergonhá-las* na verdade, para que doem computadores, livros e outros materiais educacionais. E assim você embolsa dinheiro suficiente para não ter que fazer nada.

TALBOT

Lamento, mas nosso tempo terminou.

LABIRINTO

Se você ou qualquer membro da sua produção tocar num botão que seja, a bomba embaixo da sua cadeira vai explodir.

Você vai morrer ao vivo, na TV, Sra. Talbot. *É isso que você quer, sua puta nojenta?*

TALBOT

O q-quê? Você... o quê?

LABIRINTO

Você gentilmente me permitiu inspecionar o estúdio antes de eu concordar em dar esta entrevista. Enquanto isso, deixei um presentinho debaixo da sua cadeira. Estou surpreso de que ninguém tenha notado.

TALBOT

James, interrompa a transmissão.

LABIRINTO

Interrompa a transmissão, James, e você irá matar sua chefe.

TALBOT

Não faça isso. Por favor, não. Irá cometer um grande erro.

LABIRINTO

Podia dizer o mesmo para você. Não faça isso, Jane. Não finja que está ajudando crianças, enquanto as mantêm dando duro o tempo todo, só porque isso ajuda a sua audiência, ajuda a alcançar esses milhões de espectadores que você ambiciona.

TALBOT

Não, eu não...

LABIRINTO

Não minta para os seus espectadores, Jane. Que papelão! Eu reuni as provas num documento, e os seus espectadores vão poder ver por si mesmos... agora, porque já o liberei para mais de mil servidores diferentes e páginas de download. Procurem por "Jane Talbot" e "Abuso de Crianças" e vão encontrar.

TALBOT

Labirinto, você não precisa fazer isso. Podemos conversar. Você me prometeu que ia parar de matar.

LABIRINTO

E você prometeu tanta coisa para aquelas crianças, não? Dava a eles um pedaço de pão enquanto pisava em suas carinhas sujas com o salto dos seus Manolo Blahniks.

TALBOT

Desgraçado!

LABIRINTO

Não culpo você, porque é apenas um sintoma de uma doença muito maior. O sistema educacional para o nosso tesouro mais precioso, que são nossas crianças, não está servindo a seus propósitos. Está servindo aos dos administradores, do governo, ao pôr o foco nas notas das provas, a fim de conseguir mais financiamento. Por que não fazer escolas criativas? Por que tudo está baseado num sistema de linha de montagem? O sistema educacional de hoje está baseado numa ideia de Henry Ford, do início do século XX. A educação não deve ser um negócio. Isso está superado e não ajuda as nossas crianças. É uma sombra do que deveria ser.

TALBOT

Mas... Concordo com você, estou tentando melhorar.

LABIRINTO

Ainda se apegando às suas mentiras? Vamos deixar que seus telespectadores decidam, que tal? James, gostaria que você abrisse as linhas, o telefone e a web. Se vocês já baixaram os documentos e querem ver a Jane aqui punida por seus crimes contra as crianças, me deixe ouvir a voz de vocês. Vossa vontade será feita...

TALBOT

Converse comigo, por favor. Não faça isso. O que quer que esteja planejando. Podemos resolver tudo conversando.

LABIRINTO

James? Estamos rodando? Me mantenha a par das chamadas, James. Coloque-as no ar.

TALBOT

Por favor...

LABIRINTO

Você está no meio do que vai se tornar o programa de televisão mais assistido da história. Você se dá conta disso, não? Eles vão assistir a isso e ler sobre você para sempre. Vai ser mais sensacional que a chegada na Lua. Divirta-se Jane.

TALBOT

Eu estou implorando...

LABIRINTO

Não me implora porra nenhuma, sua puta. Implora para eles. Seus telespectadores. Implora para as crianças!

Capítulo 31

Labirinto

Adoro isso...

O som de uma mente humana estalando ao cair numa cilada, percebendo que não tem como sair... Como dar meia-volta, retroceder, pular...

Só paredes.

Pobre e boa Jane Talbot, escutem-na vacilando, gaguejando, parando... tão desarticulada de repente. Não sou só eu quem se diverte vendo essa porca suar. Notícias sobre as minhas três charadas, em pontos opostos do globo, excitam a mídia como nada desde o Unabomber ou esse príncipe-palhaço Assange.

Jane Talbot, eu não estava mentindo. Você e eu vamos fazer história juntos.

Para de ficar olhando para o espaço embaixo da sua cadeira.

Você pode ver de onde está.

Posso te garantir.

Todos os bate-papos da internet estão enlouquecidos, em um nível inacreditável, muito além das minhas expectativas.

Quem imaginaria que o mundo se importava tanto com a educação das crianças pobres da África do Sul?

É impressionante como as pessoas se interessam quando se dá a elas um motivo.

Alguns querem que eu concorra à presidência; outros querem me dar o espaço do antigo programa da Jane Talbot.

Não é possível salvar o mundo apenas sendo presidente dos Estados Unidos.

Mas vocês podem salvar o mundo se me seguirem.

Capítulo 32

Dark

Dark e Natasha pareciam com qualquer casal comum, pegando um voo de Paris para Nova York. Não tinham bagagem para despachar, mas o que isso importava para um casal jovem e apaixonado? Entretanto, mesmo observadores casuais perceberiam a linguagem corporal. O homem parecia indiferente, enquanto a mulher dava impressão de que acabava de cometer o maior erro de sua vida.

— Por que estamos fazendo isso? — perguntou ela.

— Não coloquei nenhum revólver na sua cabeça.

— Tem certeza?

Dark sorriu.

— O meu mentor, o cara que me ensinou a fazer isso, era famoso por seguir suas intuições. A maior parte do tempo, estava certo. Isso me frustrava, até eu aprender a seguir as minhas também.

— Adoraria conhecer esse seu mentor — falou Natasha — e poder dar um soco na cara dele.

— Ele, provavelmente, iria gostar.

Com cerca de uma hora de voo, enquanto atravessavam o frio Atlântico a 35 mil pés de altura, Natasha recebeu uma mensagem de texto de Blair. O avião tinha wi-fi, mas pelo som da voz de Natasha estava claro que ela preferia que não tivesse.

— Merda — disse ela.

— O que?

— Blair já sabe da nossa viagem para os EUA — avisou ela —, e não ficou nem um pouco feliz.

— Não?

— Estou suavizando as palavras dele.

— Ele nos disse para investigar. É o que estamos fazendo.

— Você e eu sabemos muito bem o que ele quer dizer. Fui uma idiota em ter seguido você. Foi o seu mentor que te ensinou isso também? Como arruinar a carreira dos colegas?

— Blair vai ficar mais animado quando pegarmos esse filho da puta.

— Não acho que isso vá acontecer.

— E eu pensando que você estava começando a acreditar em mim.

Natasha balançou a cabeça e deixou o celular cair no colo.

— Isso não tem nada a ver com confiança. Labirinto está ao vivo na TV agora, confessando tudo a Jane Talbot. *Na África do Sul.*

Hans Roeding carregava as armas enquanto Deckland O'Brian usava seu tablet para assistir à transmissão on-line do *Programa Jane Talbot*, ao mesmo tempo que tentava hackear os servidores de faturamento. Não importava quão supostamente "secreta" era a localização do estúdio remoto; se os produtores do *Programa Jane Talbot* o estavam usando, tinha de haver uma fatura em algum lugar. Existiam poucos lugares em que os contadores podiam esconder determinado item, e formas muito previsíveis de disfarçá-lo.

— Conseguiu alguma coisa? — perguntou Roeding.

— Paciência, meu amigo cheio de esteroides, paciência...

— Me dá a direção pelo menos.

— Em frente, por enquanto. Até eu dizer para virar a esquina, garotão.

O'Brian tentava manter uma atitude brincalhona, mas por dentro estava fervilhando. Aquela não era a forma como a Global Alliance trabalhava. Blair deveria ter se mantido firme e enviado pelo menos Natasha — o terceiro membro da equipe teria feito muita diferença. O quarto teria sido ótimo, também, mas até agora Dark vinha sendo uma grande decepção. Toda aquela conversa de Blair sobre como o caçador de criminosos americano completaria a equipe, levando-a para outro nível. Um monte de merda, essa era a verdade. O'Brian preferia carregar mais um pouco de trabalho nos ombros ter de lidar com aquela prima-dona.

Na tela, sua busca revelava três estúdios remotos espalhados por Johanesburgo. Descartou dois por serem grandes demais; a intuição lhe dizia que Labirinto iria querer controlar todos os aspectos da produção. Um lugar pequeno.

— Ok, Hans. Dobra à direita.

— Onde exatamente?

— Exatamente *aqui*! — gritou O'Brian.

O colega fez uma curva fechada. O irlandês segurou o tablet. Procurou a distância entre eles e o estúdio. Uma quantidade estúpida de quilômetros. Não queria, porém, deprimir Hans. Não ainda...

Seria, no entanto, *muito bom* fazer parte da equipe que prendeu Labirinto. Só os dois.

Capítulo 33

Johanesburgo, África do Sul

O'Brian e Roeding dirigiram-se para o estúdio enquanto Labirinto ainda estava no ar.

Não foram pedir permissão nem se juntar à polícia local, nada disso. Roeding arrombou a porta da frente do estúdio com a bota, submetralhadora na mão; O'Brian deu cobertura. Os funcionários daquele pequeno estúdio remoto — pouco mais de três salas, do tamanho de uma lanchonete — pareciam pálidos e aterrorizados. O'Brian sabia que lhes fazer perguntas resultaria em informações não confiáveis. Estavam nervosos demais para ser de qualquer ajuda, ou mentiriam, achando que assim protegeriam a vida da chefe. Enquanto Roeding percorria aquele último quilômetro pelas ruas de Johanesburgo, O'Brian havia encontrado uma planta da construção e, baseado em anotações de produções antigas, descobrira em qual estúdio estava Jane Talbot e qual abrigava Labirinto.

Plano?

Não existia nenhum além do procedimento de operação padrão da Global Alliance para esse tipo de situação de alta tensão e tempo exíguo:

Deter o maníaco.

Roeding o atacaria, incapacitando-o, antes que tivesse chance de detonar a bomba.

O'Brian retiraria Jane Talbot do estúdio à força, o mais rápido possível, caso Roeding se atrasasse alguns segundos.

O irlandês sabia também que precisariam de pelo menos dois segundos para deixar Labirinto cego antes de atacá-lo. Apertando um botão no celular, interferiria no sinal, externa e internamente, com uma explosão de micro-ondas. *Sim*, observou O'Brian secamente para si mesmo, *eles têm um aplicativo para isso.*

Arrombou então a porta do estúdio.

Dentro estava Jane Talbot, lágrimas quentes rolando pelo rosto, com um ar de quem tinha acabado de se envolver num acidente de trânsito grave. Ela lutou contra O'Brian também, Deus a abençoe, agarrando-se às bordas da cadeira com uma força descomunal. Ele não teve outra escolha a não ser lhe dar um soco nos nervos localizados na parte superior do tórax, paralisando os dois braços a fim de soltá-la da cadeira. Saíram de costas, aos tropeções, para o corredor, Talbot gritando o tempo todo. O'Brian puxou-a em direção à saída.

Àquela altura, Roeding já tinha dominado Labirinto.

O cara parecia estranhamente normal. Bonito, tirando o sangue e as contusões no rosto.

Sobre o oceano Atlântico

— Eles o pegaram — disse Natasha — há mais ou menos cinco minutos. Foi capturado num pequeno estúdio de televisão em Johanesburgo. Roeding e O'Brian fizeram a prisão, e a polícia chegou logo depois. Eles o estão levando para outro lugar, a fim de interrogá-lo.

Dark escutava em silêncio.

— Está me ouvindo? — perguntou Natasha. — Acabou. Podemos voltar agora e receber a bronca que merecemos.

— Não. Não acabou.

— Como assim, não acabou?

— Acho que devemos continuar.

— Por quê?

Dark olhou para ela, pensando em Riggins. Se uma coisa não parecia bem era porque não estava bem. Quantas vezes ele tinha dito aquilo? Enquanto Dark preferia ponderar sobre um caso numa sala na penumbra, fria e silenciosa, Riggins tinha fogo correndo em seu sangue, pondo portas abaixo, indo sempre em frente.

— Intuição — respondeu Dark.

Capítulo 34

Como se constatou mais tarde, não tinha nenhuma bomba embaixo da cadeira de Jane Talbot no estúdio. Labirinto, aparentemente, blefara. Ainda assim, danos muito piores que qualquer bomba haviam sido causados. Nas horas frenéticas que se seguiram, repórteres começaram a reunir as evidências que Labirinto postara on-line em mil lugares diferentes. A cada minuto surgia uma nova informação, disseminada por agências de notícias e comentários nas redes sociais — material para discussões infindáveis, opiniões depreciativas e sarcasmo. As alegações ao vivo de Labirinto eram só o começo. Jane Talbot estava acabada e isolou-se, enquanto seus advogados entravam em ação. Apesar de o programa ir ao ar apenas na África do Sul e em emissoras da Grã-Bretanha, Austrália e Nova Zelândia, além de meia dúzia de outras na Europa, o impacto mundial fora grande. Quem nunca tinha ouvido falar em Jane Talbot antes passou a conhecê-la.

Ela era mais que infame.

Era *internet-infame.*

Inacreditável! Nunca tinha ouvido falar em Jane Talbot antes, mas... que pessoa asquerosa.

3 minutos atrás

Alguém mais notou que ele prometeu não matá-la... e não matou?

2 minutos atrás

Pensei realmente que ia acontecer, mas não. Talvez Lab tenha coração.

1 minuto atrás

Ela está pior do que se estivesse morta — foi desmascarada como uma fraude. Me ajudem a desmascarar outros.

1 minuto atrás

Labirinto foi levado para o Departamento de Polícia Metropolitana de Johanesburgo por uma unidade militar de elite e um esquadrão antibomba. As lições de Los Angeles não foram esquecidas. Não se podia confiar no assassino em massa, que era capaz de trazer no próprio corpo os mesmos explosivos que havia colocado no sem-teto. Em vez de uma cela comum, Labirinto foi levado para uma garagem vazia da polícia — com paredes de concreto reforçadas, sem janelas e a uma boa distância de qualquer construção habitada por civis. Médicos, trabalhando com técnicos do esquadrão antibomba, tiraram a roupa de Labirinto e fizeram um exame completo, de análises sanguíneas a imagens de ressonância magnética, a fim de detectar qualquer coisa que pudesse ser considerada explosiva.

Não havia nada.

Labirinto não disse uma palavra o tempo todo.

Apesar de ter sido verborrágico no estúdio, o homem se recusava a falar ou a exigir advogado. Em vez disso, por meio de gestos, pediu algo para escrever. Quando lhe deram um lápis quase sem ponta, escreveu duas palavras, em letra de imprensa, num pedaço de papel:

QUERO BLAIR

Ninguém sabia de quem ele estava falando — a não ser o chefe do Departamento de Polícia Metropolitana de Johanesburgo, que vinha trabalhando com a Global Alliance desde a entrega do pacote na África do Sul. O homem queria falar com Damien Blair pessoalmente.

Após desembarcarem no JFK, Natasha deu as notícias a Dark.

— Blair está indo a Johanesburgo para entrevistar o suspeito. Ele quer ver a equipe toda reunida, o mais rápido possível. Temos que voar para lá imediatamente. Os bilhetes estão esperando por nós no embarque. Tudo será perdoado se formos agora.

— Por que essa pressa? — perguntou Dark. — Blair está convencido de que pegou o cara. O que mais podemos fazer?

— Blair não sabe se esse é o verdadeiro Labirinto ou não. Qualquer que seja o caso, ele pode não estar trabalhando sozinho. Outras ameaças podem estar a caminho. Nossa única chance é pressioná-lo.

— Boa sorte — disse Dark. — Vou ficar por aqui. Porque há outro pacote vindo para Nova York, se já não estiver aqui.

Natasha estreitou os olhos, como se tentasse ler os pensamentos de Dark:

— O que te dá tanta certeza?

— Você ouviu o que Labirinto disse no programa da Talbot? A educação não deveria ser um negócio. Ele está nos falando onde vai atacar da próxima vez. No coração da comunidade financeira.

Para Dark, a humilhação pública de Jane Talbot definia precisamente isso. Até então, Labirinto havia visado a indústria do entretenimento e, depois, a petrolífera. Com Jane Talbot, visara a mídia e o sistema educacional — dois coelhos mortos com uma só cajadada, que já estavam tomando conta da mídia no mundo todo.

A próxima indústria, e mais óbvia, era a financeira.

Labirinto tentaria atacar seu coração.

— O que na charada fez você pensar em Nova York?

— A imagem. Os pássaros voando, a sombra sobre a água. O que me vinha à cabeça o tempo todo era o 11 de Setembro. A última vez em que alguém atacou o coração financeiro do mundo.

— E se você estiver errado? — perguntou Natasha. — Existem muitos centros financeiros no mundo. Não é só Nova York.

— Mas pense nos alvos de Labirinto até agora. Ele tem uma coisa com a América, ou com o que ele entende ser o império americano. Ficou martelando a palavra *negócios* com ela, e isso não foi coincidência. O que está no coração do império americano? Wall Street.

— Então, por que Jane Talbot na África do Sul?

— Era o alvo ideal. Labirinto descobriu que ela escondia algo. Ele quer que acreditemos que só ataca os culpados, lembra? As pessoas não vão entrar na dele se começar a atacar alvos inocentes.

Natasha disse:

— Você fica aqui e caça as sombras que quiser, eu vou para Johanesburgo. Temos um suspeito sob custódia. Mesmo que não seja Labirinto, é óbvio que faz parte dessa história toda. É a melhor chance que temos.

— Vou procurar algo para comer — replicou Dark. — Uma cerveja cairia bem agora.

Natasha apenas encarou-o. Após alguns segundos, seguiu-o pelo terminal até um bar que servia viajantes cansados, ansiosos por se anestesiar com bebida suficiente para que o efeito durasse todo um voo longo.

Dark pediu cerveja para os dois. Natasha disse que não bebia aquilo. Ele retrucou que tudo bem, tomaria a dela. No meio da manhã, o bar ainda estava praticamente vazio, e apenas os viajantes mais sedentos considerariam a possibilidade de ingerir bebida alcoólica àquela hora.

— Por que tenho a sensação de que você sabe mais do que está dizendo? — perguntou Natasha.

— Você acha que sou Labirinto?

— Não — respondeu ela. — Você é ainda mais enigmático.

— Obrigado.

— Estou falando sério. Você tem essa certeza toda de que Labirinto vai atacar aqui, mas o seu raciocínio não parece exatamente lógico.

Dark tomou um grande gole de cerveja e depois se recostou no assento:

— Blair vê Labirinto como o inimigo supremo. Na época da Divisão de Casos Especiais, tínhamos uma categoria para os assassinos que extrapolavam os gráficos em termos de perversidade, destreza e desumanidade em geral.

— Os tais assassinos de grau 26 — completou Natasha.

— Isso. Sei o que é enfrentar o pior. Também sei como é fácil seguir um desses monstros até a escuridão, onde se fica cego. Aconteceu comigo há alguns anos.

— Você acha que isso está acontecendo com Blair?

— Tenho certeza de que está acontecendo com Blair. Ele está com tesão nesse assassino, e isso me parece muito familiar.

Natasha sorriu.

— Sabia que ele estava incrivelmente empolgado com a perspectiva de você se juntar à equipe? Durante semanas só falava em você.

— Sou o cara novo. E a lua de mel acabou.

— Não, não é isso. Estou na Global Alliance desde o início, e Blair nunca ficou assim com os outros. Ele vê você como alma gêmea. E sentiu alívio por você estar em cena desde o primeiro pacote de Labirinto.

— Ele gosta de mim, realmente gosta.

Natasha franziu o cenho.

— Agora você é que está sendo babaca.

Dark fingiu um ar magoado por um instante, depois tomou outro gole de cerveja. Natasha o fez lembrar-se de Constance Brielle, a ex-parceira na Divisão de Casos Especiais. Sabia como lidar tão bem com pessoas quanto com provas periciais. Ele não tinha certeza de se ela estava sentada ali naquele bar para agradá-lo ou para informar a Blair que ele deveria ser demitido da Global Alliance.

— O que você acha? — perguntou Dark. — Blair está pensando com clareza?

Ela desviou os olhos por um momento e depois disse, com diplomacia:

— Acho que ele está focado na caça a Labirinto faz muito tempo.

— Você vai então ficar em Nova York e me ajudar a pegar esse cara?

— E você vai parar de beber cerveja às nove e meia da manhã?

— Devo estar ainda no fuso horário da Califórnia. Onde são seis e meia.

— Pior ainda — retrucou Natasha. — Espera. Blair tem um abrigo, um quartel-general da Global Alliance no centro.

— Sério?

— Temos abrigos em todas as partes. Você nunca mais vai ter que pagar hotel.

Ela se esticou, tirou a cerveja da mão dele e colocou-a sobre a mesa. Depois, passou o polegar pelo lábio inferior de Dark e riu.

— Vamos?

Capítulo 35

Bruxelas, Bélgica

Alain Pantin assistia obsessivamente a todos os vídeos de Labirinto que conseguia encontrar on-line. O último ataque provocara reações estupendas. Não fora violento, sob hipótese alguma; pelo contrário, Jane Talbot recebera apenas uma humilhação pública. E se o público parecia tímido em relação a abraçar a causa de Labirinto antes, essa timidez foi prontamente esquecida.

As agências de notícias estavam repletas de artigos sobre Labirinto e Jane Talbot, a maioria deles expressando um sentimento mais de choque e escândalo em relação a Talbot que ao diabólico assassino. "Sim, já sabíamos que *ele* era mau, mas Jane Talbot?" parecia ser o tema dominante.

Havia saqueadores pró-Labirinto enlouquecidos em Johanesburgo, atirando tijolos nas vitrines de várias lojas e janelas de instituições que Jane Talbot tinha apoiado e promovido ao longo dos anos. As pichações eram claras; JANE MENTIROSA.

No mundo inteiro relatos de pichadores escrevendo mensagens de Labirinto, nas laterais de bancos e prédios de governo:

VOU AJUDAR
VOCÊS A SAÍREM
DO LABIRINTO

e:

O MUNDO
AINDA PODE
SER SALVO

Trey não havia lhe dado tempo para descansar. Pantin praticamente encerrara os trabalhos em seu escritório para dedicar-se a um ciclo completo de mídia, concedendo entrevistas por escrito, pelo telefone e para as câmeras, todas sobre Labirinto.

A mensagem agora era: desmascarem as fraudes.

Pantin disse a um repórter da CNN:

— Não, não é preciso manter alguém refém para fazer com que confesse seus pecados. Necessitamos de mais prestação de contas em todas as áreas. Estou falando de governos, mídia, educação, negócios.

Para alguém do *The Guardian*, declarou:

— Essa não é a época certa para se ser uma figura pública com alguma coisa a esconder. É claro que as ações de Labirinto são deploráveis. Mas elas fazem as pessoas pensarem sobre mais responsabilidade na prestação de contas, não? Sobre a necessidade de um padrão ético mais alto entre as pessoas que dizem querer nos liderar.

Ao fim do dia, Pantin estava tão atordoado pela sequência ininterrupta de entrevistas que começou a fantasiar sobre conhecer Labirinto um dia, apertar-lhe a mão, talvez até convencê-lo a se entregar para o bem maior de todos e, depois, promover sua reabilitação pública por meio de uma série de shows e palestras...

— *Para com isso* — disse Pantin a si mesmo. — *Você está falando de um assassino.*

Um assassino, entretanto, que tinha dado um alento novo à sua carreira política. Não podia se esquecer isso.

Enquanto olhava para o Leopold Park, com a cabeça confusa e a adrenalina correndo no sangue, o celular vibrou.

AP World
Últimas notícias: Fontes garantem que "Labirinto" está sob custódia na África do Sul.

Capítulo 36

Blair

Johanesburgo, África do Sul

Os técnicos do esquadrão antibomba ofereceram tudo a Damien Blair, desde um traje completo, resistente a bombas, a um colete à prova de balas, mas ele descartou tudo. Em vez disso, pediu para ser levado diretamente ao local onde Labirinto estava detido — a garagem da polícia, úmida e cheirando a ferrugem. Enquanto era conduzido por um corredor muito iluminado, Blair informou, de forma calma embora severa, que queria ver o suspeito completamente sozinho. Nada de guardas ou outros policiais. Alguns oficiais começaram a protestar, mas o comandante sabia das coisas. O homem era um político de carreira e sabia quem estava por trás da Global Alliance — e, mais importante ainda, era esperto demais para entrar numa guerra por território contra o resto do mundo. Disse a seus homens que Blair teria acesso, da forma como requisitara.

O chefão da Global Alliance entrou no recinto, ouviu a porta se fechar atrás de si e, em seguida, caminhou até a maca onde o suspeito tinha sido triplamente amarrado. Estava posicionado em um ângulo de 45 graus. Sem uma palavra, Blair se aproximou, pegou o suspeito pelo queixo e virou sua cabeça para *um* lado e, depois, para o *outro*, antes de abaixar ligeiramente o olhar para encará-lo.

— Está vendo minha alma, Damien Blair?

— Você não é ele — disse Blair, calmamente.

— Claro que sou — retorquiu o suspeito. — Mas será que *você* é o verdadeiro Damien Blair? Teriam eles mandado um dublê? Seria muito decepcionante, porque quero conhecer você faz muito tempo. Seu rosto bonito não aparece muito nos jornais. Na verdade, nem um pouco. Onde está o resto da sua equipe? Da sua Global Alliance?

— Quero que você me conte tudo sobre Labirinto.

— Eu sou Labirinto.

— Não, não é. Essa é a sua única e última chance de obter um acordo.

— Não podemos conversar um pouco? Como é a expressão? Bater um papo?

— Acho que você não está entendendo sua posição — disse Blair, tirando uma Glock do bolso do casaco e mirando o coração do suspeito. — A minha organização é uma das poucas, entre as agências de polícia internacionais, que tem poder para fazer coisas. Interpol? Eles investigam, fazem recomendações. Somos diferentes. Agimos. Investigamos e eliminamos as ameaças. Dezenas de nações signatárias nos dão três coisas: financiamento, sigilo e autonomia. Confiam em que fazemos a coisa certa.

— Isso é bom, muito bom.

— Significa que posso te matar com um tiro agora e ninguém vai piscar um olho.

— Você está me caçando há anos. Não vai me matar agora. Vai querer respostas. Explicações. Justificativas. Vai querer que eu mostre onde todos os corpos estão enter...

Blair abaixou a arma, quase casualmente, como se pouco importasse o que atingisse, e apertou o gatilho. O tiro ecoou por toda a garagem, seguido pelos gritos de Labirinto. Altos. Patéticos. Confusos. Blair tinha mirado, afinal de contas. Um tiro preciso: a bala entrou no tendão de aquiles do prisioneiro, o que fez seu pé curvar-se para cima de forma terrivelmente dolorosa, como se a perna inteira estivesse tentando enrolar-se para dentro do tronco.

— Vou desmantelar você — disse Blair —, uma bala de cada vez. A no tendão foi só para começar.

— NÃO! — gritou o suspeito. — N-n-não é assim que funciona. Você é um p-p-p-olicial...

— Não, não sou— replicou Blair, posicionando a arma diretamente sobre o escroto do suspeito.

— Por favor, NÃO!

— Onde está ele? — perguntou Blair. — A próxima bala vai acabar com a sua masculinidade.

— Não sei, não sei. Por favor, acredita em mim. Meu Deus, eu não sei.

O suspeito falou, é claro. E bastante, especialmente após receber muitos analgésicos.

Continuava a insistir em ser Labirinto, em que aquele era seu único nome, jurando pela vida da mãe (de quem não se lembrava também) e implorando para que acreditassem nele. Não sabia sobre nenhum outro ataque — por Deus, não mataria ninguém! Será que não entendiam isso? Blair era bom em entender as pessoas e ficou surpreso ao se ver acreditando no suspeito. E também em que aquele homem achava, de verdade, que era um gênio vingador que se autodenominava "Labirinto".

Alguém deixou esse cara perturbado, Blair pensou consigo. *Tão profundamente que ele perdeu todos os traços da personalidade antiga.*

Mesmo assim, quando uma digital chegou com o nome Anthony Biretta, e Blair falou-o em voz alta, foi possível ver uma imagem começar a se estilhaçar por detrás dos olhos do suspeito. Sim, aquele nome era familiar. Por quê? Ele sacudiu a cabeça, como se aquilo fosse recolocar as peças na ordem certa. Por que o nome *era* familiar?

Gradualmente, a história toda foi vindo à tona, mas Blair já tinha conseguido preencher os vazios. Biretta era um aspirante a ator que recebeu um papel para a vida toda. Labirinto devia ter passado um longo tempo com ele — meses, talvez anos, para aquela representação única.

Contudo, durante todo o tempo em que estiveram juntos, o verdadeiro Labirinto não deve ter mostrado o rosto ou dado qualquer indicação de onde morava, como agia, nem do som da própria voz. Na mente destruída de Anthony Biretta, havia apenas fragmentos de sua vida passada. Para ele, seria como acordar de um sonho longo e ter a sensação horrível de que sua vida verdadeira, aquela que jurava ser uma *realidade tangível*, estivera contida naquele sonho. E ele nunca conseguiria voltar para ela.

— Consertem a perna dele — disse Blair à polícia, ao sair.

Capítulo 37

Dark

Manhattan

A área em torno do quartel-general da polícia de Nova York fora bloqueada desde o 11 de Setembro, para grande tristeza dos moradores de longa data da região. A polícia argumentou que seria muito fácil para qualquer um vir por uma das quatro pistas de Park Row, numa van branca, cheia de bombas, e acabar com o núcleo central do Departamento de Polícia de Nova York. Os moradores queixaram-se de que o bloqueio de Park Row transformou o tráfego já insuportável do local num pesadelo sem fim — sem mencionar a sensação de estar vivendo numa zona militarizada.

O bloqueio de Park Row não deteve mensageiros de bicicleta, é claro. Especificamente, um mensageiro calvo com uma barba cerrada que quase chegava à barriga. Ele parou em frente ao quartel-general, amarrou a bicicleta e correu em direção à porta — onde foi interceptado de imediato por um novo destacamento de segurança. O que aconteceu em Los Angeles havia enviado alertas para os departamentos de polícia do mundo todo, e o de Nova York recusava-se a correr qualquer risco. O mensageiro calvo, em cuja camiseta estava escrito COBRA DO MILHO DO ALABAMA, parecia divertir-se com aquilo tudo... até o oficial da segurança ver o nome do remetente (Bryan Hilt), e a equipe toda pôr o Sr. Cobra do Milho no chão de concreto, com uma pistola Glock apontada para a nuca, outra na base da coluna, algemas fechando-se em torno de seus pulsos antes mesmo de ele ter chance de expelir o ar que havia inalado durante a queda.

A equipe de segurança fora preparada: qualquer coisa que parecesse vagamente vir da parte daquele louco, Labirinto — era atacar primeiro e deixar os advogados resolverem depois.

E o nome "Bryan Hilt" constava de uma pequena lista de possíveis anagramas da palavra "Labirinto" em inglês.

Sinal vermelho na hora, filho da puta.

A caixa foi imediatamente transportada por uma guarda armada até um armazém da polícia, perto da ponte do Brooklyn, para ser inspecionada.

O Sr. Cobra do Milho só conseguia aspirar sangue e assistir a sua vida toda sendo esmiuçada, desde seu apartamento de merda em Jamaica, Queens, até o Alabama, em busca de uma ligação com o remetente do pacote.

Dark e Natasha entraram no abrigo da Global Alliance, em West Village. O local era bem-suprido, moderno, com vários quartos em torno de uma sala de estar ampla. O mezanino estava repleto de tecnologia de ponta, telas planas e computadores por todo lado. Como no avião, parecia que o quartel-general da Global Alliance podia ser transportado para onde quer que Blair necessitasse dele. Enquanto Natasha ligava o sistema, Dark — ainda meio perdido no tempo, após tantos dias de viagem — achou que tomar uma ducha seria uma boa ideia.

— Ei — disse ele.

Natasha levantou os olhos e fixou-os em Dark.

— Eu... é... Vou procurar um chuveiro — falou ele.

— Ok — retrucou Natasha.

— Ok — disse Dark, desviando os olhos dos dela. O que era aquilo?

Natasha olhava e sorria enquanto ele procurava, desajeitado, o caminho do banheiro.

Dark tirou a roupa e abriu a torneira, deixando a água o mais quente que podia aguentar. Sob a forte ducha, no boxe revestido de azulejos, deixou-se estar por um momento, permitindo que a água fizesse sua tarefa. Descobriu, surpreso, que, quando tirava o assunto Labirinto da cabeça, pensava em Natasha, não conseguia esquecer aquele olhar. Não jurara nunca mais ter mulheres desde a perda da esposa, mas também não procurava. Sua vida era o trabalho e Sibby. Agora, entretanto, como qualquer homem normal, estava pensando na linda garota que ficara na sala, perguntando-se o que ela estaria fazendo. Já ia afastar o pensamento quando ouviu a porta do banheiro se abrir.

Dark virou-se enquanto Natasha entrava no chuveiro, a seu lado, completamente nua. Teve de esfregar os olhos para se certificar de que não estava vendo coisas. Depois, ela se aproximou, pôs as mãos em seu peito e olhou para ele, como se esperasse algo.

— Pensei que você não me suportasse — disse Dark.

— De fato — replicou Natasha, descendo os dedos ao longo do peito dele, e mais para baixo ainda. Beijou-lhe o pescoço e o peito. — Não suporto você.

— Por que você está aqui então? — questionou ele, em tom brincalhão.

— Você prefere que eu não esteja? — retrucou ela, mordiscando-lhe a orelha. — É preciso outra razão além do fato de que estamos os dois aqui?

Dark achava que não. Pressionou-a contra os azulejos aquecidos do chuveiro, segurando-lhe os dois braços. Ela chegou ao clímax com um grito abafado, depois jogou Dark contra a parede e começou a se vingar, os quadris batendo contra os dele, com uma agressividade que o excitava ainda mais.

Ele, porém, recusou-se a ceder facilmente e reverteu outra vez a posição, antes de decidir que já estavam suficientemente limpos; havia uma cama ali perto, e seria uma pena não utilizá-la.

Mais tarde, na cama, a respiração pesada pontuando o silêncio, Dark não conseguia acreditar que aquilo tivesse acontecido... e havia sido bom. Natasha esticou o corpo nu, dando a ele uma visão estupenda, e depois rolou para o seu lado.

— Eu... ah... — gaguejou ele, virando-se para Natasha e rindo.

Ela sorriu também... um sorriso incrível. E então salvou-o de si mesmo.

— Não é fácil... conhecer pessoas na nossa profissão — disse ela. — Todos temos necessidades.

— Então foi só uma questão de satisfazer necessidades? — perguntou Dark.

Natasha hesitou.

— Você é um cara legal, Dark. Gosto de você.

— Mas...?

— Mas não vamos deixar que essa seja a última vez, ok? — falou Natasha sorrindo, pulando da cama e agarrando as roupas. — Ah, e só para constar, continuo não suportando você.

Dark ia retorquir quando os telefones dos dois emitiram um ruído duplo.

New York Post

Últimas notícias: fontes privilegiadas afirmam que o Departamento de Polícia de Nova York recebeu um pacote de "Labirinto";
A cidade se prepara para um ataque.

— Por favor, não venha com essa de "eu avisei" — disse Natasha, tirando as roupas do chão. Contudo, não as vestiu de imediato. Em vez disso, pegou o telefone celular na bancada e começou a digitar. — Estou mandando uma mensagem para uma das minhas fontes no DPNY.

Dark aproveitou a oportunidade para se vestir e, sem se envergonhar, perguntou-se se podiam ter transado de novo se os celulares não os tivessem interrompido.

— É verdade — disse Natasha.

— Quando o pacote chegou? — perguntou ele.

— Parece que há dez minutos.

— E já está na mídia. Labirinto está subornando os repórteres para ter certeza de que ninguém perca suas mensagens.

— Vamos para lá — falou Natasha. — Vou coordenar as coisas com o meu contato do DPNY no caminho.

— Talvez você queira vestir uma blusa — disse Dark, virando-se de costas, num gesto de falso pudor.

— Continua no próximo episódio — retrucou ela.

Mais tarde, depois de uma corrida de táxi, eles eram escoltados para dentro do depósito da polícia, onde as equipes de perícia do DPNY haviam montado uma estação de trabalho improvisada. Ainda estavam receosos com relação a explosivos, após o ataque ao Departamento de Polícia de Los Angeles. Natasha fez apresentações rápidas e pediu para ver o conteúdo do pacote. Um técnico entregou a Dark a última charada, lacrada num saco plástico:

MEU CORPO SE AFINA, BELO E BEM-FEITO
COM APENAS UM OLHO, JÁ SOU PERFEITO
SE POR MINHA EQUIPAGEM VOCÊ ME JULGAR
VERÁ QUE NÃO HÁ GUERREIRO QUE ME SEJA PAR
POIS QUANDO EXAMINAR MEUS TRAÇOS
SÓ ENCONTRARÁ O MAIS PURO DOS AÇOS
NUNCA LEVEI UM HOMEM SEQUER À MORTE, PORÉM
DERRAMAR SANGUE DE DAMAS É O QUE FAÇO BEM
QUEM SOU EU?

Dark balançou a cabeça e depois passou a charada para Natasha.

— Que mais veio com isso?

— Um laptop muito velho. Do tipo que eu não via desde o ensino fundamental.

O técnico apontou para a máquina, que se encontrava sobre uma mesa. Se tivesse que chutar, Dark diria que tinha uns vinte anos. A coisa parecia uma placa gigante de plástico duro.

— O pior de tudo é que ele está nos dando pouquíssimo tempo — disse o técnico enquanto levantava a tela e revelava um relógio digital primitivo, tiquetaqueando...

2:28:41...

2:28:40...

2:28:39...

— Que horas marcava no início? — perguntou Dark.

— Três horas exatamente — respondeu ele.

Labirinto estava lhes dando o tempo mais curto até então para impedir seu próximo ato de violência. Isso preocupava Dark. Os outros períodos de tempo foram relativamente generosos. Quanto mais tempo se dava à polícia para solucionar a charada, mais divertida era a provocação. Por que estaria dessa vez oferecendo um tempo tão apertado?

Porque ele sabe que você está por perto. Acelerou o relógio para a coisa ficar mais interessante.

— Qual é o terceiro item? — perguntou Dark.

— Um documento legal da década de 1840. Conseguimos dois caras da Universidade de Nova York para analisar. Estão a caminho. Aparentemente, o papel diz que a cidade de Nova York pagava, certa época, milhares de dólares para ter a proteção de uma gangue. Os Garotos do Canivete. Os historiadores dizem que a gangue parece real, mas nunca tinham ouvido dizer que a cidade pagava algo a seus membros.

Dark refletiu sobre aquilo. Dinheiro para proteção, mostrando o lado ruim de um governo. A charada mencionava sangue de mulher. Um documento da década de 1840 e um laptop de vinte anos atrás. Qual a ligação entre aquilo tudo?

Natasha aproximou-se, com a charada na mão.

— Você sabe a resposta? — perguntou Dark.

— No meu colégio interno eu era obrigada a fazer aulas de costura — disse ela. — E nada espeta mais que uma agulha. A pergunta é, quem Labirinto vai espetar daqui a quase duas horas?

— Se ele prosseguir com o mesmo padrão, vai buscar alguém do mundo financeiro, culpado de algum pecado público. Precisamos de uma lista de sujeitos de Wall Street que tenham ganhado uma porrada de dinheiro graças a algum negócio escuso.

— Ótimo — disse Natasha. — Agora nossa lista de vítimas inclui milhares de pessoas.

— Podemos reduzi-la. Pense nas primeiras quatro vítimas. Todas tinham segredos que Labirinto desmascarou. A atriz e o produtor, culpados de incesto. O executivo do petróleo, culpado de destruir o planeta. Talbot e o desvio de fundos. Tem que ser alguém que ainda não foi pego. Talvez já existam investigações sendo feitas. Essa seria a forma pela qual Labirinto ouviu falar sobre o assunto e escolheu a vítima. Mas o público não vai saber.

— Vou pedir a O'Brian que dê uma olhada nos arquivos da Comissão de Valores Mobiliários. De que outra forma podemos reduzir a lista?

— Não se esqueça da paixão de Labirinto pelas celebridades. Ele escolhe as vítimas porque servem como grandes exemplos. Espera que as pessoas o aplaudam porque também odeiam a vítima e adorariam vê-la sofrer. Então, será alguém importante. Não necessariamente um nome muito conhecido, mas em Wall Street deve ser um astro do rock.

— Tem uma coisa que me escapa nessa charada — falou Natasha.

— O que é?

— A parte que fala em nunca matar homens, mas derramar o sangue das mulheres. Talvez o homem que estamos procurando seja um don-juan conhecido?

Dark concordou.

— Pode ser. Ou é o contrário. Um hipócrita que esconde as taras. E Labirinto está tentando trazê-las a público.

Capítulo 38

Labirinto

Mostrem-me um homem sem vícios e direi que é um mentiroso.

Shane Corbett é um.

Orgulha-se do fato de não beber.

Não fuma.

Não usa drogas.

Não mantém relações com prostitutas.

Não assiste a pornografia on-line.

Não come porcaria.

Sequer trapaceia na hora de pagar impostos.

No entanto...

Shane Corbett tem um vício.

A questão é que ele é especialista em esconder isso do mundo.

Mas não de mim.

Consigo extrair segredos de qualquer um.

Estou sentado a uma mesa perto da frente do restaurante, sozinho, tomando um café com leite, quando Shane Corbett entra, com um guarda-chuva preto debaixo do braço, um celular branco e fino na mão. Parece impaciente. Está aqui para um importante almoço de negócios. Sei disso porque fui eu quem o agendei, usando uma das minhas muitas identidades falsas.

Telefonei e fiz a reserva.

Escolhi a mesa — a mais ostensiva do local.

E há poucos minutos passei por ela e joguei um pouquinho de um líquido que não deixa vestígios no copo para água de Shane Corbett.

Não tendo qualquer vício, ele é louco por água, que bebe compulsivamente, como se esse líquido pudesse lavar o mal que lhe corrói as veias.

Shane Corbett é levado até a mesa e escolhe exatamente o assento que previ. (Detesta ficar de costas para a porta de qualquer restaurante.) Após entregar o guarda-chuva preto à recepcionista sem sequer olhar para ela, alisa algumas pequenas rugas na toalha de mesa com os dedos longos, de unhas muito bem-cuidadas, e olha compulsivamente para o relógio.

Depois, toma um grande gole de água.

Um gole menor já seria o bastante.

Imagino que, se eu tivesse em mente algo tão simples quanto um assassinato, poderia ter-lhe tirado a vida naquele momento.

Porém, tenho em vista algo especial para Shane Corbett, o homem sem vícios.

Olhem para ele.

Primeiro, a boca, como se quisesse suprimir um arroto.

Não se trata, contudo, de arroto.

É algo pior.

O ronco do estômago começa para valer, então; uma expressão de pânico passa-lhe pelo rosto.

Não tem certeza se vai aguentar aquilo.

Dá um pulo da cadeira, os quadris esbarrando em outras mesas à medida que se locomove, arrastando copos e talheres. Shane Corbett, no entanto, não se importa com nada no momento, exceto chegar imediatamente ao toalete.

Pouso minha xícara de café com leite, levanto, aliso a calça com a mão, estico um pouco as costas e o sigo de modo casual até o banheiro dos homens.

O som da ânsia de vômito de Shane Corbett agride meus ouvidos quando abro a porta. Há um executivo constrangido em frente à pia, bombeando sabão líquido, espumoso e cor-de-rosa, da saboneteira e fingindo não estar ouvindo o lamentável som de espasmos e convulsões.

Dou de ombros e reviro um pouco os olhos. Digo a ele:

— Tem gente que toma Bloody Mary e depois não aguenta.

Ele relaxa, retribui com um sorriso educado e pega uma toalha de papel.

Chamo em voz alta:

— Vem, Charley. Vamos para o seu hotel.

Encontro Shane Corbett no terceiro compartimento, o mais próximo à parede azulejada. Está delirante; vômito e baba escorrem do trêmulo lábio inferior. Ele não me conhece, mas está tão arrasado que confiará em qualquer um que possa ajudá-lo a se livrar daquele sofrimento. Assim, é fácil levá-lo até a pia, limpar-lhe a boca e depois conduzi-lo de volta ao saguão, na direção dos elevadores.

Digo-lhe:

— Vamos cuidar de você.

A porta do elevador fecha-se silenciosamente.

[Para entrar no Labirinto, vá até Level26.com
e digite o código: *castigo*]

Capítulo 39

Labirinto

Saio do quarto de hotel e escuto a porta fechar-se silenciosamente atrás de mim. Verifico as mangas do terno para me certificar de que nada de Shane Corbett espirrou em mim. Vômito, sangue ou qualquer outra coisa.

Mantive distância o tempo todo, mas as senhoras estavam *muito* motivadas.

As coisas fugiram um pouco do controle, tenho que admitir.

É compreensível, do ponto de vista delas.

Vejam bem, Shane Corbett tem um vício. Desde a escola, e que quase arruinou sua vida acadêmica. Agora que está mais velho e dispõe de pilhas de dinheiro para torrar, pode dar-se ao luxo de satisfazê-lo sem que ninguém fique sabendo.

Exceto eu.

E as mulheres que destruiu.

Trabalhei com essas mulheres por um longo tempo.

Na verdade, alguns meses, com intervalos.

Não foi difícil encontrá-las, nem abordá-las. Suas cabeças abriram-se para mim de boa vontade, de forma quase ansiosa, porque sua autoconfiança havia sido destruída quando eram muito jovens, deixando-as impressionáveis e constantemente em busca de quem pudesse protegê-las.

A verdade é que acabaram gravitando na direção oposta, na de quem lhes explorava as fraquezas e as manipulava como brinquedos.

Não as exploro.

Faço com que se lembrem do quão fortes foram um dia.

De como tinham desejado a vida em vez de fugirem dela.

Agora, depois de todos esses meses, elas estão boas.

Prontas para corrigir as coisas.

As mulheres nesse quarto tinham todas as razões para reprimir a lembrança.

Os pais.

Os advogados.

O dinheiro que os tais advogados deram aos pais para mantê-los calados.

Quando ficaram mais velhas, sepultaram mais ainda o fato, mas ele permanecia lá, corroendo-lhes as entranhas, e, uma vez por mês, recebiam um lembrete vívido do primeiro e único encontro com Shane Corbett.

Enterravam mais fundo.

Reprimiam.

Ajudei-as a desenterrar essas lembranças.

Ensinei-as a transformá-las em puro ódio, sem qualquer adulteração.

Cheguei a pagar voos, hotéis e extras.

Estavam prontas.

Isso não foi pessoal, Shane Corbett. Muitos outros na sua linha de "trabalho" possuem vícios semelhantes. Será uma coincidência que os homens mais corruptos e desprezíveis dominem a atividade mais corrupta e desprezível? Atividade que claramente não deveria estar nas mãos de particulares?

Todavia, alegre-se, Shane, porque fiz de você uma parte da solução. Pode ter doído, mas no final você está transformando o mundo num lugar melhor. Não vai estar aqui para ver... mas pode morrer sabendo que deu início a algo.

Capítulo 40

Dark

— Acho que encontrei um candidato aqui — disse Natasha.

Ela estivera debruçada sobre o tablet e o telefone celular por cerca de trinta minutos, enquanto Dark continuava a analisar a charada e as pistas. Ele olhou, por cima do ombro dela, para a imagem na tela do tablet, que exibia informações do Departamento de Veículos Motorizados sobre um certo Shane Wesley Corbett, 28 anos, que possuía uma cobertura em Upper West Side, além de uma casa com seis quartos em Scarsdale. Arrogante, belo, em forma, elegante.

— Quem é ele?

— Corbett é um elo entre Wall Street e o Federal Reserve, intermediário do auxílio financeiro a uma empresa do setor de matérias-primas que entrou no sistema com demonstrativos financeiros falsos e deu um calote de bilhões nos investidores e no público. Mas, como um colapso total teria sido catastrófico para a economia, o Federal Reserve não teve outra escolha a não ser ajudar. O nome dele nunca veio a público. De forma que as únicas pessoas que sabem do envolvimento dele são os outros participantes, é claro, e meu amigo da Comissão de Títulos e Câmbio.

— Labirinto é especialista em descobrir os segredos sórdidos das pessoas — disse Dark. — Esse não parece suficientemente sórdido. Devem existir dezenas de imbecis que se encaixam nessa descrição.

— Concordo. Mas esse não é o segredo mais sórdido de Corbett.

Com a ajuda de Deckland O'Brian, Natasha descobriu que o corretor tinha também uma série de registros criminais juvenis, de 13 anos atrás, quando era apenas um aluno do segundo ano do ensino médio. Eram mantidos em segredo pelos tribunais, mas Natasha já havia descoberto processos semelhantes anteriormente. Os segredos tinham uma forma engraçada de se revelarem quando a Global Alliance fazia uma requisição.

— Vinte e sete acusações de estupro de menores — anunciou Natasha. — Você estava certo sobre manter as coisas em segredo.

— E Labirinto soube disso também. Merda! Dá para descobrir quem mais pode ter tido acesso a esses registros?

— Esse é o departamento de O'Brian. Ele está futucando mais coisas no avião, voltando da África do Sul.

— Vamos descobrir Corbett agora.

— Uma coisa na charada faz sentido agora.

— O quê? — perguntou Dark.

— A charada falava do sangue de mulheres. De acordo com depoimentos das vítimas, Corbet tinha uma queda por virgens. Era um fetiche para ele. Só estuprava virgens, e nunca duas vezes a mesma garota. Uma das vítimas disse que ele ficava olhando para o próprio pênis depois do ato, sujo de sangue.

Capítulo 41

Dark

Um telefonema para a secretária de Corbett — juntamente com uma ameaça de detenção imediata — rendeu a descoberta do seu plano ultrassecreto de almoço. Iria encontrar um cliente em potencial no Hotel Epoch, bem em frente ao canteiro do World Trade Center. Dark e Natasha pegaram um táxi. No saguão do hotel, uma recepcionista confusa disse que sim, que o Sr. Corbett estivera lá; na verdade, ela ainda estava com o guarda-chuva dele — mas ele havia desaparecido logo após se sentar.

Natasha disse:

— O tempo está quase acabando, Dark. Onde ele está? Para onde foi?

— Deve estar em algum lugar do hotel — respondeu Dark, correndo em direção ao balcão da frente e mostrando à nervosa recepcionista a insígnia da Global Alliance em seu telefone. Depois, deu a volta e tomou conta do computador onde estavam os registros. Dark quis que O'Brian estivesse ali — computadores não eram seu forte.

— Posso ajudar? — perguntou a recepcionista.

Dark balançou a cabeça.

— Você mantém registros dos hóspedes que pedem para não ser incomodados?

— As camareiras devem saber. Elas têm uma escala das limpezas nos carrinhos.

Em minutos, Dark e Natasha estavam em contato com a chefe das camareiras, que, por sua vez, estava fazendo uma lista dos quartos que ainda não tinham sido arrumados. Dark raciocinou que Labirinto escolheria o maior quarto disponível, de forma que limitaram a busca às suítes, começando pelo último andar, batendo na porta de algumas, arrombando outras e encontrando ocupantes confusos ou aposentos vazios.

— Você acha possível que ele o tenha levado para outro lugar? — perguntou Natasha.

— Possível, é. Mas por que se encontrarem num hotel, então?

A busca continuou até alguma coisa na bolsa de Natasha vibrar. Outra notificação. Ela tirou o tablet e olhou para a tela.

Ela disse:

— Já tem um vídeo novo postado.

Abertura: foto de Shane Corbett, tirada do anuário do ensino médio. Uma voz diz:

— Este é o homem responsável pela economia americana.

Corte para Corbett, no quarto de hotel, sendo confrontado por um trio de mulheres enraivecidas.

— Shane Corbett. Um homem tomado pelo desejo. Por dinheiro. Por posses materiais. Por até a mais íntima das posses.

Corte para uma mulher loura, de 20 e poucos anos, cortando a palma da mão do Corbett adulto. O sangue começa a escorrer do ferimento enquanto ele grita.

— Shane Corbett achava que podia ter tudo...

Corte para outra mulher, morena, golpeando as costas de Corbett com uma taça de champanhe quebrada. Corbett cai de joelhos, implorando pela vida, tremendo.

— Vejam só a corrupção nos negócios. É mais fácil para um rico passar pelo fundo de uma agulha que entrar no reino dos céus. Os políticos venderam vocês... para homens como Shane Corbett...

Dark e Natasha assistiam ao vídeo no corredor do trigésimo sexto andar, repassando as cenas sempre que aparecia um detalhe novo.

— Olha o relógio digital na mesa de cabeceira — disse Dark. — Esse vídeo foi feito há poucos minutos.

— Ele postou direto da câmera — replicou Natasha. — Deve ter pré-gravado a foto do anuário, mas faz a narração quase ao vivo.

As mulheres, pensou Dark, devem ser as que Shane Corbett estuprava no ensino médio. Aquelas que prometeram silêncio em troca de um pagamento. De alguma forma, Labirinto as havia descoberto, do mesmo modo como encontrara seus garotos de entrega e seu substituto. Ele as tinha localizado, mexido com suas mentes e conduzido até aquele hotel — onde puderam vingar-se de Corbett enquanto Labirinto gravava.

Porém, onde eles estavam?

Corbett ainda estaria vivo? E poderia identificar Labirinto?

— Veja — disse Natasha, congelando a imagem.

Atrás da confusão, era possível ver o contorno de um prédio. Era a nova Freedom Tower, ainda em construção, em frente ao Hotel Epoch. O que significava que o quarto dava para o lado oeste. E, embora o sol ainda brilhasse através da janela, quase bloqueando os detalhes, dava para ver vigas e andares inacabados. Era possível localizar a posição do quarto.

— Deixe-me ver isso um instante — pediu Dark.

Natasha passou-lhe o tablet, e Dark deu um chute na porta mais próxima, correndo então até a janela, para enorme consternação dos ocupantes, entretidos num ato que se poderia descrever como bíblico.

— Perdão — desculpou-se Natasha, seguindo Dark até a janela.

Ele abriu a cortina, olhou para o cenário da construção, depois para o tablet e, outra vez, para a obra.

— Quem são vocês? O que estão fazendo aqui? Vou chamar a segurança.

Natasha, de costas para a cama, tentava acalmar os dois.

— Somos da polícia, houve um incidente, fiquem onde estão.

— Polícia? Vocês não podem arrombar uma porta, isto aqui é a América!

Dark agarrou o braço de Natasha e disse:

— Sei onde eles estão.

— VOCÊS NÃO PODEM FAZER ISSO!

Eles estavam dois andares acima, três quartos depois. Quando Dark arrombou a porta e sacou a arma, já era tarde demais. Shane Corbett estava no chão, vertendo sangue de inúmeros ferimentos e cortes, o pior deles na virilha. Dark ajoelhou-se para verificar os sinais vitais, mas a pele já estava esfriando. Estava morto. As pontas dos dedos reconhecem isso melhor que o cérebro. Sentiram de imediato que havia alguma coisa... faltando. O sangue manchara o carpete em todas as direções. Na cama e no sofá, estavam as mulheres, estupefatas, olhando para a construção.

Natasha correu até a que se encontrava mais próximo — uma loura — e tirou o copo de champanhe quebrado de sua mão antes de perguntar:

— Onde ele está?

— Morto.

— Não, o homem que trouxe vocês aqui. Onde ele está?

— Eu vim até aqui para retribuir.

— Me escuta. Um homem trouxe você até aqui. Registrou você e as outras neste quarto. Ele tinha uma câmera. Para onde ele foi?

Dark sabia que não iria adiantar nada. Toda vez que Labirinto usava um substituto, destruía-lhe a mente e a memória. Confundia-o a ponto de crer que estava numa realidade alternativa, que só ele controlava.

Por minutos, não o tinham pegado — como sempre, Labirinto fora embora, escapara.

Supondo-se, é claro, que *tivesse sido* Labirinto quem esteve no quarto, gravando o brutal assassinato de Shane Corbett.

O monstro já devia estar a milhares de quilômetros de distância, preparando um novo pacote.

Capítulo 42

Bruxelas, Bélgica

Segundos depois de o telefone ter tocado, Alain Pantin percebeu que tinha adormecido no escritório.

Havia estado muito agitado na noite anterior, assistindo aos clipes e vídeos de Labirinto, no intuito de se preparar para a avalanche de entrevistas e aparições da manhã seguinte. As pessoas já estavam começando a construir sites elaborados relacionados ao assassino, além de um resumo sobre suas vítimas na Wikipedia, com links para documentos que "provavam" suas culpas. Outras páginas exploravam as pérolas de "filosofia" de Labirinto, a partir de seus vídeos no YouTube. Havia também aquelas que se dedicavam a adivinhar sua identidade, e Pantin achou muito engraçado ver o próprio nome citado como possibilidade.

Meio-dia. Após uma rodada exaustiva de entrevistas, Pantin retornou para o escritório. Tinha se recostado, fechado os olhos... e simplesmente adormecido.

Até aquele momento, uma hora depois, quando foi despertado pelo telefonema de Trey.

— Você tem uma reserva de voo, sai daqui a duas horas.

— O quê? — perguntou Pantin. — Para onde estou indo?

— Edimburgo. Consegui uma brecha para você na programação da cúpula da LMS este fim de semana. Pode me agradecer mais tarde.

— Quero agradecer agora. Quase quero te dar um beijo.

Uma chance de discursar na Liga Mundial do Saber — um encontro global de pensadores superbadalado, programado para ter início no dia seguinte, na Escócia — era sensacional. Pantin nunca tinha conseguido obter sequer um assento na sessão, muito menos a chance de aparecer diante dela. Os olhos do mundo estariam voltados para Edimburgo; carreiras políticas nasciam em eventos como aquele.

— Veja bem, eu não recomendaria mencionar Labirinto explicitamente, nesse caso. Você já marcou posição condenando os atos dele e não precisa reafirmar isso.

— E então?

— Tire vantagem desse palco mundial. Todos dizem que estão querendo ouvir o resto do mundo, mas a verdade é que o representante americano vai tentar roubar a cena. Essa é a sua chance de desviar um pouco os refletores de cima dele e promover sua agenda.

— Não sei o que dizer.

— Não diga nada. Cancele as outras aparições na mídia e comece a trabalhar no discurso a caminho do aeroporto.

A adrenalina baniu todos os sinais de cansaço. Pantin pôs-se de pé e espreguiçou-se até as pontas dos dedos quase encostarem no teto. O sono era algo superestimado. Quem dormia demais perdia a chance de governar este maldito mundo.

Capítulo 43

Riggins

Quantico, Virginia/ Manhattan

Muitos anos haviam se passado, mas Tom Riggins continuava fazendo a mesma coisa. Correndo até cenas de crimes. Nunca dormindo o suficiente. Tomando antiácidos. Pensando sobre o crime e o próximo drinque também. Perguntando-se onde tinham ido parar todos aqueles anos e por que ainda fazia a mesma coisa.

No momento em que saiu a notícia do último ataque de Labirinto, Riggins estava com um assistente, reservando um lugar no Metroliner até a Penn Station, em Nova York. As estradas ao longo da I-95 eram imprevisíveis — o trem era a forma mais rápida de se chegar.

Não que a Divisão de Casos Especiais tivesse alguma razão oficial para meter o nariz na ocorrência — o FBI e a Interpol haviam deixado isso claro; um ex-colega chegou a dizer a Riggins que *caísse fora*. Seus pedidos para viajar até Dubai e África do Sul tinham sido negados. A Divisão de Casos Especiais não era bem-vinda.

Riggins, no entanto, nunca deixava aquilo detê-lo.

Assim, tomou o Metroliner até a Penn Station e pegou um táxi para o canteiro do World Trade Center e o Hotel Epoch, onde o DPNY já instalara barreiras. Riggins lembrava-se do Epoch por causa dos noticiários durante o 11 de Setembro. O luxuoso estabelecimento tinha ficado pronto semanas antes dos ataques. Permanecera de pé, mas a área toda precisou ser removida e refeita. Do outro lado da rua, a construção da Freedom Tower estava bem adiantada, chegando aos limites mais altos do céu. *Já era hora*, pensou Riggins.

No saguão do hotel Riggins mostrou sua insígnia da Divisão de Casos Especiais, e já estava na metade do caminho para o quarto quando viu Steve Dark.

Disfarçou o choque no momento em que o ex-colega se virou e notou-o.

— Dark — disse.

Uma expressão de derrota surgiu no rosto de Dark, como se Riggins fosse um professor e ele tivesse sido pego escrevendo obscenidades no pátio do recreio.

— Riggins.

— Estou meio surpreso de encontrar você aqui. Sempre pensei que detestasse Nova York.

Riggins observou que havia uma bela mulher de cabelos escuros de pé ao lado dele. Mais importante ainda: era óbvio que ela e Dark estavam juntos. A mulher olhou-o, franziu o rosto em desaprovação e dirigiu a atenção para outra coisa.

— Você não vai me apresentar sua amiga?

— Não é uma boa hora, Riggins. Temos que ir.

Na última vez em que os dois estiveram juntos, na cena de outro assassinato, eles haviam feito uma espécie de pazes precárias. Do tipo que pode estilhaçar-se a qualquer momento. E aquele parecia ser um deles.

Então, seu ex-protegido, Steve Dark, estava trabalhando no caso Labirinto também. Josh Banner contara-lhe que ele estivera trabalhando na explosão da bomba em Los Angeles e no duplo homicídio de Malibu, mas Riggins pensara que ele havia exercido uma função secundária. Algo a que Dark, caçador nato de criminosos, não conseguia resistir. Entretanto, encontrava-se agora em Nova York, horas depois da notícia da ameaça. Não viajara até lá por capricho. Sabia que algo estava para acontecer — com antecedência.

— Pode-se dizer então que você continua trabalhando como autônomo? — perguntou Riggins. — Para aquela vaca misteriosa contra quem te alertei?

— Não — respondeu Dark.

— Para quem então? É algum segredo de estado ou coisa do gênero?

— Riggins, falando sério, não estou à toa, temos que pegar um avião — retrucou Dark, adiantando-se.

A mulher bonita de cabelos escuros, sem nome, seguiu-o.

— Vejo você na próxima cena de crime — gritou ele para Dark.

Riggins não pôde furtar-se a pensar em por que ainda estava tentando, fazendo aquilo, depois de tantos anos.

Capítulo 44

Labirinto

Ainda há muito na minha lista de coisas a fazer, mas nada que eu possa executar à distância — e essa é uma oportunidade tentadora demais para resistir.

Já faz tempo que não sigo um homem espontaneamente.

Gosto disso.

Decido segui-lo enquanto estou sentado no confortável saguão do Hotel Epoch, observando todos os tipos de oficiais de polícia tentando descobrir os detalhes do meu "crime".

Dois investigadores, em particular, me interessam. Não são do DPNY, do FBI, da Interpol, nem de qualquer outro lugar. Não são os suspeitos habituais. Resgatando as lembranças que tenho da cena do meu segundo presente, em Dubai, percebo que esses dois estavam lá, também, examinando tudo meticulosamente. São de alguma outra agência.

Seriam... da agência? Da unidade secreta de Blair?

Enquanto penso, um homem do FBI — pode-se reconhecer pelo terno malcortado, pela corcunda, pelos sapatos, pela expressão que praticamente grita EXAUSTÃO — aproxima-se deles e diz:

— Steve Dark.

Obrigado, Sr. FBI. É bom dar nome a um rosto. Já li sobre Dark. Um indivíduo extremamente perturbado.

O próprio Dark me dá o nome do exausto desajeitado do FBI: Riggins.

E uma simples busca no meu telefone revela sua identidade: agente Tom Riggins.

O encontro dos dois não parece agradável. Tem alguma história indecente aí. Eles se portam como pai e filho pródigo.

Por alguns segundos, é uma questão de cara ou coroa — seguir Dark ou Riggins?

Minha intuição escolhe Riggins. Se Dark for meu caçador, vai valer a pena saber o máximo possível sobre ele.

Talvez possa mudar de lado.

Assim, quando vão embora...

... eu sigo.

O táxi deixa o agente Tom Riggins em frente à Penn Station, onde ele pega o trem intermunicipal com destino a Washington, D.C.

A bordo, me sento na fila ao lado, um assento atrás, não só a fim de ter uma visão do perfil e das expressões faciais, como também para poder ver o que lê ou a quem telefona.

Porém, ele não liga para ninguém.

O homem permanece sentado, remoendo algo.

Fecha os olhos com frequência e leva as mãos às têmporas.

A morena bonita a meu lado, que cheira a alecrim, tenta iniciar uma conversa comigo — não tenho dúvidas de que meu terno, corte de cabelo e a qualidade do relógio no meu pulso despertam seu interesse. Exatamente como foram programados para fazer. Meu disfarce de cordeiro.

Iniciamos uma conversa tranquila, sem nada de profundo, um papo educado sobre porra nenhuma.

Mas o tempo todo estou...

Observando Tom Riggins.

Alecrim me pergunta:

— Como você ganha a vida?

Respondo-lhe, sorrindo:

— Seguros.

Pensando:

Eu poderia me inclinar e começar agora mesmo a sussurrar algo em seus ouvidos e, na segunda frase, você estaria entrando no Labirinto; na terceira, estaria irremediavelmente perdida; e, quando este trem parasse em Washington, seria toda minha, sua puta de merda, pronta para fazer tudo que eu mandasse com quem eu quisesse, inclusive você mesma. Poderíamos encontrar algum lugar para uma longa noite de degradação e autodestruição.

E a tentação existe, acredite em mim. Quando se está numa missão para salvar o mundo, ainda assim há a necessidade de liberar energia vez por outra.

Mas estou atrás de Tom Riggins.

Sim, ele vai proporcionar mais prazer esta noite.

Tom Riggins desembarca na Union Station, onde deixou seu carro — um sedã banal, coisas do FBI.

Não estou de carro e não posso dar início a uma perseguição imediata.

Tenho um aparelho de rastreamento, do tamanho de um selo postal, que prendo na carroceria do sedã e que me dará tempo de examinar o sistema de segurança da casa de Tom Riggins.

Surpresa — ele não tem quase nada. Um simples alarme doméstico, facilmente contornável com apenas um telefonema, fingindo que sou o síndico do condomínio e preciso ter acesso ao banheiro de Tom Riggins. Minha voz é autoritária e ligeiramente entediada. Eles acreditam em mim.

Quando chego num carro roubado, trinta minutos depois, o agente Riggins já está se preparando para a noite.

Ali está, contemplando o vazio. Olhem para ele. Patético. Passou a maior parte da vida perseguindo monstros e não tem absolutamente nada a oferecer, a não ser um espaço vazio na alma.

Como se para confirmar a minha teoria.

Tom Riggins vai até a geladeira, põe gelo velho numa caneca de café grande demais, acrescenta uísque de baixa qualidade e depois volta para a sala.

Aproveito-me da distração — dou um chute na porta da frente, sabendo que nenhum alarme vai soar. Na mão esquerda, uma arma de choque. Os raios atravessam o ar e acertam Tom Riggins no peito. Pressiono-a de novo. Ouve-se um estalo e o agente Riggins cai de joelhos, o conteúdo barato da caneca espalhado sobre o tapete de má qualidade, que não é limpo desde o dia em que foi posto ali. Fecho a porta atrás de mim, porque vamos precisar de um tempo a sós, Tom Riggins e eu.

Olhem para ele rastejando pelo tapete, os fios da arma de choque ainda presos ao peito. Os dedos curvados como garras, arrastando-se e procurando...

Oh, ele deve ter uma arma escondida nessa sala!

Tom Riggins, o último dos homens durões.

Mas não há tempo para nada disso. Tenho que pegar um avião de manhã e acho que vai ser uma noite longa. Decido então começar logo. Com o bico do meu sapato Testoni, de 1.500 dólares, chuto o ombro de Tom Riggins, virando-o para o outro lado. Depois, ajoelho-me rapidamente sobre seu peito largo e lhe dou a injeção.

Digo a ele:

— Quer saber o que aconteceu com Shane Corbett?

Ele tenta vociferar uma blasfêmia, incapaz sequer de terminar o pensamento.

A droga já está fazendo efeito, e ele tem dificuldades para fazer qualquer coisa.

Continuo:

— Você já vai saber.

Ele solta um grunhido.

— E você vai me contar tudo sobre Steve Dark.

Capítulo 45

Dark

Sobre o oceano Atlântico

— Você vai me dizer o que foi aquilo?

Dark fez uma pausa antes de responder:

— É meio complicado.

Natasha e Dark estavam atravessando de novo o oceano Atlântico. A fúria de Damien Blair fora aplacada pelo fato de que Steve estava certo — Labirinto havia atacado em Nova York, e eles o tinham perdido por uma questão de minutos. Natasha observou Dark enquanto ele vasculhava a cena do crime, ainda recente, e era como se o homem tivesse voltado à vida pela primeira vez depois de dias. Algo primitivo dentro dele fora despertado. Precisou lembrar a si mesma de que estava também investigando o caso, coordenando as coisas juntamente com o DPNY e o FBI, mas era difícil desviar a atenção de Dark e de sua paixão óbvia pela caça. Algo fascinante de se observar.

Isso se modificou no instante em que ele viu o agente Tom Riggins no saguão. O ex-mentor de Dark — o homem que tinha visto o mesmo fogo nele e o convencera a entrar para a Divisão de Casos Especiais, quando era ainda muito jovem. Natasha lera os arquivos da Global Alliance.

— Entendo — continuou ela. — Também tive problemas com figuras paternas no passado.

— Ele não é exatamente um tipo *paternal* — replicou Dark, em voz baixa.

Ela sabia que a verdade era outra. A família adotiva de Steve fora massacrada. E os pais biológicos? Ninguém sabia quem eram. Tom Riggins era o que Dark tinha de mais próximo de uma família.

Natasha resolveu deixar o assunto de lado. Melhor concentrar-se em Labirinto. Queria de volta aquela chama investigativa. Quando Damien Blair anunciara que Dark entraria para a equipe, havia tido sérias dúvidas — como o restante do pessoal. Trauma malresolvido. Lobo solitário. Errático. Com danos no plano emocional e possivelmente no psicológico também. Não era de fato o que se poderia chamar de uma boa combinação.

Agora, no entanto, via o mesmo fogo que Blair havia percebido. E sabia que podia ajudar a extrair aquilo, mais uma vez.

Natasha esticou a mão e tocou a dele. Dark dirigiu-lhe um olhar vago, ainda perdido em seus pensamentos a respeito de Riggins. De repente, porém, olhou realmente para ela e, depois, em volta, dando-se conta subitamente de que estavam num jato vazio da Gulfstream, pago pela Global Alliance, e de que havia ainda um bocado de tempo para aterrissarem.

Natasha esperou-o tomar pé da situação e depois lhe beijou os lábios.

Horas mais tarde, quando o jato entrou no espaço aéreo francês, Dark disse a Natasha por que achava que o próximo ataque de Labirinto seria na Escócia.

A palavra *políticos* no vídeo fora a chave.

Dali a dois dias Edimburgo estaria recebendo a cúpula da LMS — a Liga Mundial do Saber. A mídia vinha badalando o evento havia meses. Um superencontro de pensadores, com o objetivo de resolver nada menos que o problema da desigualdade no mundo — tudo transmitido ao vivo pela internet.

— É um palco enorme — explicou Dark então. — Labirinto não conseguiria resistir a algo assim. Na verdade, pode ser o que ele está realmente esperando o tempo todo.

— Você está dizendo que ele é um assassino ávido pela imprensa. Que isso tudo foi por causa das manchetes.

— Que outra razão ele teria? Não acho que seja pela emoção de matar alguém. As mortes são incidentais. A mensagem é tudo. Ele chegou a dizer a Jane Talbot que não mataria mais. Mas não se esqueça de que falou isso ao vivo, na TV. Para ele, o mais importante.

— O que prova que Labirinto está mentindo — disse Natasha.

— Como assim? Ele não matou Shane Corbett. Encontrou outras pessoas que fizessem isso para ele. Mulheres que tinham boas razões para querer vê-lo sofrer. No que lhe diz respeito, suas mãos estão limpas. Só estava dando chance às vítimas para se vingarem.

— E quem Labirinto quer ver sofrer agora? — perguntou Natasha.

Capítulo 46

Dark

Quartel-general da Global Alliance / Paris, França

De volta à base, Blair não estava exatamente ansioso para parabenizar Dark por seu palpite ter sido correto — por Labirinto ter atacado em Nova York e ser cada vez mais provável que Edimburgo fosse o próximo alvo. Dark apresentara sua defesa rapidamente, apoiado por Natasha a todo instante.

Na verdade, Blair não esboçou reação. Absorveu os detalhes, mas não fez comentários nem emitiu qualquer opinião. Após Dark ter terminado, balançou a cabeça e retirou-se para seus alojamentos particulares.

A equipe permaneceu sentada em silêncio por alguns instantes, até O'Brian falar por fim.

— Ei, não leva isso tão a sério. O chefão está com a cabeça cheia. Ele tem uma obsessão por esse cara há anos.

— É isso que não entendo. Labirinto acabou de surgir. Entendo a ideia de se preparar para o aparecimento de um monstro *como* Labirinto, mas Blair parece ter esperado por *esse monstro específico* o tempo todo.

— Bem, estou na equipe há mais tempo que qualquer um nesta mesa — falou Natasha. — Já enfrentamos uma série de ameaças de que ninguém tem conhecimento e, assim espero, vão continuar desconhecidas.

Sempre, Blair compara o caso em questão a um pesadelo dentro da sua cabeça. Nunca o caso em questão resiste à comparação. Por alguma razão, Blair acredita que esse tal de Labirinto é o pesadelo, e para mim isso basta.

— Isso não modifica as nossas táticas — falou O'Brian. — Mau, ruim, terrível... conseguimos pegá-los.

Dark levantou-se da mesa de conferências. Ouviu o que os colegas disseram e sabia que estavam certos. Havia, contudo, uma peça faltando.

— Aonde você vai? — perguntou Natasha.

— Já volto.

Blair estava em sua mesa, de costas para a porta, contemplando uma série de fotos em preto e branco na parede. Família, colegas — tanto faz. Não fazia diferença para Dark. Só queria conhecer Damien Blair o bastante para lhe pedir que reservasse um voo de volta a Los Angeles. Se recusasse, tudo bem. Sairia de sua vida mais rápido ainda.

— Qual é o problema? — perguntou.

Blair continuou olhando para a parede.

— Você me ouviu?

Nada ainda.

— Por que tenho a impressão de que existe alguma coisa a mais sobre Labirinto que você não está contando?

Finalmente, Blair se manifestou:

— Estava pensando num jeito de admitir que eu estava errado e que devia ter confiado em você.

O homem girou a cadeira.

— O seu instinto foi a razão de eu ter ficado tão ansioso para trazê-lo para nossa equipe. Isso me faz lembrar os melhores agentes com que trabalhei ao longo dos anos. Infelizmente, eles foram aqueles que nunca falharam em me frustrar. Porque os melhores parecem trabalhar melhor como lobos solitários, e aqui estou eu tentando fazer de você parte do grupo. Por que será que me sinto atraído por esses indivíduos? Deve ser alguma coisa no sangue.

Foi a vez de Dark não dizer nada. Achou que era melhor deixar Blair desabafar e depois lhe dizer que estava indo embora.

— O que estou tentando dizer é que já tive problemas com lobos solitários no passado, o que é provavelmente a razão de eu estar determinado a domar você desde o início. Mas fiquei aqui sentado, tentando encontrar furos nas suas teorias sobre Nova York e o possível ataque em Edimburgo... e não consegui. Sou forçado a admitir que você está mais sintonizado com a frequência desse predador que eu.

Dark disse:

— Nossos métodos são diferentes, só isso.

— Exatamente. E de agora em diante vamos conduzir isso do seu jeito, Dark. Nada me interessa a não ser pegar Labirinto. Vamos para Edimburgo, seguindo seu palpite.

Dark balançou a cabeça, mas não tinha entrado naquela sala para tirar o controle de Blair.

— Por que você acha que Labirinto é o cara?

— O cara?

— Você sabe o que eu quero dizer. A ameaça para a qual você vem se preparando.

Blair concordou com a cabeça.

— Agora há pouco, você disse que voou para Nova York por intuição. Foi um ato de fé. Estou pedindo que você e a equipe façam o mesmo comigo.

Minutos depois de Dark ter deixado o alojamento, Blair pegou o telefone celular e procurou a mensagem de texto que havia recebido uma hora antes.

VOCÊ SABIA QUE CONTRATOU UM MONSTRO?

A mensagem viera acompanhada de um link. Blair clicou sobre ele após considerável hesitação. Labirinto o vinha provocando com mensagens pessoais desde os ataques de Los Angeles. Damien não fazia ideia de como ele descobrira seu número, já que não constava em lugar nenhum e era impossível de ser rastreado por ele ou qualquer membro da Global Alliance. E a cada provocação de Labirinto por texto — essa era a quarta — Blair aposentava o telefone e encomendava outro.

O link era novo. Teria o criminoso encontrado algum meio diabólico de infectar seu celular e, por tabela, o sistema de computadores da Global Alliance?

Não.

O link só fez baixar um pequeno arquivo em pdf no telefone de Blair. Um exame de DNA, classificado como SECRETO.

Ele leu o relatório e, com terror crescente, juntou as peças.

Agora se perguntava se tinha acabado de cometer o segundo maior erro de sua vida, ou se um anularia o outro.

Capítulo 47

Dark

Edimburgo, Escócia

O pacote chegou dois dias depois, na manhã em que se realizaria a cúpula da LMS, exatamente como Dark previra.

Nenhum mensageiro especial dessa vez, nada de entregadores sem-teto. Chegou como encomenda expressa, de um endereço em Londres (que mais tarde mostrou ser uma loja vazia). Dark e seus companheiros da Global Alliance — O'Brian, Roeding — estavam lá como observadores enquanto os peritos forenses abriam a caixa de papelão e retiravam o conteúdo. Tinham de observar por trás de um espesso painel de plástico resistente a explosões — para a própria proteção, obviamente, o que incomodava Dark. Ele tentou fazer lembrar aos agentes da Lothian and Borders que Labirinto não detonara nenhum de seus pacotes até então — apenas o portador do primeiro. Eles só balançaram a cabeça e o ignoraram, continuando com o insuportavelmente lento e metódico desmonte.

— Eles precisam parar com essa bobeira e abrir a porra do pacote — queixou-se, com amargura.

— É praxe — disse Natasha, observando a polícia escocesa, que, por sua vez, observava Dark.

— Estamos perdendo tempo.

Por fim, a polícia encontrou outra charada. Mesma caligrafia, mesma letra de imprensa, dessa vez com papel timbrado do Congresso dos EUA. A imagem foi escaneada e projetada em uma TV de tela plana.

UM CARA CHEGA ATÉ VOCÊ E DIZ "TUDO QUE EU TE DISSER É MENTIRA". ELE ESTÁ FALANDO A VERDADE OU MENTINDO?

LABIRINTO

— Que bom, outro enigmazinho de merda — disse O'Brian.

— Não se esqueça de que a charada é só uma parte da coisa — lembrou Dark. — Vamos ver o que mais ele colocou na caixa.

Depois, a polícia retirou um cronômetro digital — de plástico preto, de uma marca comum, nada de especial à primeira vista. Mais uma vez, parecia que a polícia escocesa se movia em câmera lenta, apesar do fato de que nada havia *explodido*.

— Que se foda — falou Dark. — Preciso ver isso de perto.

Quando a porta permaneceu fechada após algumas batidas frenéticas, ele suspirou, deu um passo para trás e depois um chute, perto da maçaneta. Voou madeira para todos os lados. Dark entrou na sala, abrindo caminho com os ombros por entre os peritos, que vestiam trajes de proteção, e pegando o cronômetro do braço robótico que o segurava.

— Menos de cinco horas — disse Dark, olhando o mostrador. — Quando começa a cúpula?

Natasha, que o havia seguido, respondeu:

— Daqui a uma hora.

Dark empurrou para o lado o braço mecânico e pegou o último item do pacote de Labirinto: uma folha de pergaminho amarelado, quebradiço, lacrado num saco plástico.

— O que é isso?

A página de cima parecia familiar, mas não podia crer no que estava vendo. O papel amarelado, frágil. As letras angulosas. Seria preciso um perito para autenticar, estava claro, mas quase qualquer um poderia identificar aquilo com facilidade.

Teria Labirinto conseguido mandar por FedEx, até a Escócia, um esboço da Constituição dos Estados Unidos?

Uma perita em documentos históricos da Universidade de Edimburgo foi enviada às pressas para a delegacia da St. Leonards Street. A mulher piscou os olhos como se tivesse acabado de acordar de um cochilo de cinco anos e descreveu o documento, de forma aproximada, como autêntico para a época (fins da década de 1780), mas acrescentou logo que aquela versão da Constituição não podia ser verdadeira.

— Por quê? — perguntou Dark.

— Bem, existe uma lenda urbana, que circula no meu meio, de que havia uma versão anterior e muito mais radical da Constituição dos Estados Unidos, discutida pelos fundadores do país — disse a perita —, que supostamente poria muito mais poder nas mãos do Executivo, com os cidadãos comuns tendo muito pouco dos direitos que receberam no final. Comenta-se também que essa versão teria elementos pró-escravidão, em vez da aprovação tácita dada na versão final. Isso, sem dúvida, é uma invenção de teóricos conspiradores, tanto quanto esse documento.

— Mas o papel e a tinta conferem?

— Sim, mas não tem como isso ser verdadeiro.

Dark sabia que, se aquele documento existisse, seria sem dúvida vendido por milhões em algum mercado negro. No entanto, Labirinto havia encontrado um jeito de pôr as mãos nele. E o enviou, sem qualquer tipo de seguro, por entrega imediata. Quase casualmente. Isso era tão importante quanto a mensagem, pensou Dark. Ele queria que soubessem que sua riqueza era ilimitada e não havia nada fora de seu alcance.

Nem mesmo o ponto mais nevrálgico dos Estados Unidos da América.

A polícia fez o máximo para esconder da imprensa a análise do último pacote de Labirinto. Os repórteres, entretanto, pareciam já ter conhecimento dele — pistas anônimas os haviam alimentado com o suficiente para transformá-los em cães raivosos. Comprimiam-se na porta da delegacia de St. Leonards Street quando Dark e o restante da equipe saíram.

— Ele está dando as dicas para eles — disse Dark. — Elevando o cacife do jogo. Fica mais divertido se todo mundo souber o que ele está para fazer.

Eles atravessaram a rua até a van preta que fora trazida de Paris, equipada com computadores, detectores de escutas, armas, laboratório forense móvel e tudo mais de que a equipe pudesse precisar. Como sempre, com Blair, dinheiro não era problema.

— Vimos as pistas — disse O'Brian. — Temos uma cópia da Constituição, um cronômetro e outra charada.

— Não sabemos ainda.

— O que é isso? Você deve ter *alguma* ideia. Alguma noção esquerdista louca. É a sua marca registrada, não?

— Deckland, cala essa boca, porra! — cortou Natasha. — Vamos receber alguma ajuda. Blair já está na cena.

As sobrancelhas de Dark ergueram-se:

— Está?

— Essa é a turma dele. Aristocratas, as massas, esse esquema todo. Está pondo panos quentes e examinando a situação.

Dark era produto de um lar adotivo e de uma criação humilde, de classe média. Não era de admirar que Blair lhe parecesse um alienígena.

— Pensei que ele nunca entrasse em campo — disse Dark.

— Parece que mudou de ideia — replicou Natasha.

— Vamos — interpôs O'Brian. — Eu dirijo. Ainda estou enjoado por causa do jeito que Roeding dirigiu em Johanesbugo.

A equipe chegou à van, e Dark separou-se do grupo.

— Vou com meus próprios meios.

— O que você quer dizer com seus próprios meios? — perguntou Natasha.

Ele respondeu:

— Se vocês estão espantados, vou dizer: sim, é possível encomendar qualquer coisa no pequeno site de compras de Blair.

Naquele caso, qualquer coisa queria dizer uma Ducati Desmosedici GP12. Motor V4, resfriado a água, do tipo feito para disputar corridas e sem a menor permissão para andar nas ruas.

Ele seguiu a van durante algum tempo, até estar certo de que o restante da equipe podia vê-lo — depois, trocou de marcha e passou como uma flecha adiante deles. O'Brian deu um sorriso de canto e ergueu o dedo médio quando Dark os ultrapassou.

— Genial — disse.

Pelo menos, foi isso que Dark achou que ele estava dizendo.

Para ser honesto, tudo não passava de um borrão naquela velocidade.

Capítulo 48

Dark

Para um encontro dedicado a buscar uma nova era de entendimento global, havia uma quantidade de segurança absolutamente insana.

Aquilo tinha muito a ver com a ameaça de Labirinto, era óbvio, mas uma parte já estava planejada antecipadamente. Todos os países participantes concordavam com uma política de estrito desarmamento. O mais letal que os guardas da equipe de segurança, no interior do prédio, tinham permissão de portar eram armas de choque, vaporizadores de defesa e cassetetes de borracha. As credenciais que Blair tinha enviado a cada membro da equipe foram fundamentais para que eles conseguissem ultrapassar o perímetro externo da segurança, em torno do prédio do Parlamento Escocês, mas ainda assim eles tiveram que se sujeitar a serem intensivamente apalpados antes de obterem acesso ao salão principal.

Cada entrada, mesmo a mais modesta, encontrava-se equipada com escâneres corporais de última geração, além de detectores altamente sensíveis até a resíduos ínfimos de explosivos, pólvora, agentes químicos ou biológicos — inclusive materiais radioativos. Blair havia recebido especificações sobre tudo e transmitido as informações à equipe com antecedência. Eles, porém, não tinham imaginado que as filas andariam tão devagar e que mesmo as credenciais da Global Alliance nada pudessem fazer para que conseguissem ultrapassar os postos de verificação da segurança.

— Mais perda de tempo — disse Dark.

— Quanto mais difícil for a nossa entrada — retrucou Natasha —, mais difícil vai ser a de Labirinto também.

— Você acha mesmo isso? Ele já está aqui. Ou um dos seus fantoches. E a arma escolhida também já está aqui faz tempo. Talvez até quando eles construíram essa monstruosidade.

— Não é possível — protestou Natasha. — Têm agentes fazendo varreduras em cada centímetro deste lugar há dias. Isso, além das verificações normais de segurança. Está tudo limpo.

— Tão limpo quanto uma casa de políticos pode ser — resmungou O'Brian.

— Cuidado — disse Dark. — Você está começando a soar como ele agora.

— Bem, esse pode ser um ataque com o qual eu concorde. Matem todos eles, eu digo.

Essas palavras saíram da boca do hacker irlandês justo quando se aproximavam do posto de verificação. Os olhos do segurança congelaram, desconfiados, mesmo depois de Natasha aproximar-se e mostrar a ele as credenciais.

— Opa — disse O'Brian.

Havia apenas três deles. Hans Roeding recusou-se a ir sem armas e optou por permanecer na van, estacionada do outro lado da rua, próximo ao Palácio de Holyrood. Isso já era uma brecha na segurança, mas Blair conseguira permissão. Se a perseguição a Labirinto os levasse para o lado de fora, queria Roeding pronto para neutralizá-lo de imediato.

No lado de dentro, Deckland O'Brian enfiou-se num canto com um netbook para vasculhar os bate-papos sobre a LMS na internet. Labirinto gostava de postar coisas com antecedência — havia a chance de que tivesse deixado escapar algum detalhe.

Enquanto isso, Dark e Natasha percorriam o salão principal do prédio do Parlamento Escocês — milhares de metros quadrados de possíveis perigos.

— O que você acha da charada? — perguntou Natasha.

— Sobre o homem que diz que tudo que fala é mentira? Ele está mentindo. Mesmo que esteja mentindo quando diz que tudo que fala é mentira, algumas das coisas que diz podem ser mentiras. Essa é uma delas.

— Vou acreditar em você. O que isso tem a ver com a ameaça, então? Porque o método está sempre escondido na charada.

Dark balançou a cabeça.

— Digo quando souber.

A LMS tinha como objetivo ser um fórum internacional, onde conceitos novos pudessem ser discutidos sem a politicagem e as represálias de governos hostis. Uma troca de ideias aberta para o bem de toda a humanidade. Nenhum pensamento era grande ou pequeno demais — todos teriam o mesmo público. Os tópicos: fome. Recursos renováveis. Disparidade econômica. E, mais importante ainda, os organizadores prometiam relatório e plano de ação, a serem entregues aos governos do mundo todo.

Ao mesmo tempo, os delegados podiam dirigir-se aos líderes mundiais mais poderosos diretamente, ao vivo, após fazerem algumas observações.

Dark achou aquilo bom, mas não estava interessado em nada naquele momento.

Tudo o que importava era que Labirinto pensasse que aquele seria um palco perfeito.

Ele estava ali, em algum lugar.

Em pessoa — ou algum de seus avatares.

Damien Blair fora fiel à sua palavra. Cedeu o comando da Global Alliance a Dark, que orientava Natasha e O'Brian enquanto os três vasculhavam o terreno.

Não havia pontos fracos.

Nada de esconderijos para assassinos ocultos.

Todos dentro do prédio tinham passado pelos postos de verificação da segurança.

Havia um detector de radiação e pólvora para cada dez pessoas no auditório.

Guardas *por todos os lados*.

A segurança era, Dark tinha de admitir, impecável.

Ainda assim, algo o incomodava. Alguma coisa parecia estar *fora do lugar...*

Capítulo 49

Dark

Após algumas horas de discursos, apelos e momentos de total incoerência, a ocasião pela qual os espectadores vinham esperando finalmente chegou: a sessão de perguntas e respostas com os líderes mundiais. Primeiro da lista: o representante dos Estados Unidos — o poderoso líder da maioria no Senado, Edah Ayres (do Missouri). O velho político, com um sorriso amplo e ligeiramente dentuço, barba aparada e cabeça totalmente branca, subiu ao palco e agradeceu aos anfitriões.

A conferência estava sendo transmitida ao vivo por uma emissora de notícias global e dezenas de sites de notícias, e a mídia alvoroçou-se de repente. As fileiras de operadores de câmeras, fotógrafos e repórteres, no setor reservado à imprensa, se empolgaram. Ali, finalmente, a verdade e o poder conversariam. E todos sabiam que, se tivessem sorte, pegariam o senador Ayres com as bochechas vermelhas, por causa de alguma declaração desastrada ou frase mal escolhida. Algo que pudesse alimentar o noticiário pelas próximas 24 ou 48 horas, em condições ideais.

— Muito obrigado pelo convite para estar aqui com todos vocês — disse o senador Ayres. — Estou feliz e orgulhoso de estar neste país maravilhoso.

Dark e Natasha encontravam-se posicionados na parte de trás do anfiteatro, de onde tinham a visão mais ampla possível; O'Brian, enquanto isso, estava no espaço reservado à mídia, no caso de Labirinto ter posicionado algum fantoche entre a imprensa.

— Não acredito nisso.

Natasha cutucou Dark e levantou o tablet. A imagem na tela mostrava o que todos na sala podiam ver ao vivo: o senador Ayres dirigindo-se aos delegados. Mas as notícias a que Natasha estava assistindo traziam algo que os presentes no Parlamento Escocês *não* podiam ver.

Um detector de mentiras na tela.

Enquanto o senador Ayres falava, uma única palavra, em vermelho, negrito, do tipo Helvetica corpo 72, apareceu de repente:

MENTIROSO

O pequeno medidor do canto direito, inferior, também ficou vermelho na tela.

— De onde está vindo isso? — perguntou Dark. — Desse site? É um site de paródia, talvez?

— Não — respondeu Natasha, tocando na tela, em busca de outro site.

O mesmo resultado. Procurou outro, o de uma rede jornalística notoriamente conservadora. O mesmo detector de mentiras, sobreposto às margens e ao letreiro móvel de notícias, na parte de baixo da tela.

— Como ele está fazendo isso? — perguntou Dark.

O senador Ayres que, naturalmente, não fazia a menor ideia de que a veracidade de suas palavras estava sendo monitorada, continuou com suas observações de abertura:

— Acreditamos na necessidade de disseminar a liberdade, para que todos possam desfrutá-la.

E na tela, em letras ainda maiores, aparecia a palavra:

MENTIROSO

Àquela altura, alguns repórteres e operadores de câmeras — ao verificarem os próprios monitores — perceberam o que estava acontecendo. Ouviram-se murmúrios; telefones celulares foram retirados de suas capas. O senador Ayres lançou um rápido olhar sobre o espaço destinado à imprensa, incapaz de ignorar a pequena comoção, mas depois se lembrou de *onde* estava e *do que* estava fazendo; o sorriso dentuço abriu-se e sua atenção retornou aos delegados.

— E parte da busca pela liberdade é garantir segurança alimentar e água potável para todos. Mais de 35 mil pessoas morrem todos os dias de doenças relacionadas à má nutrição, e é por isso que a minha administração tem lutado desde o início para entender melhor as causas e consequências da fome...

MENTIROSO

A notícia espalhou-se por todo o salão — o inconsciente coletivo da mídia moderna operando a todo vapor. Delegados entreolhavam-se confusos. Operadores de câmera, odiando ter que desviar o equipamento do senador Ayres, tentavam separar fios para ver se havia algo indevidamente conectado. Então, os assessores do senador tomaram conhecimento do que estava acontecendo e um trio de jovens vestindo ternos cinza começou a caminhar com as costas curvadas em direção ao palco, para interrompê-lo o mais discretamente possível.

— Merda — disse Dark. — Está acontecendo.

— O quê? — perguntou Natasha. — Você está vendo alguma coisa?

— Não. Estou sentindo.

Depois disso, desabalou pelo corredor central do anfiteatro, guiado por uma sensação angustiante de perigo, que vinha do estômago.

Já estava a meio caminho quando se ouviu a explosão, ecoando nas paredes do salão inteiro.

O rosto do senador Edah Ayres estourou num repugnante esguicho vermelho.

Capítulo 50

Alain Pantin assistiu ao ataque dos bastidores; nem ele pôde acreditar.

Um assassinato, ao vivo, bem diante de seus olhos.

Meu. Deus.

Quando era estudante de história, Pantin costumava perguntar-se ociosamente como seria testemunhar um grande momento histórico — uma vitória militar, um discurso antológico, um ato de terrorismo. Agora que estava ali, de verdade, e não por detrás da segurança de uma tela de televisão, não sentia nada além de um torpor gelado.

Vejam aquele pobre homem no palco, com o rosto pingando sangue vermelho e brilhante, que parece totalmente artificial, surreal sob os refletores brilhantes. Curvando-se para trás, ainda de pé, as mãos trêmulas, sem sequer conseguir cair e morrer de forma decente. Era um espetáculo de horror. Aquele maníaco havia esperado até que o mundo todo estivesse assistindo e, depois, presenteara-o com um filme sensacionalista...

O telefone celular de Pantin vibrou. Era Trey.

— Não entre em pânico — disse ele. — Isso é da maior importância.

— Você está assistindo a isso? — perguntou Pantin, em voz baixa. Sentia calafrios percorrendo cada centímetro do corpo.

— Respire. Mantenha-se calmo. E me escute.

— Escutar o quê? Deus do céu, Trey, você está assistindo a isso?

— Alain, o mundo vai querer saber o que pensar sobre esse último ataque, e vai ser você quem vai explicar.

— *Eu* não sei que merda está acontecendo, Trey. Como é que vou poder explicar para o mundo?

— Se concentra no motivo pelo qual Labirinto escolheu Ayres. Ele só tinha atacado pessoas que estavam escondendo alguma coisa. O mundo vai se sentir mais tranquilo sabendo que ele era exatamente como os outros alvos. Culpado de alguma coisa.

— Porra, cara... Você quer que eu assassine o caráter de um homem que acaba de ser assassinado?

— Você não tem que fazer acusação nenhuma. Deve abominar esse ataque deplorável e convidar Labirinto a expressar publicamente suas queixas. Lembre-se de se concentrar na mensagem, não no ato.

Pantin hesitava. Observava o pandemônio tomar conta da sala. Algumas pessoas corriam do palco, outras olhavam em torno, em busca de prováveis esconderijos para um assassino.

— Não desista agora — continuou Trey. — Você é o homem com mais tenacidade que conheço. É por isso que te dei apoio. Agora pode não parecer, mas esse é o momento que vai definir você de uma vez por todas.

Pantin limpou a garganta, disse ok e pôs o celular no bolso. Respirou fundo, ajeitou a gravata, limpou o suor da testa com a lateral do dedo indicador e depois se encaminhou para o palco — em direção ao mar de repórteres que caíam uns sobre os outros, a fim de registrar o momento.

O mundo vai querer saber o que aconteceu.

Tenho que explicar para todos.

Capítulo 51

Após um assassinato — bem-sucedido ou não —, parte de qualquer multidão corre em busca de proteção, preocupada com a própria vida. Uma maioria surpreendente, contudo, entra em ação. Foi esse o caso, ali. Seguranças, assim como outros embaixadores e assessores, começaram a gritar uns para os outros, procurando o atirador.

Dark sabia que não havia atirador nenhum. Não no sentido tradicional. O atirador era Labirinto, e ele atacara de um local remoto.

De onde, porém?

Como? Num salão com proteção máxima, onde até os encarregados pela segurança traziam apenas armas de choque como instrumento mais letal.

Dark examinou o espaço, tentando rastrear o projétil que havia atingido o senador. Se tivesse mais tempo, poderia usar lasers e fita métrica, a fim de descobrir o local exato de origem do tiro. Não tinha, no entanto, esse tempo. Cada segundo que passava significava que Labirinto estava indo rapidamente na direção da próxima vítima.

— Dark.

Natasha viera correndo atrás dele e lhe mostrava agora o tablet. Uma nova mensagem encontrava-se sobreposta ao caos que se desencadeara.

— O que isso quer dizer? — perguntou Natasha. — Labirinto não comete erros de ortografia.

Um destacamento da segurança tinha chegado ao senador Ayres e estava rapidamente retirando-o do palco para fora do salão. Os braços do político pareciam agitados. Sentia dores, mas não estava morrendo. De modo algum. Dark abriu caminho em meio à multidão para poder ver melhor. O sangue no rosto do senador... não era sangue.

Dye, senador, Dye

Labirinto estava sendo literal. E sua promessa a Jane Talbot fora mantida. Não havia matado ninguém desde a aparição na TV sul-africana. Em vez disso, tinha arranjado as coisas de forma que um jato de tinta vermelha atingisse em cheio o rosto do senador, na frente de milhões de espectadores. E, quando a cena fosse reprisada, postada e espalhada pelas redes sociais, seria vista por outros milhões mais. Por qualquer um que tivesse acesso a uma tela.

O político, afinal de contas, ficara com o rosto vermelho.

AP News

Últimas notícias: sen. Ayres atingido por "bomba de tinta" em cúpula na Escócia; encontra-se supostamente em estado grave, mas estável.

CNN

Últimas notícias: Suspeito "Labirinto" no ar agora.

Em segundos, todas as transmissões foram desviadas.

---

* Em inglês, *dye* (tingir) tem grafia semelhante a *die* (morrer). (N.doT.)

Um homem encoberto pela sombra, a fim de ocultar a identidade, apareceu nas telas do mundo todo.

Murmúrios circularam pela multidão. Gritos de pânico também.

A figura deu um passo à frente, em direção à luz, e revelou o rosto.

A máscara plástica de Halloween era uma piada — uma representação de Richard Nixon. A preferida dos ladrões de banco em toda a América.

— O governo é construído e liderado por ladrões — disse ele, com a voz mecanicamente distorcida. — Os políticos estão aí para conseguir o máximo para si mesmos, e não para ajudar as pessoas. Políticos mentem sobre tudo. Quero uma sociedade livre de políticos. Os representantes do povo têm de beneficiar todo mundo, de maneira igual. Não só os ricos.

Dark assistia às imagens. Não havia mais vídeos sendo postados. Labirinto estava falando para o mundo porque sabia que seria escutado. A "aparição" no programa de Jane Talbot fora um teste. Esse era outro. Outro passo rumo à ribalta. Estava provocando o mundo. Dando-lhe o bastante para especular, pensar, espantar-se.

Qual é o seu verdadeiro rosto?, perguntava-se Dark. *Quando você vai nos mostrar? Quando já for tarde demais?*

Dark observava a linguagem corporal e teve a sensação inconfundível de que aquele não era um fantoche, um substituto. Era o próprio Labirinto.

E ele ainda estava ali, em Edimburgo.

Estou vendo tudo VERMELHO agora. RT: Últimas notícias: sen. Ayres atingido por "bomba de tinta" em cúpula na Escócia; encontra-se supostamente em estado grave, mas estável.

3 minutos atrás

Não sei se rio ou me escondo debaixo da cama.

2 minutos atrás

Bem, pelo menos ele não o matou. Como prometeu a Jane Talbot.

2 minutos atrás

Os políticos mentem para nós. Eu NÃO minto.

1 minuto atrás

Capítulo 52

Dark

Deckland O'Brian já estava examinando os restos da câmera explodida quando Dark e Natasha abriram caminho até o espaço reservado à imprensa. Ele se encontrava de cócoras, analisando os pedaços de metal e plástico, banhados em tinta vermelha, com os dedos sem luvas.

Dark começou:

— Diz pra mim que descobriu alguma coisa, Deckland.

— É, acho que sim. — O'Brian gritou, tirando as mãos dos componentes fumegantes. — Ai! Puta que pariu! Essa porra está quase derretendo!

— O que foi?

— Bem, não tem como tirar o vexame da cara do senador. Mas acho que podemos rastrear Labirinto por meio desse mecanismo de disparo sem fio. Ele tinha que detonar essa coisa de longe, mas, pelo estado desses componentes meio derretidos aqui, nem tão de longe assim.

— Você consegue localizá-lo?

— Posso tentar. Se conseguir ressuscitar essa merda e restabelecer o sinal, ela pode nos levar até nosso querido amigo Labirinto.

— Estou indo — disse Dark, batendo em seu fone de ouvido. — Me dê notícias no caminho.

— Eu vou com você — disse Natasha.

— Não. Preciso que você rastreie os *feeds* da rede. Dessa vez, Labirinto não postou o vídeo anonimamente. Usou a transmissão das mais importantes redes de notícia, e tenho certeza de que elas vão ficar muito chateadas com essa história toda. Talvez a gente consiga encontrá-lo assim. Elas já devem estar tentando descobrir de onde ele está transmitindo.

Natasha concordou com a cabeça e depois tocou o rosto de Dark:

— Tenha cuidado.

— Vou acabar com isso esta noite.

Dark abriu caminho entre a multidão, mostrando a insígnia no celular quando necessário e empurrando as pessoas para o lado toda vez que isso não funcionava. Quando conseguiu por fim sair do prédio do Parlamento Escocês, atravessou a rua correndo até a van da Global Alliance e Hans Roeding, que, ao vê-lo se aproximando, baixou o vidro da janela.

— Para onde vamos? — perguntou o rude ex-soldado.

Dark não queria aquele peso extra. Precisava mover-se com rapidez e leveza. Razão pela qual não quisera Natasha a tiracolo também.

— Só estou seguindo uma intuição. Fique aqui, no caso de eu estar errado.

— Eu posso ajudar.

— Eu sei, mas fique aqui.

Roeding não disse mais nada. Interrompeu o contato visual e resmungou algo. O soldado havia sido treinado para receber ordens, mesmo que odiasse a pessoa que as dava. E Blair deixara claro: Dark estava no comando da operação.

— Preciso de uma arma.

Roeding franziu o cenho e depois pegou uma Glock 19 no console do veículo. Sabia que a semiautomática de plástico era a favorita de Dark. Enquanto este a enfiava na cintura, viu o colega tirando outra arma do console — uma Derringer prateada. Sem dizer palavra, Roeding entregou-a a Dark.

— Para que isso?

— Sempre levo uma de reserva. Você também deve fazer isso.

— Ok. Obrigado.

— Não há de quê.

Dark escondeu a arma no cós de trás da calça.

Evening Mail

Últimas notícias: senador americano estável, mas médicos temem que a tinta o deixe cego; pele manchada para sempre.

Guardian

Últimas notícias: MPE Alain Pantin diz que os ataques de Labirinto podem não parar até que comecem "conversações de fato"; ele conclama novo fórum.

Momentos depois, na sua Ducati nova em folha, Dark seguia em velocidade por Canongate, a rua mais antiga de Edimburgo. Se a seguisse até o fim, terminaria aos pés do castelo. O chão estava molhado e o ar, enevoado. Podia sentir os pneus quase derrapando no granito. Todavia, estar no comando do próprio veículo era uma mudança bem-vinda após dias de aviões, táxis e vans. Não existia nada pior que depender de alguém para se locomover.

Igualzinho a você, Labirinto.

Um homem que se move com os próprios meios, não? Irrastreável. Capaz de atravessar fronteiras com facilidade. Um perito na arte de viajar. De outra forma, não disseminaria os ataques pelo mundo todo. Sente-se à vontade em qualquer lugar. Talvez tenha sido treinado para isso. Talvez seja um ex-militar ou tenha feito parte de algum destacamento diplomático de segurança. Alguém sempre em movimento.

A voz de O'Brian soou em seu ouvido.

— Você está aí, Dark?

— Estou.

— Ok, vou te guiar. Parece que o sinal está vindo de algum lugar mais adiante na rua, perto do castelo.

A motocicleta de Dark disparou pela via principal. Havia gente por toda parte — nas calçadas, na rua, sem mencionar os outros veículos. A LMS tinha provocado encontros e festas improvisadas. A Escócia era o foco do mundo no momento; os escoceses estavam aproveitando a chance de aparecer. O ataque ao senador americano, é claro, havia jogado um balde de água fria nas festividades.

— Para. Você está perto.

Encostando no meio-fio, Dark estacionou a Ducati e tocou a Glock.

— Me diz para onde ir.

Havia uma fileira de prédios de três andares naquele lado da calçada, a maioria datada de séculos atrás. Nos primeiros tempos de Edimburgo, construía-se verticalmente — com os poucos andares que a arquitetura permitia então. E, quando a cidade ficou sem espaço, fizeram-se mais pavimentos para baixo, um complexo estonteante de níveis subterrâneos. As semelhanças com Paris e a Global Alliance não podiam ser ignoradas. Dark nunca tinha visto tantos labirintos antes.

De imediato percebeu que era ali, por motivos óbvios — se Labirinto fosse procurar um lugar para se esconder, iria fazê-lo em algum tipo de dédalo subterrâneo.

— Ok, estou usando o seu telefone para captar a sua posição, e estou seguindo o sinal da câmera.

Dark disse:

— Me diz para onde devo ir.

— Tem um portão à sua direita?

Sim. Uma arcada de pedra com uma placa em que se lia BECO DO BUCHAN. Um portão bloqueava a entrada quase até o alto.

— Vá por aí.

— Está trancado.

— Dá um jeito de passar. Não tem outra entrada, a não ser um caminho longo, pelo outro lado do quarteirão, que envolveria escalar um muro de 15 metros.

Dark sacou a Glock e mirou-a na direção do cadeado e da corrente... depois hesitou. Não. Um tiro poderia assustar Labirinto se ele ainda estivesse lá dentro. Colocou de novo a arma na cintura e olhou para a calha que corria ao longo da construção de pedra. Deu um puxão para testar se ela estava firme. Parecia ok. Capaz de suportar seu peso. Rapidamente, subiu pelo cano, pondo uma mão ao lado da outra e orientando-se com a ponta das botas pela lateral do prédio, até chegar no alto do portão. Mão direita, depois a esquerda — e pronto! Já estava pulando para a escuridão, aterrissando, sacando outra vez a Glock.

— Consegui uma localização melhor do sinal — disse O'Brian em seu ouvido. — Está vindo do telhado.

— Entendido — disse Dark, sabendo, entretanto, que Labirinto não estaria no telhado nem nos andares de cima.

Estaria embaixo. Na barafunda de cômodos abaixo do nível da rua. Em algum lugar ao longo das ruas estreitas, com imóveis subterrâneos modestos, nos dois lados.

Segurando a arma com as duas mãos, Dark desceu os degraus, tentando escutar sinais de sua presa.

Monstros gostavam de se esconder em porões.

Capítulo 53

Labirinto

Eles marcavam as pessoas antigamente.

Quando eram criminosas.

A lei anglo-saxônica estipulava que vagabundos e ciganos fossem marcados com um *V* grande permanentemente no peito, a ferro quente. Arruaceiros e sujeitos que compravam brigas recebiam um *F*; escravos, *S*. Ladrões recebiam queimaduras nas faces, para que ninguém confiasse neles com relação aos bens pessoais.

Mesmo há dois séculos apenas, soldados desleais eram tatuados e ferrados com as letras *BC* — de *bad character*, mau-caráter.

O senador Ayres merecia a sua marca.

Eu poderia ter ferrado seu rosto, mas afinal de contas estamos no século XXI. Esse tipo de tortura era melhor na Idade Média.

As pessoas podem pensar que foi um ato de crueldade.

Isso vai mudar quando eu postar na internet a biografia verdadeira do bom senador, informações que não são distribuídas em seu escritório de relações públicas — e que venho reunindo há dez anos — sobre seus supostos esforços humanitários para combater doenças e a fome no mundo, e como esses esforços resultaram em milhões de dólares em contribuições...

E como muitos desses milhões foram parar na espaçosa mansão do senador, no subúrbio de O'Fallon, em St. Louis, Missouri.

E em uma casa de veraneio perto de Myrtle Beach.

E nos bufês de comida gordurosa para a família e as famílias das amantes, ora para uma, ora para outras, num esquema rotativo?

O senhor ia tomar sol na praia, querido senador?

Bem, poupei-lhe esse esforço, não? Seu rosto vai parecer belo e bronzeado para o resto da vida.

Acompanho os comentários da mídia social por algum tempo, satisfeito por a mensagem estar se espalhando.

Ouço então um ruído.

No corredor.

Sutil.

Mas ouço.

Me viro...

[Para entrar no Labirinto, vá até Level26.com
e digite o código: *entre no labirinto*]

Capítulo 54

Dark

Não.

Impossível.

Não pode ser ele.

Não aqui...

Tudo havia se passado numa escalada frenética — a perseguição, os tiros de Dark que não atingiam Labirinto...

Não só não o atingiam como pareciam atravessá-lo.

Mas que diabos...?

Dark nunca tinha visto um suspeito mover-se com tanta rapidez, jamais. E quase não viu a figura de capa atacando-o, golpeando-lhe o peito com a força e a velocidade de uma marreta.

Naquele momento, viu a máscara de Labirinto...

Como a de um médico dos tempos da peste, parecida com um corvo.

Com um bico, negra, traços não humanos, grotescos — mas de olhos muito humanos, encarando-o através de buracos.

Tudo que Dark conseguiu foi ter um vislumbre daquela figura antes de a luta recomeçar. Quase caiu de joelhos, mas concentrou-se em respirar. Apenas oxigênio e sangue fluindo. *A adrenalina no sangue vai mantê-lo em movimento. Sinta dor depois. Mova-se agora. O monstro está escapando...*

Agrediu o adversário com socos no rosto, o braço direito parcialmente dormente — mas tudo bem, porque não parecia mais preso a seu corpo. Sentia-o como um organismo com vida própria, uma chapa de osso e músculo, projetada para uma coisa só: espancar Labirinto até a morte, com uma série de golpes fortes.

Entretanto, o homem de máscara absorvia cada soco como se estes não o afetassem em absoluto. E durante uma breve pausa entre os golpes Labirinto revidou com um murro que doeu até na medula de Dark, que sequer sabia ao certo onde havia sido atingido — apenas que aquilo causara uma dor muito pior do que deveria.

Labirinto deu um passo para trás, pôs a mão no rosto e tirou a máscara de corvo.

Revelando outra por baixo.

A última máscara que Steve Dark esperava ver de novo.

A de Sqweegel.

O homem por trás dela deixou escapar algo que soou como um riso sufocado, uma espécie de bufada, talvez até uma gargalhada reprimida, antes de se virar e desaparecer na escuridão.

Outra vez: Dark sabia que aquilo era impossível. Não era ele. Não ali. Nem em lugar algum. Havia assistido aos pedaços ensanguentados de seu corpo queimando numa fornalha. Não havia volta do lugar para onde Sqweegel fora enviado.

Dark engoliu em seco e saiu em perseguição ao suspeito. Podia ouvir o som frenético da bota sobre degraus de pedra. Seguiu-o, assim, até os andares mais altos da construção antiga, embora sentisse as entranhas como se tivessem sido forradas com navalhas. Subiu a escadaria central, andar por andar, angustiantes, até chegar quase ao telhado...

Capítulo 55

Labirinto

Oh, Steve Dark!

Desde que vi você em Nova York, tive a sensação de que nos conheceríamos.

E não se conhece uma pessoa nova sem lhe dar um presente.

Assim, fiz uma pequena pesquisa no seu mundo...

E, oh, você não vai acreditar no que descobri!

Tem sido difícil me conter.

Quase enviei diretamente para você.

Mas pensei... melhor esperar.

Sabia que você ia acabar aparecendo.

E apareceu.

Me encontrou.

Pode se orgulhar disso, pelo menos.

Ninguém nunca me olhou nos olhos e viu meu verdadeiro eu.

Ninguém nunca chegou tão perto.

Você subiu e percorreu o labirinto como um corajoso ratinho, não?

Mais do que Damien Blair jamais fez.

Demorei um pouco a encontrar o tipo certo, exatamente como me descreveu Tom Riggins, mas valeram o esforço e a taxa de envio.

A máscara:

Látex branco com zíperes de metal ao longo da boca e no alto da cabeça.

Buracos para os olhos, a fim de que quem a usa possa ver perfeitamente, com clareza, sem qualquer obstrução.

É preciso mantê-la lubrificada por dentro, o que vai ser um desastre para meu cabelo depois.

Mas valeu a pena.

Oh, a expressão em seu rosto, Steve Dark!

Esmagar o semblante do último inimigo apenas para descobrir o maior de todos os adversários por baixo.

"Sqweegel."

Nem preciso dizer nada.

O choque paralisa você temporariamente. Esse é o rosto que vê em seus pesadelos, não é, Steve Dark? Tom Riggins também o vê. O tempo todo. Não conta para você, mas essa face é o maior medo dele. Que um dia vá acordar no meio da noite e vê-la olhando-o. Mas ele tem medo de contemplar seus olhos através dos buracos, e a sua boca, contorcida num sorriso desafiador e doentio, os dentes do zíper aberto apenas aumentando o efeito.

Tom Riggins tem medo disso porque sabe a verdade sobre você, Steve Dark. Sobre o sangue que corre em suas veias.

Também sei.

E você?

Não.

Não creio que saiba.

O belo momento da paralisia de Steve Dark é tudo de que preciso. Escolhi esse lugar específico. Guiei-o até esse ponto do labirinto porque sabia que me beneficiaria. Mesmo lá embaixo, na escuridão do espaço fechado, vi isso perfeitamente, e sabia como iria terminar. E Steve Dark me seguiu até aqui, como qualquer um.

Todos têm um segredo que pode ser arrancado da carne e depois erguido, pingando sangue e vísceras, para ser examinado à luz do dia.

O de Dark é maior e mais feio que o da maioria.

Escolhi esse lugar por causa da janela atrás dele. Corro para a frente, então.

O rosto de Sqweegel frita temporariamente seus circuitos internos...

Assim, fica quase fácil *empurrá-lo* pela janela.

Mas não por inteiro.

Seguro seus braços ensanguentados, observo-o virar-se e retorcer-se, tentando livrar-se do meu domínio, dando patadas, pés buscando apoio.

Mas está sob o meu controle agora.

Tenho seu próximo presente.

Segurando-o com uma mão apenas, levanto a outra.

Abro o zíper da boca.

E digo:

— Sete de cada 11 alelos.

Capítulo 56

Dark

— Sete de cada 11 alelos.

As palavras não faziam sentido. *Nada* daquilo fazia sentido para Dark. Por que Labirinto estava deixando-o balançar do lado de fora daquela janela, o granito duro da High Street de Edimburgo quatro andares abaixo? Por que não o tinha matado? Dark tateava com as botas, em busca de um apoio para o pé, algo que pudesse usar como alavanca e fazer aquele filho da puta cair da janela também.

O homem acima dele, usando a máscara de Sqweegel, continuava a repetir.

— Sete de cada 11 alelos, Steve Dark. Sabe o que isso significa?

— Vai se foder.

— Isso é o suficiente para configurar compatibilidade genética, Steve Dark.

Dark sabia disso. Estudara ciência forense. O que, porém, aquele filho da puta estava tentando dizer? Era uma hora péssima para uma aula básica de comparação de DNA.

Lembrou-se então da segunda arma — a Derringer, que Hans Roeding lhe dera. Enfiada atrás na cintura. Podia sentir seu peso.

Labirinto continuou:

— Tom Riggins fez o teste. Ele me contou. Colheu amostras sob as unhas da sua esposa morta e testou.

Não o escute. Tente liberar um braço. Solta, estica a mão, segura a arma, levanta e estoura os miolos dele dentro daquela máscara de látex...

— Tom Riggins disse a você que não havia compatibilidade. Que Sqweegel era um mistério. Mas sabe de uma coisa? Tom Riggins contou uma mentira. Ele encontrou compatibilidade. Sete de cada 11 alelos.

Dark conseguiu soltar a mão direita e sentiu um pedaço de vidro quebrado entrar na parte interna do antebraço. O corte era profundo, e começou a doer imediatamente. Não importava. *Não se concentre na dor. Concentre-se na arma.*

— Aonde você está indo? — perguntou Labirinto, retorcendo o rosto sob a máscara, numa expressão de dor fingida. — Você não quer saber quem era o compatível, Steve Dark? Sete de cada 11 alelos?

Não escute.

Dark tirou a arma da cintura.

— Era você, Steve Dark.

Dark apontou a pistola para o rosto de Labirinto e disse "Vai se foder", antes de puxar o gatilho.

Nesse instante, Labirinto soltou seu braço esquerdo, e Dark começou a cair em direção ao chão, com a arma ainda apontada, perguntando-se por que o tiro não tinha feito a cabeça do filho da puta inclinar-se para trás. Dark disparou outra vez, e mais outra — *estariam as balas atravessando-o como a um fantasma?!* — e então a terra apressou-se em encontrá-lo.

Capítulo 57

Dark

Hans Roeding foi o primeiro a chegar à cena e a encontrar o corpo inconsciente de Dark na calçada, do lado de fora do Beco do Buchan. Verificou os sinais vitais. Ainda havia pulsação, mas ele estava inconsciente. Tirou a Derringer quente de sua mão. Da Glock não havia sinal. *Devo ter deixado cair lá dentro*, pensou.

Quando O'Brian e Natasha chegaram, um minuto depois, Roeding já tinha dado um jeito de entrar no beco e estava informando que Labirinto — se é que fora ele mesmo a pessoa que atacou Dark — não estava em parte alguma. Blair combinou com a polícia local de organizar uma perseguição por toda Edimburgo, além de colocar equipes verificando trens, aeroportos e estradas mais importantes, mas a Global Alliance se deu conta de que o plano era inútil. Labirinto era um mestre em planejar. Não havia dúvida de que dispunha de várias rotas de fuga já esquematizadas e tinha simplesmente escolhido uma. Eles não tinham uma descrição. E, mesmo que tivessem, havia boas chances de que Labirinto já houvesse alterado a aparência.

Natasha ofereceu-se para acompanhar Dark até uma ala protegida do mundialmente famoso Pitié-Salpêtrière, em Paris. Blair conseguiu um quarto particular, que tinha a vantagem de estar localizado no interior de uma ala de segurança máxima, com pessoal fornecido pela própria Global Alliance. Se Dark recuperasse consciência, havia a chance de que pudesse dar uma descrição de Labirinto.

Ela sentou-se no banco duro do fundo do helicóptero, contemplando o rosto de Dark. Seus olhos moviam-se de um lado para o outro sob as pálpebras a uma velocidade assustadora, a ponto de Natasha às vezes ficar convencida de que ele ia ter uma convulsão. O rosto encontrava-se ensanguentado e machucado também. Dark não havia apenas caído de uma altura de quatro andares — lutara com Labirinto. Talvez tivesse tido a sorte de estar com alguma amostra de material genético debaixo das...

Claro.

A especialidade de Natasha Garcon nunca fora ciência forense — de modo algum —, mas ela já havia observado o suficiente para saber como se recolhiam amostras para uma análise. Vasculhou o fundo da ambulância à procura de bisturi, pinça, tesoura, gaze esterilizada e embalagens de plástico. Depois, segurou com delicadeza a mão esquerda de Dark enquanto retirava uma amostra.

Labirinto nunca deixava traços forenses em cenas de crimes, mas talvez Dark o tivesse pressionado o suficiente para que enfim cometesse um erro.

Os dedos dele crisparam-se em sua mão. Parecia que fora ontem, e, ao mesmo tempo, que se passara a vida toda desde que eles tinham acariciado seu corpo.

Capítulo 58

Riggins

Quantico, Virginia

Na manhã seguinte após a agressão, Tom Riggins despertou e olhou para o teto, perguntando-se se devia dar um tiro na cabeça e acabar com tudo. Ou começar imediatamente a beber para aliviar a dor que sentia da cabeça aos pés. Beber, claro. Era exatamente do que sua mente estraçalhada precisava no momento.

Que não estivesse morto já era um milagre. Poderia ter sido destruído com uma facilidade alarmante.

O que, entretanto, *tinha* acontecido?

A memória de Riggins parecia uma TV em contínua troca de canal, a cada dois ou três segundos, sem nunca demorar tempo suficiente numa imagem para que pudesse vê-la nitidamente. Já havia passado por vários apagões induzidos pelo álcool, mas nunca nada assim. Parecia que o interior de seu crânio tinha sido aberto e que alguém arrancara o cérebro com uma faca, deixando apenas um pouco de polpa fibrosa.

A verdade, porém, era — e isso machucava mais que todo o resto:

Deixara-se tornar um alvo.

Era a coisa contra a qual ele mais alertava os recrutas da Divisão de Casos Especiais — expor-se, revelar coisas sobre si, proporcionando à presa uma razão para dar meia-volta e começar a caçar *você*. Um erro tão *amador*. Como se precisasse de mais provas de que sua carreira acabara, de que não estava mais girando em torno do ralo, mas entalado dentro dele, com o restante da merda.

Riggins levantou-se do carpete, cambaleou até a cozinha, abriu a torneira, inclinou-se e aparou um pouco de água com as mãos. Gargarejar e cuspir. O interior da boca parecia áspero feito uma lixa. O filho da puta tinha lhe aplicado alguma coisa braba. Alguma espécie de soro da verdade, porque Riggins tinha uma vaga lembrança de estar falando. Muito. Sem parar. E ele, definitivamente, não era de conversar.

De repente, a coisa voltou-lhe à memória. O agressor — se é que fora esse maluco chamado Labirinto — tinha perguntado sobre Steve Dark.

Por Deus, o que teria dito?

A droga não fora tudo. Tinha sido a lábia também a forma como Labirinto martelava na cabeça da pessoa, levando-a numa direção e depois em outra. Não era exatamente tortura, mas uma terapia muito agressiva. A droga só tornava difícil manter a boca fechada e tampar os ouvidos.

Riggins estava na metade do caminho para o banheiro quando o telefone tocou. Deu meia-volta e atendeu, ouvindo uma voz de mulher.

— Agente Riggins?

— Quem é?

— Meu nome é Natasha Garcon. Nos encontramos em Nova York, no Hotel Epoch.

— Certo — respondeu Riggins. — Acho que não fomos devidamente apresentados. O que aconteceu? Ele está bem?

— Não, não está. Sofreu uma queda em Edimburgo.

— Uma o quê? E onde?

— Ainda está inconsciente. Eu só... só achei que você deveria saber. Dark me disse que não tem família, além de você. E da filha.

Mesmo depois dos acontecimentos das últimas 24 horas, Riggins ficou genuinamente surpreso em saber que Dark se referia a ele como membro de sua família.

E igualmente surpreso ao se ver, algumas horas depois, preparando-se para tomar um voo noturno rumo a Paris. Nenhuma ordem nem aprovação oficial do FBI. Apenas seu cartão de crédito comprando uma passagem de ida absurdamente cara. Riggins sentou-se no bar do terminal, tomando bourbons um atrás do outro. Gostava de beber até cair antes de viajar porque, em sua opinião, não havia nada pior que voar. Enquanto esperava, ligou para Constance.

— Preciso saber o que é a Global Alliance.

— Riggins? Meu Deus...

— E saber sobre uma pessoa chamada Natasha. Pode fazer isso para mim? Sei que está ocupada, mas...

Constance suspirou.

— Imagino que haja um sobrenome.

— O que você acha? Gar... alguma coisa. Garces? Garcin? Ela falou muito rápido. Mas, se você encontrar Global Alliance, vai descobri-la.

— Onde você está, Riggins?

— Tentando fazer a coisa certa, mas provavelmente piorando tudo. Ou seja, o de sempre. Ligo para você daqui a sete horas.

Capítulo 59

Riggins

Paris, França

Viajar até a França não foi nada comparado a conseguir chegar até o quarto de Steve Dark, no hospital Pitié-Salpêtrière. *Que inferno!*, pensava Riggins. *Mal sei pronunciar o nome do maldito lugar.* Quando chegou, ligou para Natasha Garcon — que ficou surpresa ao saber que ele fizera viagem tão longa. No entanto, ela conseguiu falar com a equipe e pôr o nome de Riggins na lista dos que tinham permissão para entrar. A inspeção feita pelos guardas do posto de verificação da segurança foi mais minuciosa que sua última colonoscopia. E ainda assim insistiram em acompanhá-lo até o quarto de Dark, de arma em punho, dispostos a atirar para matar se desse um passo em falso. Não lhes importava que trabalhasse para o FBI, nem há *quanto* tempo conhecia o paciente. Eram empregados dessa tal de Global Alliance e pagos para não se sujeitarem a nenhum risco.

— Vocês estão por um acaso precisando de pessoal? — perguntou Riggins.

Eles não responderam. Riggins notou que estavam usando grossos coletes à prova de balas sobre os uniformes de camuflagem preta e cinza, além de portarem pistolas SIG Sauers e MK23 MOD, calibre 45, com silenciador e ponteiro laser.

— Tudo bem, então.

Quando se aproximaram por fim do quarto de Dark, Riggins foi revistado mais uma vez antes de obter permissão para entrar.

— Sério, cara?

Achava esforço demais para o que seria, com certeza, um anticlímax. Garcon lhe contara que Dark ainda se encontrava inconsciente, e Riggins esperava passar as próximas oito horas sentado ao lado da cama, num quarto na penumbra, morrendo de vontade de fumar.

Dark, contudo, estava meio sentado na cama reclinável, com tubos intravenosos ainda presos ao braço. Tinha olheiras profundas, e Riggins nunca o vira tão arrasado ou cansado... mas encontrava-se desperto. Isso era ótimo.

— Riggins — disse Dark, numa voz fraca.

— Ei, está acordado.

— É — respondeu. — Natasha me disse que você talvez fizesse uma visita, então achei melhor sair do coma, se não teria que ficar ouvindo você resmungar sem parar no meu subconsciente.

Riggins forçou um sorriso.

— Vou resmungar muito, de qualquer jeito.

— Imaginei.

— Mas o que aconteceu? E o que é essa merda de Global Alliance que te contratou?

Dark recapitulou o básico — como havia sido recrutado e a perseguição a Labirinto até aquele momento, inclusive o encontro em Edimburgo. Riggins escutou os detalhes da luta. Como as balas pareciam atravessá-lo. Como se movia com rapidez e força sobrenaturais. Ele mordia a língua com tanta força que achou que iria cortá-la. Lembrou-se de seu agressor — como era furtivo e absurdamente forte. Não havia a menor chance de travar uma luta normal. O filho da puta estava sempre em cima dele, como um animal selvagem. Espetando-lhe agulhas. Abrindo-lhe o cérebro...

— E estava me esperando — continuou Dark. — A mim, pessoalmente. Porque debaixo de outra máscara ele usava uma réplica da de Sqweegel.

Riggins sentiu um frio no estômago.

— Você está de sacanagem. Como é que pode...?

— Sqweegel foi notícia há cinco anos. Não é preciso muita coisa para descobrir esse pedaço do meu passado. Mas o jeito como ele falava... era como se soubesse muito mais sobre o caso do que aquilo que apareceu nos jornais.

— Humm — murmurou Riggins, mas sua cabeça estava a mil.

As lembranças esfaceladas do ataque que sofrera começavam a fazer sentido então. E como. A agressão. Lembrava-se mais agora. *Você vai me contar tudo sobre Steve Dark*. Merda, o que teria contado àquele babaca sobre Steve?

Dark prosseguiu:

— O estranho é que ele não quis me matar. Só me largou por desespero. Porque eu ia arrebentar a cara dele. Era como se quisesse brincar com a minha mente, me tirar da caçada.

— Por quê?

— Porque não sou nenhum dos seus alvos. Ele me levou muito a sério, a ponto de tentar me neutralizar, mas também não se deu ao trabalho de me matar. É muito preciso com os seus alvos e com a explicação que vai dar ao mundo. É a diferença desse cara, Riggins. Ele não é como os outros psicopatas e loucos que perseguimos aqueles anos todos. Olha as pessoas que escolheu até agora. Todas com garantia de ocupar espaço máximo nas manchetes.

— Nós caçamos outros canalhas doentes que gostavam de ver seus trabalhos manuais publicados na imprensa —argumentou Riggins.

— Mas não como esse. Ele é mais ideológico que homicida. Nem sequer está matando todos. É isso que me preocupa. Um assassino de grau 26 constrói uma trilha de vítimas em direção a algo maior. A questão é: o que Labirinto está construindo?

— Não faço ideia — respondeu Riggins, com a atenção dividida.

A outra metade de seu cérebro estava juntando as peças do ataque que sofrera, provocando-lhe horror e vergonha. Havia um segredo terrível sobre Steve Dark, e durante cinco anos Riggins o havia mantido sepultado numa tumba de ferro dentro de sua cabeça. Teria Labirinto desenterrado tudo, arrombando-a com um pé de cabra feito de soro da verdade e um monte de perguntas?

— Ei — disse Dark. — Que bom você estar aqui. Significa muito.

— O que ele te disse? — perguntou Riggins. — Você falou que ele sabia de coisas sobre Sqweegel que não foram publicadas nos jornais.

Dark ficou em silêncio por um momento antes de dizer:

— Isso não é importante.

Riggins apertou os punhos com tanta força que as unhas se cravaram nas palmas, tirando sangue. Merda. Labirinto *sabe*. Sabe e disse a verdade a Dark para obter uma vantagem tática. E agora Steve sabe... e essa era a única coisa que Tom Riggins jurou que seu filho postiço nunca, *jamais*, saberia.

Que Sqweegel, o maior inimigo deles, o homem que havia matado a família adotiva de Dark e sua amada esposa, Sibby, era seu *parente de sangue*.

O que aquilo estaria causando em sua mente? Riggins quase não conseguia encarar Dark, com medo de se delatar. A culpa. A vergonha.

— Riggins.

— Sim?

— Ei, olha para mim.

Riggins olhou.

— Vou ficar bem. Estou todo arrebentado, e isso mexeu um pouco com a minha cabeça... mas vou sobreviver. Você está se portando como se eu fosse bater as botas ou algo assim.

— É. Não. Desculpa... olha, estou de ressaca e cansado. Você me conhece. Não consigo voar se não estiver de cara cheia.

— Toma bastante café. Porque tenho um favor a pedir.

Riggins ficou novamente surpreso. Dark, como toda criança rebelde, fizera sempre questão, ao longo dos anos, de deixar claro para Riggins que não precisava dele, nem de sua ajuda para nada, nunca mais.

— Do que você está precisando?

— Quero que você encontre Natasha e ajude o resto da equipe a pe gar esse filho da puta — disse Dark.

— O quê? Eu? Me juntar à sua equipe maravilhosa e superespecial? Você está de brincadeira, não?

— Eles têm tudo. Armas, dinheiro, computadores, acesso. Mas não têm um caçador. Ninguém experiente em pegar assassinos de grau 26. Precisam de *você*.

— Ei, eles escolheram você. Não querem o seu ex-chefe que está prestes a levar um chute na bunda.

— Riggins, não tentei nem andar até o banheiro ainda. Mas, quando conseguir, tenho a impressão de que vou mijar muito sangue. Enquanto isso, esse maluco desse Labirinto vai mandar mais pacotes, e vai continuar, tentando armar alguma coisa que... Isso me assusta. Me sentiria muito melhor sabendo que você está na caçada.

Riggins ouviu suas palavras e sabia que deveria se sentir um pouco lisonjeado — o exemplo clássico do pupilo elogiando o mestre. A vergonha e a culpa, todavia, bloqueavam tudo. Só conseguiu dizer:

— Ok, vou ajudar.

Guardian

Últimas notícias: rumores de que a última ameaça de Labirinto foi entregue no Vaticano.

New York Times

Últimas notícias: Apelo de Alain Pantin para deter Labirinto não com armas, mas com ideias.

Capítulo 60

TRANSCRIÇAO: THE CORMAC JOHNSON HOUR, CNN

CORMAC JOHNSON

Participando do programa esta noite, via satélite, Alain Pantin, membro do Parlamento Europeu, o homem que se tornou conhecido, para o bem ou para o mal, como porta-voz de Labirinto. Há poucas semanas ninguém nunca tinha ouvido falar em Pantin. Era apenas um entre centenas de parlamentares pouco conhecidos da União Europeia. Até Labirinto começar a enviar cartas e caixas contendo pistas e — supostamente — a matar pessoas, exigindo mudanças. Convidei o Sr. Pantin ao programa para explicar por que atrelou sua carreira a um sociopata e por que acha que as críticas violentas de Labirinto são dignas de serem ouvidas. Bem-vindo, Sr. Pantin.

ALAIN PANTIN

Obrigado, Cormac. Sou fã do seu programa há muito tempo, mas vou fazer uma correção: não sou porta-voz de Labirinto. Nunca encontrei esse tal de Labirinto, nem o represento de modo algum.

JOHNSON

Mas o senhor está se apropriando das mensagens de Labirinto e as disseminando.

PANTIN

Ao mesmo tempo em que discordo absolutamente dos seus métodos, reconheço que há alguma coisa nas mensagens dele. Só porque um monstro diz a você que um prédio está pegando fogo, isso não quer dizer que o prédio não esteja de fato pegando fogo.

JOHNSON

A grande questão aqui, no entanto, é se devemos começar a basear nossas decisões econômicas e políticas nas vontades de um monstro. Será assim que se governa o mundo? O senhor vai basear sua campanha na retórica de um louco?

PANTIN

Labirinto vem chamando a atenção para uma série de problemas no nosso mundo que não deveríamos aceitar de bom grado, ainda que seja basicamente isso o que fazemos. Elegemos pessoas que servem aos próprios interesses ou àqueles dos que oferecem mais. Estou cansado disso. E você também deveria estar, Cormac.

JOHNSON

O senhor é candidato a reeleição este ano, não?

PANTIN

Sou. E, enquanto faço campanha, vou me lembrar da razão pela qual estou concorrendo, que é representar os interesses dos meus eleitores. Não só os eleitores ricos ou influentes.

E, embora o ataque ao senador tinha sido vergonhoso, veja as declarações que vêm surgindo desde a LMS. Queremos que alguém com moral e ética tão questionáveis fale por tantos?

JOHNSON

Supostamente questionáveis.

PANTIN

São só palavras. E é disso que as pessoas estão cansadas. Cansadas de ver seus tribunais falhando, de ver executivos, homens que têm destruído a vida de outras pessoas com as suas tramoias e fraudes, recebendo apenas um puxão de orelha e uma cela de luxo numa prisão de segurança mínima. As pessoas estão cansadas disso. Veja os protestos no mundo todo. Elas começaram a questionar seus líderes e a iniciar discussões francas sobre responsabilidades. Veja a onda de protestos no Oriente Médio, em Londres, na América do Sul, na Grécia.

NA TELA: a entrevista é cortada e são projetadas cenas dos protestos no mundo todo. Muitos grupos levam cartazes com mensagens e citações de Labirinto.

JOHNSON

Por que um número tão grande de pessoas parece concordar com Labirinto? Para a polícia, ele não passa de um assassino em série.

PANTIN

Acho que as pessoas veem em Labirinto... uma voz. Veem finalmente alguém defendendo sua causa. A maioria delas se acha impotente, e percebe Labirinto como fazendo alguma coisa, pelo menos. Ele está forçando um diálogo que a maioria dos líderes prefere evitar. Está dando uma voz a todos que não conseguem ser ouvidos. As pessoas estão cansadas de corrupção. Eu estou cansado de corrupção. [Olha para a câmera] Vocês não estão?

JOHNSON

Obrigado, Sr. Pantin. Voltaremos num instante, após o intervalo, para atender as ligações. E, pelo jeito como esse painel está iluminado, eu diria que vocês, telespectadores, ainda têm muito a dizer sobre o assunto. Queremos também fazer um convite ao próprio Labirinto. Se você estiver nos assistindo, ligue para nós.

PANTIN

Se Labirinto estiver assistindo, eu diria a ele para ir descansar um pouco. Deixar as pessoas traçarem o próprio destino.

JOHNSON

Voltamos num instante.

Capítulo 61

Quartel-general da Global Alliance / Paris, França

Não houve um pacote único daquela vez, mas *cinco*.

Todos foram entregues no final da tarde, que era a hora perfeita para introduzi-los em todos os circuitos de notícias. Divulgar na web, receber cobertura nas TVs a cabo e matérias impressas completas na manhã seguinte. Após o ataque na conferência da LMS, três dias antes, na Europa, a mídia estava alerta como nunca. Não só estava aguardando um pacote novo como o esperava ansiosamente.

LAB ENLOUQUECE

Escolhe cinco líderes religiosos para nova ameaça

EXCLUSIVO — O gênio do mal que se autointitula "Labirinto" tem novo alvo: grandes religiões mundiais.

Fontes garantem que líderes escolhidos das cinco religiões principais — cristianismo, islamismo, hinduísmo, budismo e judaísmo — teriam supostamente recebido uma charada nova juntamente com dois objetos, um dos quais seria um pequeno relógio cuco, impecavelmente manufaturado.

Autoridades não dizem se foi dado algum prazo nem divulgam o conteúdo da charada ou do outro objeto.

Os pacotes de Labirinto contêm, em geral, uma charada e dois objetos, cuja combinação indica a próxima vítima — ou vítimas...

Blair reuniu a equipe da Global Alliance na sala de conferências para apresentar vídeos e imagens escaneadas do conteúdo dos pacotes — recém-liberadas pelos departamentos de polícia de várias partes do mundo: o Corpo da Gendarmaria da Cidade do Vaticano, a Polícia da Arábia Saudita, o Serviço de Polícia Indiano em Allahabad, a Força Policial da Fronteira Indo-Tibetana e a Polícia de Israel.

— Os rumores a respeito dos relógios são verdadeiros. Estamos recebendo fotos deles agora — disse Blair. — Parecem ser modelos antigos, da Floresta Negra, do século XVIII, todos cuidadosamente restaurados para trabalhar em perfeito estado, mesmo que a vida média prevista para eles não seja mais que uma geração. Uns trinta anos, mais ou menos.

— Mais antiguidades — disse Natasha. — Só para mostrar como é especial. Ou rico.

Deckland O'Brian, que mastigava um palito de dentes, perguntou:

— Quanto tempo temos antes de esses passarinhos cantarem?

— Não muito. Quatro horas.

— Puta que pariu.

Natasha afastou o cabelo dos olhos.

— Que mais?

— Cada pacote veio com uma relíquia religiosa.

Hans Roeding levantou a mão enorme.

— Tipo uma cruz ou Bíblia?

— Não — respondeu Blair. — Nesse caso, relíquia quer dizer um pedaço de carne de algum santo falecido ou líder espiritual.

— Acho que você não foi criado como católico — falou O'Brian. — Uma vez trouxeram uma relíquia de algum santo pouco conhecido para a igreja do meu bairro. Eu tinha uns 8 anos, e fiquei superempolgado. Quer dizer, até eu ajoelhar e dar uma olhada pelo vidro turvo. Vi um troço que parecia ter sido expelido do nariz de alguém. Absolutamente nojento.

— Obrigado por esse detalhe inútil, O'Brian — disse Blair. — O que temos são vários alvos espalhados pela Ásia e Europa.

— Como é a charada? — perguntou Natasha.

Blair leu em voz alta:

É MAIS PODEROSO QUE DEUS. MAIS MALVADO QUE O DIABO. OS POBRES TÊM. OS RICOS PRECISAM. SE VOCÊ COMER, MORRE. O QUE É?

LABIRINTO

— Sinistro, não? — comentou O'Brian.

Blair ignorou-o:

— Somos obrigados a supor que outros agentes trabalham para ele. Nem Labirinto conseguiria estar em cinco lugares ao mesmo tempo. Considero isso uma notícia boa. Se ele tem uma rede, é razoável pensar que deve haver algum elo fraco nela. Temos que escolher os quatro mais prováveis...

Um ruído veio da outra extremidade da sala — alguém estava entrando no quartel-general. Instintivamente, Hans Roeding sacou a pistola do coldre e apontou-a.

Tom Riggins apareceu na porta, de mãos para cima, escoltado por dois guardas da Global Alliance — os mesmos que o tinham levado até o quarto de hospital de Steve Dark.

— Não atire — disse ele.

Capítulo 62

— Você não tem o direito de entrar aqui — disse Blair, com severidade. — Levem-no para fora, por favor.

Riggins abaixou as mãos, sentindo-se de repente envergonhado.

— Ei, obrigado pelas boas-vindas. Estou emocionado, realmente. Escuta aqui, Steve Dark me mandou. Eu sou da Divisão de Casos Especiais em...

— Sabemos quem é você, agente Riggins. Isso não muda nada.

Os olhos de Natasha se arregalaram.

— Dark acordou? Ele está bem?

— Sim, Dark está desperto, mas sem condições de se mover. Acho que posso ajudar vocês... se me deixarem — respondeu Riggins, apontando para a escolta armada. — Eu não estaria nesta sala se ele não tivesse dado ordens explícitas para que os amigos aqui me trouxessem até o pequeno clube de vocês.

O'Brian disse, enquanto se recostava na cadeira:

— Ah, gosto desse cara. Mesmo.

— O que faz você pensar que pode nos ajudar? — perguntou Blair.

Riggins sorriu.

— Vocês estão caçando o tipo de cara que chamamos de assassino de grau 26. Fora do padrão em termos de habilidade e recursos. Na falta de um termo melhor, chamaria de maldade pura. Só por curiosidade: quantos de vocês, aqui nesta sala, já pegaram um assassino de grau 26? Hein? Que tal?

Blair olhou para a mesa da sala de conferências.

— Agente Riggins, não classificamos as pessoas que nos interessam...

— O que me diz, Damien? E você? Você é o O'Brian, não é? Dark me falou sobre vocês. Achou que íamos nos dar bem, por alguma razão. Natasha e eu já conheço. E você... ah, deve ser Hans Roeding. Posso adivinhar pelo jeito como você está me fulminando com esses raios que saem dos seus olhos. E aí, Hans? Já pegou alguma vez um grau 26?

Ninguém na sala dizia palavra. Todos esperavam pela reação de Blair.

— Ouçam, vocês queriam que Dark fizesse parte desse pequeno grupo, certo? — perguntou Riggins.

A equipe balançou a cabeça.

— Muito bem, fui eu quem o treinou.

Quando Riggins teve acesso à charada e ao conteúdo das caixas, não pôde deixar de enfrentar o problema como um policial. Pensou sobre as cinco cenas de crime em potencial e os cinco objetos roubados — as relíquias. Como Dark tinha dito: aquele maluco gostava de manchetes. Não queria ser parado; desejava que seu trabalho fosse descoberto. Seria coincidência o fato de haver cinco membros na Global Alliance, incluindo Blair? Não seria melhor dividir os cinco, a fim de investigar as cinco cenas de crime?

— Cinco de vocês, cinco pacotes — disse Riggins.

— O que você quer dizer com isso? — perguntou Blair.

— Labirinto sabe muito sobre Dark — falou Riggins. — Quando lutaram, foi uma coisa pessoal. Então todos aqui têm de imaginar que ele sabe muito sobre vocês também. Pontos fortes e fracos.

— Isso é impossível — retrucou O'Brian. — Quase ninguém sabe que existimos, muito menos nossas identidades. Blair, me dá um apoio aqui. Quero dizer, a questão é justamente essa, certo? Operamos em segredo, de forma que ninguém possa nos ver, não é isso? Do contrário, voto para que nos mudemos destas malditas catacumbas para alguma cobertura.

Blair balançou a cabeça.

— O agente Riggins tem razão. Se ele sabe sobre Dark, temos de supor que as nossas identidades estão comprometidas também.

— Aposto que ele estava na cena de muitos dos ataques, se não de todos — afirmou Riggins. — Vê-se isso o tempo todo. Psicóticos perambulando em volta, assistindo às equipes de peritos trabalharem. Eles adoram isso. Então, não é nenhum exagero pensar que ele já viu vocês.

Riggins sentiu um arrepio enquanto dizia essas palavras, porque se deu conta de como Labirinto *o* tinha encontrado. Nova York — o assassinato de Shane Corbett. Que merda! Estivera no saguão do hotel com Steve Dark e Natasha Garcon. E *Labirinto havia estado lá, em algum lugar.*

— Vamos esquecer a questão das nossas identidades por ora — disse Blair. — Dark disse que o segredo para pegar Labirinto era prever o seu próximo movimento. Alguma ideia?

— Acho que ele está brincando com vocês agora — falou Riggins. — Quer que vocês dancem conforme a música, de um lado para outro do mundo, catando as migalhas que deixa. Por isso imagino que esses pacotes tinham como objetivo vocês especificamente. Talvez ele queira que percam tempo. Talvez queira vocês separados para ir destruindo um a um.

— Porra! — disse O'Brian. — Você treinou mesmo Steve Dark, não? Parece ele falando.

Natasha perguntou:

— E o que fazemos, então? Você faz ideia de onde ele pode atacar da próxima vez, depois da ameaça atual?

— Dark me disse que isso vem da resposta à charada anterior — respondeu Riggins. — Vocês já a decifraram?

O'Brian respondeu:

— Tive educação católica. Essa matei com facilidade. A resposta é... *nada*. Porque nada é mais poderoso que Deus, e nada tem mais maldade que o diabo. Os pobres? Eles não têm nada. Os ricos? Não precisam de nada. E se você não come nada, morre.

Riggins assentiu.

— Muito bom.

— E aí? Ficamos esperando sem fazer *nada*? — perguntou Blair.

— Não. Coordene as cinco organizações policiais que receberam os pacotes e as faça investigar. Diga que sigam as evidências, começando com as relíquias roubadas, exatamente como vocês fariam. E nós começamos a pensar à frente, no que ele vai colocar no nosso colo da próxima vez.

— Você acha que ele queria nos dividir, nos espalhar pelo mundo? — perguntou Natasha.

— É exatamente o que ele queria — respondeu Riggins. — E vai ficar surpreso quando o pegarmos pelo rabo antes que lance seu próximo golpe publicitário.

Em uma hora começaram a chegar notícias de locais sagrados, começando com Roma.

As vítimas já estavam mortas.

Havia semanas, de acordo com as análises forenses iniciais.

— Pelo menos ele não mentiu para Jane Talbot — comentou O'Brian — Não matou mais desde que fez a promessa, ao vivo, na TV.

— Sim, isso é ótimo — disse Riggins. — Que bom rapaz.

Em cada caso, relíquias sagradas tinham sido roubadas de santuários específicos ou locais sagrados. Em Roma, Labirinto saqueara a igreja de Santi Vincenzo e Anastasio a Trevi, conhecida por ser o local de repouso dos corações embalsamados de 25 papas da Idade Média. Quando abriram a tumba, encontraram o corpo de um homem identificado como Lucas Gregory — americano que dizia ser o "verdadeiro papa", descendente de uma linhagem secreta de papas autênticos, começando com São Pedro. Ninguém levava Gregory a sério, em especial depois de suas inúmeras previsões para o suposto êxtase — quando Deus chamaria seus fiéis, deixando os amaldiçoados para trás.

— Ele não era uma ameaça para ninguém — disse Natasha. — Por que escolhê-lo?

— Qual foi a causa das mortes? — perguntou Riggins.

— Estão falando em inanição — respondeu Blair. — Ou seja, morreram porque não comeram *nada*.

— Esses malucos religiosos não estavam dizendo nada, e receberam nada em troca — disse Riggins.

Capítulo 63

Dark

Dark acordou de um sonho absurdo e viu que alguém tinha deixado uma refeição numa bandeja de plástico. Não fazia ideia se era manhã ou noite. Levantou a tampa e viu ovos mexidos, uma torrada em formato triangular e um pequeno envelope de cor creme, sobre a tampa de uma embalagem plástica vazia. Abriu-o com dedos um pouco dormentes e tirou um cartão, escrito numa letra de imprensa familiar.

DEI UMA PASSADA
VOCÊ ESTAVA DORMINDO
NOS VEMOS DEPOIS

LABIRINTO

Supostamente, apenas quatro pessoas sabiam que Dark estava naquele estabelecimento secreto do governo. Os quatro membros da Global Alliance — Blair, Natasha, O'Brian, Roeding — e, naturalmente, Riggins, agora.

Essa era outra charada, Dark percebeu. Com Labirinto, era preciso sempre procurar pelo significado oculto atrás das palavras, que, nesse caso, estava perfeitamente claro.

Sou um membro da sua equipe.

Ou, pelo menos, era isso que ele queria que Dark pensasse, não? Um homem com os recursos de Labirinto podia descobrir uma forma de encontrar uma lista de hospitais supostamente "secretos" localizados perto do local do acidente. A partir daí, o bom e velho suborno era capaz de revelar a localização de Dark, assim como propiciar seu acesso ao andar. Dark sabia que não valia a pena acreditar que algo fosse seguro.

As implicações maiores o preocupavam. A atenção de Labirinto havia mudado de foco, e ele estava agora visando a equipe. Era provável que outros membros da Global Alliance tivessem recebido bilhetes semelhantes. O criminoso tinha intenção de semear a dúvida dentro da única organização capaz de detê-lo. A Global Alliance entrara em campo, e Labirinto estava ansioso por jogar.

Dark empurrou para o lado os ovos mexidos. Não tinha fome. O cheiro o deixava enjoado. Havia também o fato de que um monstro poderia com facilidade ter envenenado seu café da manhã — e inclusive matado um Dark inconsciente.

Foi quando viu a borda do segundo envelope, escondido embaixo do prato.

Esse era totalmente branco, de tamanho comercial.

Dark abriu-o e retirou a folha de papel que estava dentro. Reconheceu a forma de imediato — um resultado de exame de sangue da Divisão de Casos Especiais. O nome escrito no alto, entretanto, foi o que o paralisou.

SQWEEGEL.

Quando ele tirara a máscara durante o último confronto, Dark se surpreendera com o verdadeiro rosto do monstro. Era absolutamente... comum. Olhos negros opacos. Cabeça raspada. Testa estreita, sem sobrancelhas. Dentes malcuidados. Pele manchada. Um nerd adulto. Um garoto maltratado.

Seu *irmão*.

Esse era o exame de sangue que havia confirmado — 7 de cada 11 alelos correspondiam ao DNA de Steve Dark.

Labirinto não tinha blefado. E queria que Dark soubesse.

Mas no final da página, porém, havia algo ainda pior. Um detalhe insignificante que teria passado despercebido pela maioria das pessoas, porque elas nunca tinham preenchido aquele tipo de formulário. Para Dark, no entanto, o detalhe era tudo.

As iniciais TR.

Tom.

Riggins.

Nada, dissera ele, há cinco anos. *Nenhuma pista. O filho da puta não vinha de lugar nenhum.*

Fora Riggins, no entanto, quem solicitara o exame.

Ele sabia.

Capítulo 64

Dark

— Toc, toc — disse Riggins, acompanhado por dois guardas armados.

Dark estava sentado, aguardando. Natasha o informara sobre as mortes dos fundamentalistas religiosos. Descobriu-se que todos eram párias e hereges das cinco religiões visadas. Tinham sido capturados e confinados em catacumbas, túmulos e antecâmaras, enquanto Labirinto roubava as relíquias para seu pacote. Confinados... e abandonados até morrerem de fome. Estava claro que o monstro matara aqueles homens muito tempo antes de ter enviado a primeira caixa para o quartel-general do Departamento de Polícia de Los Angeles. Natasha também lhe contara que Riggins estava a caminho — queria discutir a charada com ele.

— Diga que mal posso esperar — respondeu Dark.

Natasha percebeu a estranha amargura em sua voz.

— Ei, você está bem?

Agora Riggins estava ali, com um tablet na mão. Dark não conseguia pensar sobre o caso. Queria pular da cama e atirar Riggins contra a parede.

— Você está horrível — disse o mentor. — Está se sentindo bem?

— Você sabia da porra toda — retrucou Dark.

— Hein? Sabia o quê?

— Sempre soube, estes anos todos.

Quando Riggins percebeu por fim do que tratava, murchou, como se alguém tivesse arrancado um tampão de algum lugar de seu corpo. Cambaleou até a cadeira mais próxima e caiu nela, recostando a cabeça e cobrindo os olhos com as mãos.

— Sim, eu sabia.

— Por que não disse nada?

Riggins tirou as mãos do rosto e olhou para Dark. Quase tremia ao falar:

— Dark, quando descobri, você tinha acabado de perder Sibby. Não queria aumentar sua dor retirando sua identidade também. Como contar a você que um exame de sangue mostrou que você era parente daquele maluco filho da puta? Não. Não podia fazer isso. Você não merecia ouvir uma coisa assim, depois de tudo por que tinha passado. Resolvi então tomar conta de você.

— No caso de eu entrar para o negócio da família?

Riggins balançou a cabeça.

— Sempre soube que havia uma linha tênue entre nós e eles. Razão e caos, bem e mal, yin e yang, tanto faz. É preciso ter um tipo de mente especial para entrar nesse jogo, seja qual for o lado para o qual se jogue. Você escolheu o caminho do bem, e é isso que importa.

Dark ficou ponderando sobre aquilo. Já tinha pensado nisso algumas vezes. A mesma coisa que fazia de uma pessoa o melhor dos caçadores de criminosos frequentemente o tornava o pior dos sociopatas. Esse, entretanto, era um tema acadêmico; outra coisa era a merda da sua vida. A *família*, a *filha*.

— Como ele descobriu?

Riggins suspirou e relatou o ataque que sofrera na semana anterior. Contou que suspeitava de que Labirinto em pessoa havia estado no saguão do Hotel Epoch, observando todos eles. E como devia tê-lo seguido de volta a Washington, descoberto onde morava e...

— E o quê? — perguntou Dark. — Você tomou uns drinques com ele e disse: "Ei, você não vai acreditar, é a coisa mais louca que..."

— O filho da puta tirou tudo da minha cabeça — replicou Riggins, cheio de ódio. — Não sei o que injetou em mim, mas parecia que as palavras vazavam da minha boca, e eu dizia tudo que me vinha à mente.

E ele simplesmente brincava comigo, me dando umas cutucadas, de leve, para conseguir o que queria. Se pudesse usar as mãos, teria torcido o pescoço dele com tanta força que a cabeça teria saltado fora.

— Você conseguiu ao menos ver a cara dele?

— Não.

Dark e Riggins ficaram em silêncio por algum tempo.

— Você não vai dizer nada? — perguntou Riggins.

Mais silêncio.

— Olha — disse ele, por fim. — Se há uma coisa de que tenho certeza é que o sangue não importa, no final das contas. O que você faz é o que vale.

— É um belo sentimento — replicou Dark —, mas não creio que acredite nisso. Acho melhor você voltar para Washington agora. Está tão prejudicado quanto eu.

— Steve, escuta, seja o que for...

— Você não me escutou? Sai fora daqui *agora*.

Uma expressão de mágoa tomou conta do rosto de Riggins. Abriu a boca para responder, mas depois pensou melhor. Deixou o tablet cair sobre a cama de Dark e retirou-se sem uma palavra.

Após algum tempo olhando para nada em particular, Dark pegou o tablet e apertou o botão para ligar. Era idêntico ao de Natasha, e já estava aberto numa página: o último vídeo de Labirinto.

Enquanto uma sequência de filmes de várias guerras e conflitos religiosos, até mesmo a cena da queda das Torres Gêmeas, passava pela tela, ele dizia:

LABIRINTO

Mais guerras foram travadas em nome de Deus que qualquer outra coisa. A religião é uma das causas principais da destruição do homem. Em vez de fazer as pessoas ficarem julgando quem tem o deus melhor, precisamos de uma divindade à qual todos reajam bem. Vamos todos compartilhar um deus só. E as mesmas leis devem se aplicar a todos nós...

Capítulo 65

Dark

Quando Dark levantou-se da cama do hospital, uma onda gelada de tontura tomou conta dele. Cada célula em seu corpo gritava: *Deita. Você ainda não está pronto para isso.* Todos os músculos das costas imploravam por mais descanso.

Aquilo, porém, não era uma escolha. Precisava pegar o filho da puta logo.

Labirinto parecia adorar conhecer os segredos mais sórdidos e ocultos das pessoas. Isso dizia a Dark que o monstro devia ter o segredo mais sórdido e oculto de todos.

Tudo de que precisava era da verdadeira identidade do homem — não de seus avatares, fantoches e dublês. Do cara por trás daquela máscara.

E graças a Riggins tinha uma imagem cada vez mais clara do sujeito.

Dark pensou no ataque ao seu mentor, que fornecia a primeira indicação de que Labirinto podia controlar e arrancar segredos das pessoas. Essa havia sido uma pista a investigar durante todo o caso, começando com o sem-teto albanês em Los Angeles até o dublê de corpo que usou na África do Sul e as mulheres violentadas por Shane Corbett.

Labirinto não estava cultivando seguidores fiéis como um gênio terrorista. Usava uma mistura de drogas e psicoterapia para fazer uma lavagem cerebral, ao estilo de *Sob o domínio do mal.* Teve apenas algumas horas com Riggins, mas foi tempo suficiente para fazê-lo contar seus segredos mais bem guardados. Com tempo suficiente, semanas ou até meses, ele parecia ser capaz de apagar por completo a identidade de uma pessoa ou programá-la para tarefas particulares.

Com as mulheres em Nova York, Labirinto quis estar presente, perto — para ter certeza de que a programação fosse cumprida. Além disso, queria registrar o assassinato de Shane Corbett em vídeo para postá-lo no mesmo instante, tarefa que aparentemente não confiou a um subordinado ou substituto.

Isso significava que o verdadeiro Labirinto estava naquele hotel — e, mais importante ainda, no saguão, na mesma hora em que Dark e Natasha se encontraram lá com Riggins. Observara-os e optara por seguir este último até em casa.

Por que não seguiu Dark ou Natasha? Talvez não precisasse. Talvez o bilhete estivesse certo — Labirinto já era "membro da equipe".

Escolheu seguir Riggins porque este podia fornecer algo mais — uma janela para a cabeça de Steve Dark. Uma fraqueza a descobrir. Um segredo a ser explorado.

Mais uma vez, isso não podia ser confiado a ninguém. Labirinto tinha de estar lá pessoalmente.

Dark começou a ligar para Natasha, mas depois se deteve. Por mais que odiasse admitir, o bilhete de Labirinto lhe causara um surto de paranoia. Em quem da equipe poderia confiar, quando havia a possibilidade remota de que um dos membros estivesse em conluio com o monstro? Ou quando alguém da equipe era o próprio Labirinto?

Então, em vez de fazer isso, ligou para o contato do DPNY diretamente. Em toda cena de crime, a polícia anota o nome de qualquer possível testemunha — e isso incluiria as pessoas no saguão do hotel. Se Labirinto tivesse estado lá, alguém teria falado com ele, anotado seu nome — mesmo que fosse falso.

Era um começo.

Capítulo 66

Labirinto

Scotland Yard

Meu garoto de entregas não está nem a três passos da entrada quando uma matilha enfurecida de agentes antiterror separa-o do pacote que trazia nos braços.

Ele fica atordoado e começa a chorar.

Os agentes parecem não se importar — querem o pacote apreendido, retido e examinado de imediato.

Mais uma vez, não posso culpá-los.

A caixa está embrulhada em papel pardo, e é do tipo em que poderia caber um bebê.

Meu garoto de entregas argumenta com eles:

— O que eu fiz? O que eu fiz?

É claro que eles não se importam muito em explicar o motivo, nem parecem ter muita consideração pelo seu bem-estar pessoal — não depois das lições do Departamento de Polícia de Los Angeles e do de Nova York, do outro lado do Atlântico.

Ele, porém, vira então a mesa.

Exatamente como o ensinei a fazer.

Primeiro as lágrimas, depois os soluços... e, então, como o instruí...

Completa calma.

Um ligeiro sorriso, mesmo.

As lágrimas, tão abundantes segundos antes, parecem evaporar com o vento.

Meu garoto de entregas diz:

— Me deixem contar a vocês.

Os agentes ficam atordoados. Perguntam:

— Contar o quê?

O garoto continua:

— Ele me fez decorar.

Os agentes perguntam:

— Decorar o quê?

Meu garoto de entregas responde:

— A charada.

E é a charada que ele diz aos policiais, que correm para anotar palavra por palavra.

DIZEM A UM PRISIONEIRO "SE VOCÊ MENTIR, TE ENFORCAMOS; SE DISSER A VERDADE, TE METRALHAMOS". QUE DECLARAÇÃO ELE PODE DAR NESSA SITUAÇÃO PARA SALVAR A VIDA?

LABIRINTO

Dentro do pacote a polícia vai descobrir em breve meus presentes.

Não há um bebê, nem nenhuma outra coisa viva no interior.

Uma ampulheta gigante, com três horas de areia ainda de sobra.

E um pedaço mínimo de papel com a letra *L* escrita.

Não deve ser muito difícil para eles entenderem.

Meu garoto de entregas fecha então os olhos e mantém o sorriso congelado em seu pequeno rosto, exatamente como o ensinei a fazer.

Sabe que realizou um bom trabalho.

Estou do outro lado da rua, observando-o fazer o bom trabalho.

Ele sorri, na crença de que vou recompensá-lo quando acabar. Como todos os bons meninos, deseja apenas agradar o mestre.

Encontrei esse garoto de entregas vendendo o corpo em troca de drogas em Brixton.

Mostrei-lhe uma vida melhor.

Ensinei-o a representar.

A mentir com convicção absoluta.

Eu não estava mentindo para ele, tampouco.

Ele vai continuar desfrutando uma vida melhor, que começará dali a três horas.

Capítulo 67

Após a entrevista no programa de Cormac Johnson, Alain Pantin descobriu que sua estrela brilhava mais que nunca. Seu assessor de imprensa viu-se assoberbado com pedidos de entrevista da mídia do mundo inteiro, televisiva e impressa. O gancho era, naturalmente, os atuais ataques de Labirinto, mas parecia que o público estava agora preparado para esperar pelas análises de Pantin sobre cada episódio, e a mensagem por trás dele.

Cada entrevista começava a seguir um padrão familiar. A condenação pública:

— O que ele fez com aquele corretor da bolsa de valores americano e aquelas pobres mulheres foi simplesmente abominável. O senhor não concorda, Sr. Pantin?

Seguida logo por suspeitas lançadas sobre a vítima:

— Se as acusações se mostrarem verdadeiras, no entanto, pode-se até dizer que Shane Corbett teve um castigo leve. Se o que estão alegando for verdade, é claro.

E depois, por fim, um ataque ao sistema por trás da vítima:

— Isso não é uma crítica a certas pessoas que acreditam em não ter de prestar contas para ninguém de suas ações, por mais desprezíveis que sejam?

Até aquele ponto, Pantin balançava a cabeça, condenava e concordava em silêncio. Sim, parece haver algo de suspeito com as vítimas. Blá-blá-blá... eles deviam pegar esse maníaco imediatamente.

Pantin, contudo, brilhava de verdade quando explicava a mensagem, porque era ela que todos queriam secretamente ouvir.

Aquela ambição e poder desenfreados precisavam ser punidos.

Mesmo que isso significasse ser cortado em pedaços com os cacos de taças de champanhe quebradas.

Pantin compreendia a sedução das massas. Na escola, sentia sempre certo prazer em assistir a um colega desordeiro ser chamado à frente da sala de aula para uma reprimenda pública (ou, se os professores fossem bastante velhos, uma palmada pública). Os outros balançavam a cabeça e fingiam solidariedade, mas por dentro estavam aplaudindo. Porque era um raro deleite assistir aos maus recebendo seu castigo. Chegava a encorajar as pessoas ao ponto de, caso o desordeiro voltasse a atenção para elas... bem, elas aplicariam um pouco daquela punição elas mesmas.

— Não é preciso nenhuma taça de champanhe quebrada para eliminar os Shane Corbett do mundo — dizia Pantin. — O que é necessário é um sistema novo, que proteja todos dos Shane Corbett, que não tolere sua ambição, nem praticamente a *incentive*, com bônus generosos e luxos, que a maioria das pessoas nunca vai ter.

Não era um ataque de Labirinto até que se tivesse Alain Pantin destrinchando-o para as pessoas, examinando o que havia por trás da carnificina.

E Pantin viu-se na situação surreal de ter que selecionar as mídias maiores, porque... bem, não havia tempo de falar para todos.

Capítulo 68

Dark

Dark quase se viu aos socos com os guardas postados à sua porta — eles haviam recebido ordens estritas de Blair para não o deixar sair até que os médicos tivessem dado consentimento.

— Sai do meu caminho — ordenou Dark aos armários feitos de carne humana que lhe bloqueavam a saída.

— Precisamos confirmar isso com a central — retrucou um deles. — Espera aqui até...

— Foda-se — disse Dark, enfiando-se no espaço estreito entre um e outro, tão de repente que eles não tiveram outra escolha a não ser se afastarem.

— Sr. Dark! O senhor não pode ir!

A alguns metros de distância, Dark parou e voltou-se:

— O que vocês vão fazer? Atirar em mim? Preciso de uma carona até o quartel-general. Vão me levar até lá ou vou ter que pegar um táxi? O que, a propósito, ia deixar o chefe de vocês bem chateado.

Os guardas viram que não fazia muito sentido argumentar.

Quando Dark chegou à central da Global Alliance — contra a vontade do médico —, a equipe estava examinando uma imagem escaneada, de alta resolução, de um pedaço de papel.

— Oi — disse ele, entrando na sala e andando em direção à sua cadeira habitual.

Blair piscou os olhos.

— Você recebeu permissão para sair?

— Sim. O que temos aí?

Natasha recapitulou rapidamente: um pacote para a Scotland Yard, contendo uma ampulheta e um pequeno fragmento de papel.

— O que é isso? — perguntou Dark, estreitando os olhos. — Um *L*? De *Labirinto*?

— Talvez — disse Blair. — Mas não é a letra em si o que preocupa; é a origem. Peritos estão nos dizendo que ela foi recortada de uma das quatro cópias certificadas da Magna Carta de 1215.

— Na verdade, é apenas a "Magna Carta" — falou O'Brian. — Pelo menos, nos círculos acadêmicos.

Magna Carta: a base da legislação britânica — e, por extensão, da legislação moderna.

Dark assentiu.

— Ele mencionou a palavra *lei* no vídeo anterior. Está tentando atacar o sistema jurídico, em algum lugar de Londres. Onde essas quatro cópias estão guardadas?

— Duas na Biblioteca Britânica e uma na Catedral de Salisbury. A outra é uma cópia itinerante, embora tenha sido guardada, por longos períodos de tempo, em Fort Knox, nos Estados Unidos — respondeu Blair — Ninguém deu queixa de roubo. Nem dariam, por razões óbvias.

— Mas Labirinto roubou, de alguma forma.

— É uma piada — disse O'Brian.

O grupo virou-se para ele.

— Não, literalmente — continuou —, uma piada dos círculos de espionagem. Posso ou não ter trabalhado para vários grupos de inteligência, em alguma época da minha longa e vasta carreira, e posso ou não ter tido ocasião de tomar uma ou cinco cervejas com vários agentes da inteligência...

— Direto ao assunto, Deckland — disse Blair.

— É uma piada antiga. Qual é o exame final numa escola para espiões? Entrar em Fort Knox, roubar a Magna Carta... e levá-la para a Inglaterra! Isso me sugere que o nosso Labirinto, se não for ex-membro da inteligência britânica, está pelo menos bem familiarizado com sua cultura.

Dark pensou na habilidade de Labirinto de "transformar" as pessoas. Drogas para lavagem cerebral. A capacidade de cruzar fronteiras sem ser detectado. Acesso a documentos secretos e papéis timbrados. Parecia fazer sentido que ele fosse um ex-espião.

Blair, enquanto isso, parecia ansioso para mudar de assunto.

— E a charada?

DIZEM A UM PRISIONEIRO "SE VOCÊ MENTIR, TE ENFORCAMOS; SE DISSER A VERDADE, TE METRALHAMOS". QUE DECLARAÇÃO ELE PODE DAR NESSA SITUAÇÃO PARA SALVAR A VIDA?

Dark respondeu:

— O prisioneiro tem de dizer: "Você vai me enforcar." Só que não poderão fazer isso, porque significaria que ele não mentiu. E não poderiam metralhá-lo, porque então ele não teria dito a verdade.

— Brilhante — replicou O'Brian. — Mais jogos de palavras. Não é de admirar que esse seja endereçado aos advogados.

Capítulo 69

Dark

Enquanto a equipe tentava adivinhar o método de assassinato (enforcamento *versus* arma de fogo) e o alvo exato (que advogado?), Dark notou algo estranho. Todos na sala pareciam singularmente cautelosos, guardando suas teorias para si. Foi quando lhe ocorreu: Labirinto lhes mandara mensagens também.

— Vamos ficar sentados, examinando uns aos outros? — perguntou. — Ou vamos falar sobre o que está realmente na nossa cabeça?

Natasha disse:

— Você também recebeu uma, então. Uma carta dizendo que Labirinto é um de nós.

— Recebi — replicou Dark. — Na bandeja do hospital.

— A minha estava em cima da cama, esperando por mim no meu apartamento — falou Natasha.

O'Brian tinha encontrado o bilhete no teclado do computador de casa. Hans Roeding declinou dizer exatamente onde o seu fora deixado, mas ficou claro que tinha sido uma fonte de grande embaraço. Nenhum soldado do calibre de Roeding gostava de admitir uma fraqueza no local de moradia.

O'Brian sorriu.

— Ouçam, vou poupar um pcuco do tempo de todo mundo. Labirinto na verdade sou eu. Sim, achei que tudo estava ficando um pouco entediante por aqui, então decidi criar esse supervilão incrível, só para animar as coisas.

— Não brinca — reclamou Roeding. — Não tem graça.

— E, ouça, eu até suspeitaria de que você é Labirinto, garotão, mas você é uma merda com charadas. A menos... — falou O'Brian, estreitando os olhos, fazendo ar de desconfiança. — A menos que seja um disfarce, e que você vá matar todos nós!

— Cala a boca.

Blair interrompeu:

— Isso não quer dizer nada. Nenhum de vocês é Labirinto.

— Claro, é fácil para você dizer — interpôs O'Brian. — Pelo que sabemos, *você* poderia ser Labirinto. Armou essa operação toda só para pegar você mesmo.

Ele olhou em volta para os colegas de equipe.

— É isso, não? Puta que pariu, a paranoia é uma droga embriagante.

— Isso não quer dizer nada — falou Blair — porque venho recebendo provocações de Labirinto como essa desde o começo.

— O quê? — surpreendeu-se Dark. — E não nos mostrou? Você sabe por acaso como as investigações funcionam, Blair? Nenhuma pista é desprezível.

— Como vocês, eu estava guardando isso para mim — retrucou Blair —, sabendo que ele estava simplesmente tentando desestabilizar a equipe. Mostrá-las a vocês seria desastroso para essa investigação. Ignorei as mensagens, então parece que agora ele resolveu estendê-las a todos.

— Como ele sabe quem somos? — perguntou Natasha.

— A menos — disse Roeding — que ele esteja sentado nesta sala conosco agora. Quem é a única pessoa que diz ter visto Labirinto em pessoa?

Dark respondeu:

— Você acha que fingi aquela luta e me joguei de uma porra de uma janela?

— É um bom disfarce, você tem que admitir — concordou O'Brian.

— Dark não inventou aquilo — falou Natasha. — Tenho provas.

— Que provas? — perguntou O'Brian. — Vocês dois podem estar agindo juntos...

— *Chega* — interrompeu Blair. — Labirinto não faz parte desta equipe. Mandei investigar cada um de vocês e verificar cada antecedente de suas vidas. É por isso que confio inteiramente nas pessoas que estão nesta sala. Ele está tentando nos jogar uns contra os outros, e não vou deixar que isso aconteça. *Nenhum de vocês é Labirinto.* Ponto final.

Capítulo 70

Labirinto

Caminho pelos corredores do mais prestigiado escritório de advocacia de toda Londres. É uma viagem rápida, de Edimburgo. Belos trens também. Gosto dos sanduíches que eles servem.

No escritório, ninguém tenta me parar — chegam a sorrir e balançar a cabeça.

Conhecem-me, afinal de contas.

Estou muito familiarizado com o trabalho dessa firma, já que contratei seus serviços no passado.

São excelentes advogados.

Peritos em tirar criminosos de armadilhas investigativas e legais.

Como o estuprador em série que foi solto semana passada, que chegou mesmo a piscar para uma das vítimas, corajosa o suficiente para testemunhar contra ele no tribunal.

A especialidade deles, todavia, são os criminosos de colarinho branco.

Como o fraudador que, por acaso, é parente de um importante membro do Parlamento. Esvaziou os bolsos de uma agência nacional de combate à pobreza, usou o dinheiro da maneira mais descarada possível... e não teve de devolver nem um centavo. Nunca.

Essa é a razão de eu tê-los contratado, anos atrás, para cuidarem de alguns dos meus negócios.

Por fim, pisando sobre um tapete macio, chego a uma sala de canto, onde um advogado, usando terno feito sob medida, está lendo alguns documentos.

Meu advogado pessoal.

Bonito.

Bem-cuidado.

A colônia da moda, estampada nas páginas da *GQ* inglesa, exala de sua pele.

Talvez ele seja o melhor aqui, e o odeio com todas as forças.

Nada em minha missão é pessoal...

Exceto isso.

(Eu o inseri.)

O homem levanta a cabeça, confuso, mas sorridente. Diz:

— Meu Deus, não fazia ideia de que estava aqui! Quer um café, ou talvez alguma coisa da confeitaria aqui...

Interrompo-o para perguntar:

— Corda ou revólver?

Ele pisca os olhos:

— Perdão?

Digo-lhe:

— Não é a *mim* que você deve pedir perdão.

Ele contesta:

— Trey, o que é isso, do que você está falando?

Então mostro para ele a pistola que trago no paletó, porque nem passa pela cabeça dos seguranças me revistar, um cliente tão generoso. Mas, mesmo que a tivessem encontrado, eu poderia mostrar meu porte legal (falso) para carregar uma arma dessas, considerando-se meu status diplomático (falso) no país. E se mesmo assim eles me causassem algum inconveniente por causa disso, eu teria, é claro, um pedaço de corda de cânhamo dentro da pasta, mas ficaria triste por não poder oferecer a meu advogado a escolha:

— Corda ou revólver?

Ele grita:

— AI MEU DEUS!

Atiro.

Sua sala fica em um canto, e bem isolada da série de cubículos lá fora. O estampido do tiro é abafado. Podia ser um carro ou alguém abrindo uma embalagem.

O rosto de meu advogado se comprime e ele tomba para trás, quase caindo sobre a mesa.

Agarro-o pela gravata, puxo-o para a frente e lhe digo:

— Que tal os dois?

Ele está impotente, o sangue escorrendo por entre os dedos trêmulos enquanto o seguro firme, com uma das mãos, e pego a corda com a outra.

Os olhos do meu advogado se *esbugalham* quando vê o nó.

Não preciso me preocupar em encontrar um lugar para amarrá-la, já que estive naquela sala muitas e muitas vezes e sei onde estão as vigas centrais, acima do teto rebaixado e das luminárias de implacáveis lâmpadas fluorescentes.

Eu o enforco.

Depois faço um vídeo.

Posto na web.

Não estou com a menor pressa de sair, mesmo tendo que pegar um avião dali a duas horas.

Sei que vou conseguir sair deste prédio sem ser incomodado.

Essas pessoas são meus advogados.

Mesmo que fosse pego — eu escaparia, com certeza.

Reuters

Últimas notícias: advogado morto a tiros e enforcado — Scotland Yard confirma ligações com "Labirinto".

AP News

Últimas notícias: crimes imitando os de Labirinto são descobertos em São Francisco; vandalismo em escritórios de advocacia em Market Street.

Montreal Gazette

Últimas notícias: dois advogados atingidos por disparos próximo à rue McGill — estudante atirador afirma que é "Labirinto".

Capítulo 71

Bruxelas, Bélgica

— Alain.

Pantin sentiu a preocupação na voz do homem.

— Trey? O que foi?

— Você vai ver uma coisa nos jornais sobre mim. Quero que evite julgar e que, em vez disso, se concentre nas conversas que tivemos. Acho que me conhece o suficiente para saber que nunca levei você para o mau caminho.

— Do que você está falando, Trey? Qual é o problema?

— Tudo aquilo que viemos discutindo acabou levando a isso. Escolhi você porque é o homem mais indicado para a tarefa em questão.

— Que tarefa?

— A de colocar o mundo nos trilhos novamente.

Pantin estava confuso. Nunca tinha ouvido o mentor, Trey Halbthin, falar daquele jeito antes.

Por outro lado, durante os últimos dias, o mundo que Pantin conhecia fora virado de cabeça para baixo.

Caos e revolução estavam na cabeça de todos, com atos de protesto, vandalismo e violência irrompendo em todos os cantos do mundo — não só nos barris de pólvora habituais. Não era preciso ser um profeta político como Trey Halbthin para entender que ventos de mudança estavam soprando, abafados, impulsionados, sem dúvida, pelos ataques sistemáticos de Labirinto aos grandes negócios, à política e até a religião.

E Pantin via-se no meio do furacão.

— Trey, do que você está falando?

— Labirinto teve um efeito sério sobre o mundo, Alain. Depois de ficarem adormecidas por tanto tempo, as pessoas, no mundo todo, estão acordando para o fato de que são manipuladas por tiranos. As pessoas no Ocidente acham que são livres, mas estão erradas. São escravizadas pelas mesmas instituições, a diferença é que têm brinquedos melhores e tratamento dentário. É a mesma manipulação, no mundo todo.

A percepção teve início como um pequeno nó gelado no estômago de Alain Pantin. Quanto mais o mentor falava, mais ele se dava conta do que deveria ter notado desde o começo.

— Tem um sinal chegando, Alain. Um grande sinal. Inconfundível. Escolhi você para tomar a dianteira quando esse sinal chegar.

— Me diz o que você está planejando — pediu Pantin, calmamente.

— Você é o executor, Alain. Sou apenas o cara dos bastidores. Esse tempo todo, o negócio foi com você. O que eu faço não importa. O importante é o que *você* faz com isso.

— Não posso...

— Você pode, sim, porque ninguém mais *pode*.

Alain Pantin recostou-se na cadeira e olhou pela janela para o Leopold Park. O tempo estava excepcionalmente quente, e as pessoas aproveitavam. Casais. Crianças brincando — muitas delas filhas e filhos dos colegas de Parlamento Europeu. Não faziam ideia do que os aguardava. O novo mundo que estava surgindo em volta deles. A história não estava apenas sendo feita, e sim forjada por um ato de vontade absoluta.

Sua vontade, se quisesse.

Outra vez, Trey Halbthin estava certo. Quaisquer que tivessem sido os atos horríveis que cometera para criar aquele momento revolucionário, não importava.

Cabia a Alain Pantin transformar tudo aquilo em algo significativo.

Capítulo 72

Dark

Quartel-general da Global Alliance / Paris, França

O'Brian descobriu a ligação segundos antes de a notícia espalhar-se.

— Bastante improvável, mas esse Timothy Porter está baseado em Londres e, ao longo dos anos, fez muitas palestras sobre a Magna Carta, chegando a viajar com uma cópia. Será?

Natasha disse:

— É ele, definitivamente.

— Como você sabe?

— Segundo a Reuters, acaba de ser encontrado morto em seu escritório.

— Puta que pariu — retrucou O'Brian. — Mais uma hora e poderíamos...

— É assim que ele joga — falou Natasha. — Nunca há tempo suficiente com ele sempre fora de alcance.

— Afinal, levou um tiro ou foi enforcado? — perguntou O'Brian.

— As duas coisas — respondeu Natasha.

Em minutos o agora já habitual vídeo de Labirinto foi postado nos sites espelho de sempre, espalhando-se e causando alvoroço global instantâneo. Um advogado criminalista morto? Aquele prometia ser o vídeo de Labirinto mais assistido de todos — um filme sensacionalista, estrelado pela profissão mais odiada do mundo.

Em minutos... Dark teve a sensação de que aquilo também fora uma operação prática. Labirinto usara um de seus fantoches para entregar o pacote, possivelmente assistindo à cena de uma distância segura.

Dark, com os pés na mesa, olhando para o teto, disse:

— Vocês podem me dar uma lista dos clientes de Porter?

— Por quê? — perguntou O'Brian. — Você acha que vai encontrar alguém chamado L. Abirinto?

— Você pode fazer isso?

Claro que O'Brian podia fazer aquilo. E quando Dark comparou a lista com a que havia recebido do DPNY, um nome surgiu: "Trey Halbthin."

Ele estivera lá, no Hotel Epoch, em Nova York, e chegou a ser entrevistado pela polícia. O homem apresentou credenciais diplomáticas e explicou que estava lá a fim de encontrar "um velho amigo para um café". Nada nele levantou suspeitas; diplomatas em Nova York são comuns. E Trey Halbthin era também cliente de longa data de Timothy Porter, no mínimo cinco anos. Por que mataria o próprio advogado?

— Talvez estejamos lidando com outro fantoche de Labirinto — aventou Natasha. — O'Brian, levanta tudo que você puder sobre esse tal de Halbthin.

— Já estou levantando.

— Acho que é ele — disse Dark, em voz baixa, escrevendo a lápis num bloco.

— Por quê? Por que se arriscaria a se expor ali, onde poderia ser preso?

— Não acho que esteja mais preocupado em ser preso — respondeu Dark. — Ele está caminhando para o fim do jogo. Está praticamente anunciando sua identidade.

— Como?

Steve virou o bloco na direção de Natasha. Tinha escrito, em letra de imprensa:

TREYHALBTHIN

E embaixo:

THELABYRINTH

— Um anagrama — falou Natasha. — Outra identidade falsa.

— Se essa identidade é falsa — disse O'Brian, lendo o monitor —, então é a melhor e mais elaborada que já vi. É a mais legítima possível. Esse cara não é nenhum idiota. E querem saber de uma coisa?

— O quê? — perguntou Dark.

— Ele acaba de passar pela segurança em Heathrow e vai entrar num avião.

— Para onde está indo?

— Filadélfia.

— Ok, precisamos de um verdadeiro pelotão do exército para interceptar esse voo quando aterrissar — disse Dark. — Quero uma revista completa na tripulação e nos passageiros até chegarmos lá e vasculharmos um por um. Onde está Blair?

Blair estava em sua sala, vendo as imagens de Trey Halbthin que a equipe havia recolhido em vários bancos de dados do mundo inteiro.

Estava olhando o queixo, a pele em torno dos olhos, a forma das orelhas.

Meu Deus.

Era *ele*.

Quando se treinava o olhar para ver através de cirurgias plásticas, maquiagem, apliques de cabelo e tudo mais que um agente treinado utiliza para mudar a aparência, era possível reconhecer.

Depois de todos esses anos de procura, pensou Blair, *aí está você, bem na minha frente.*

Por que está indo para a Filadélfia?

Que fim de jogo você tem em mente para nós?

Está esperando que eu o detenha?

Ou me quer lá para assistir quando você paralisar o mundo?

Capítulo 73

Labirinto

Neste momento, no Aeroporto Internacional da Filadélfia, há muitos homens vestindo ternos malcortados, os quais, suponho, formam uma conglomeração de agentes federais com o objetivo de me deter. Procuram um homem que se encaixe na descrição precisa de Trey Halbthin, e, nesse momento, não me pareço nem um pouco com ele.

Além do mais, sequer estou no voo que estão rastreando.

Minha identidade de Trey Halbthin tomou de fato esse voo, mas foi apenas uma simples questão de invadir alguns computadores (as companhias aéreas, como a maioria das empresas americanas, deixam brechas escancaradas na segurança, nos lugares mais espantosos) e atribuir esse nome a *outro* indivíduo, que tivesse altura, peso, cabelo e cor de olhos semelhantes.

Indivíduo que, infelizmente, vai passar a maior parte do mês que vem numa sala de conferências abafada, enquanto agentes do Departamento de Segurança esmiúçam sua vida.

Entretanto, uma pequena peça num jogo tão grande não significa nada.

É importante que Blair e a equipe estejam lá para o final.

Chego à Filadélfia num jato particular sob o disfarce de outra identidade.

Foi um voo confortável.

Passei a maior parte do tempo de olhos fechados e preparando meus presentes finais para o mundo.

Olá, Damien.

Está pensando em mim?

A neve cai no centro da Filadélfia enquanto percorro a Spruce Street, atravesso a porta do Hospital Geral da Pensilvânia e vou até o balcão de informações.

Pergunto:

— Vocês podem me ajudar?

Eles respondem (é claro):

— Sim. O que podemos fazer pelo senhor?

É natural que queiram me ajudar. Estou sorrindo, asseado, vestindo terno, com o cabelo bem-cortado e sou branco; então, é claro que me direcionam para a sala do diretor, passando por um corredor e um caminho lindamente decorado.

O Hospital Geral da Pensilvânia foi o primeiro dos Estados Unidos. E está para ser novamente o primeiro em outra coisa.

Epicentro da Nova Ordem.

Espero que meu pupilo, Alain Pantin, esteja prestando atenção. Ele tem a chave de tudo. Só preciso lhe mostrar a fechadura.

Seguro o pacote junto ao peito.

Dentro da caixa há uma nova charada, é claro, juntamente com um telefone celular, que contém um aplicativo-cronômetro que conta os segundos até tudo começar.

Também ofereço ao diretor do hospital uma caixa de madeira, feita à mão, cheia de terra de sepulturas. Sinto-me um pouco decepcionado porque os policiais não vão poder analisar essas pistas como fizeram com as outras, pois passei muito tempo enchendo aquela caixinha com uns poucos gramas do chão de Mount Vernon, Quincy, Charlottesville, Montpelier Station, Richmond, Hermitage, Kinderhook, North Bend, Louisville, Buffalo, Concord, Lancaster, Springfield, Greeneville, Nova York, Fremont, Cleveland, Albany, Princeton, Indianápolis, Canton, Oyster Bay, Arlington, Marion, Plymouth, West Branch, Hyde Park, Independence, Abilene, Stonewall, Yorba Linda, Simi Valley e Grand Rapids, onde cheguei mesmo às vezes a abrir os caixões e a olhar para aqueles presidentes mortos. Outras vezes, tocava seus rostos decompostos. Em algumas ocasiões, deixei minha mão se quedar por um momento.

Eles eram tocáveis quando estavam vivos e o são ainda mais agora.

Eu poderia ter feito qualquer coisa com seus corpos, o que quisesse, mas, em vez disso, só recolhi terra para a minha caixinha — um presente de líderes para líder.

Não será devidamente apreciado.

Talvez, algum dia, meus biógrafos tentem solucionar o mistério da terra dos caixões e se juntem a um perito ou dois para iniciar a tarefa penosa e longa de separar as amostras e relacioná-las aos locais de origem. E quando as cidades e vilarejos familiares começarem a aparecer, haverá um momento de choque.

Mas agora não.

Não com menos de uma hora no cronômetro.

Como o diretor do Primeiro Hospital da América verá em breve.

Olhem para ele.

Está sorrindo para mim.

Retribuo o sorriso.

Digo:

— Olá.

Capítulo 74

Dark

Paris, França / Filadélfia, Pensilvânia

Damien Blair estava com o jato da GA abastecido e pronto para a chegada da equipe. A decolagem aconteceu sessenta segundos após a van parar na pista. Ainda assim, o avião tinha um atraso de uma hora em relação ao jato particular de Trey Halbthin. Dark e o restante do pessoal da Global Alliance aterrissaram na Filadélfia e foram levados, em outra van, até o Hospital Geral da Pensilvânia, onde o diretor do hospital já estava numa sala de conferências com a agência local do FBI.

Dark mostrou-lhe fotos de Trey Halbthin, que O'Brian havia desencavado durante a busca por sua identidade — passaportes, carteiras de motorista, cartões de banco. O diretor do hospital confirmou que sim, aquele era o homem que entregara o pacote.

— Alguma ideia de para onde ele foi?

— Nenhuma.

— Queremos evacuar o hospital — disse a Dark o agente especial encarregado do caso.

— Não. Isso talvez acelere o relógio — contrapôs Dark. — Você pode criar um pânico na cidade. Como era o marcador de tempo no pacote?

— Um cronômetro digital num telefone celular — respondeu o agente. — Só restam 23 minutos.

— Havia também um pequeno caixão de brinquedo com terra dentro — disse o diretor do hospital. — O que pode significar isso? Será uma ameaça de morte contra mim?

A charada já estava projetada numa parede.

O FABRICANTE NÃO PRECISA,
O COMPRADOR NÃO USA.
O USUÁRIO USA SEM SABER.
O QUE É?

LABIRINTO

— Agora que conhecemos a aparência do nosso suspeito — disse Dark ao agente do FBI —, vamos começar a pensar como ele, com grandeza, simbolismo. Ele não vai assassinar um bando de enfermeiras na lanchonete do hospital. Ele está fazendo uma declaração, vai querer um palco.

O agente especial concordou com a cabeça.

— Alguém já tem a resposta da charada? — perguntou O'Brian. — Hans, talvez você queira entrar no jogo?

Roeding apenas olhou para ele.

— Aí está a reação intelectual que eu estava esperando. Obrigado, Hans! Alguém mais quer...

— Você não deixou eu falar — disse Roeding, com um sorriso malicioso no rosto. — A resposta é um caixão. O fabricante não precisa, o comprador não usa e o usuário não sabe que está usando. Da mesma forma que você também não vai saber quando eu te der uma porrada, seu babaca irlandês.

Natasha suspirou:

— Dá para deixar essa camaradagem toda para mais tarde? Vamos achar esse filho da puta.

O Hospital Geral da Pensilvânia era imenso. O que começara como um único prédio dera origem a uma dúzia de outros, espalhando-se por quarteirões da cidade. Qualquer que fosse o procedimento médico, poderia ser realizado ali, em um dos múltiplos centros e clínicas, muitos deles mundialmente conhecidos.

Vinte e um minutos faltando...

Os quatro membros da Global Alliance se separaram — não havia tempo para organizarem um plano de ataque, pois Labirinto podia estar virtualmente em qualquer lugar. A melhor coisa a fazer, raciocinou Dark, seria cada um pôr em prática suas habilidades e seguir o instinto. A qualquer sinal de Halbthin, eles dariam um sinal de alerta e todos viriam correndo.

Após afastar-se da equipe, Dark encontrou um mapa plastificado do hospital preso numa parede. Estudou-o não como policial, mas como artista, feito Trey Halbthin. Homem que gostava de locais simbólicos e gestos grandiosos.

Em segundos Dark deu-se conta de onde Halbthin estaria.

Capítulo 75

Dark

A sala de operações já tinha sido de ponta — no passado.

O passado, nesse caso, era 1804.

Durante a maior parte do século XIX as cirurgias não eram eventos particulares. Se alguém precisasse amputar um membro — ou se houvesse um crescimento anormal no peito, cataratas nos olhos, pedras dolorosas e incômodas na bexiga —, o procedimento era aberto ao público em geral. O hospital, na verdade, pendurava cartazes pela cidade para explicar o que seria feito, em que dia e a que horas. Quando chegava o momento da operação, o paciente não recebia qualquer anestésico. Em vez disso, era encorajado a beber até cair ou fumar ópio até não conseguir mais diferenciar anjos de cirurgiões. E então, até trezentas pessoas — médicos, estudantes e o público comum, em busca de um pouco de sangue para animar o dia — sentavam-se ou ficavam de pé naquele grande anfiteatro, observando enquanto os médicos mais conceituados do país cortavam o corpo trêmulo do paciente com seus bisturis.

Sim, pensou Dark. *Labirinto adoraria um lugar assim.*

À primeira vista, a sala parecia estar vazia. Aquilo, porém, não significava nada. Sua presa poderia estar se escondendo nas últimas fileiras, esperando para atacar.

O telefone vibrou no quadril de Dark. Era uma mensagem de texto de Riggins:

ME LIGA

Que boa hora, Riggins. Puta que pariu...

Dark ignorou o telefone e continuou a procurar, preparado para atirar em qualquer coisa que se movesse. Se aquele em Paris *era* Trey Halbthin, então sabia que o filho da puta podia mover-se com rapidez.

De novo, o telefone:

ME LIGA AGORA

Dark ligou. Riggins atendeu após o primeiro toque:

— Onde você está?

— Filadélfia.

— Fiz uma busca sobre a Global Alliance depois que você me contou que Labirinto estava tentando acusar algum dos seus colegas de equipe — disse Riggins, cuspindo a expressão *colegas de equipe* como um divorciado diria *novo marido.* — Bem, todo mundo confere, exceto por uma coisa que, honestamente, está me deixando louco...

Dark, no entanto, não ouviu a próxima parte porque seu cérebro concentrou-se de repente em outro som, ecoando pelas paredes da sala de cirurgia.

O som de uma lâmina sendo desembainhada.

Capítulo 76

Labirinto

Digo a Dark:

— Bem-vindo de volta ao labirinto!

— Alguma coisa está bipando, bem baixinho — será que ele está ouvindo?

Prossigo:

— Vou me divertir trabalhando em você. Tenho pelo menos 15 minutos para brincar. Posso fazer muita coisa nesse tempo.

Depois, mostro a ele o que estou carregando.

Uma serra enorme...

Também conhecida como serra de amputação. Cabo de marfim, lâmina de 45 centímetros, feita por um metalúrgico da Filadélfia durante a Guerra Civil.

Dark chega mais perto e me pergunta:

— Onde está a sua máscara?

Sorrio e lhe digo:

— Não há mais necessidade de me esconder. O trabalho acabou. Não há nada que você possa fazer para me deter. Não posso pegar de volta meus dois últimos presentes para o mundo, mesmo que quisesse.

Sei o que Dark está fazendo — ele tenta ganhar algum tempo, chegando mais perto, me instigando a falar, toda essa merda banal dos policiais, até poder sacar a arma, apontar para o meu peito, apertar o gatilho e assistir à bala atravessar meu corpo, antes que eu consiga atravessar o SEU.

Pergunto:

— Você sabe o que é isso?

Dark diz:

— Não me interessa.

Depois saca a Glock

Mira no meu peito

E aperta o gatilho

Ou TENTA.

Nada acontece. Olhem para o pobre Steve Dark, confuso, perguntando-se por que sua Glock se recusa a deixá-lo atirar no bandido...

Capítulo 77

Natasha estava caminhando rapidamente por uma unidade de tratamento intensivo, no segundo andar, quando um paciente começou a ter uma parada cardíaca.

— Emergência, emergência! — gritou alguém.

Alarmes soaram e equipes chegaram às pressas. A vida num hospital de cidade grande. Território familiar; havia passado semanas com o padrasto quando ele morreu de um lento e doloroso câncer no pâncreas. Tudo ali, desde o eco das lajotas no piso, o odor antisséptico no ar, até o uniforme engomado da enfermagem, fazia com que ela se recordasse daquele tempo. Natasha tentava manter a mente focada, mas segundos depois outro paciente entrou em crise, a poucos quartos de distância. Mais alarmes, mais frenesi. E depois, contra as leis matemáticas, um terceiro paciente. E um quarto...

Os enfermeiros entraram em pânico.

— Estou com uma emergência aqui também.

— O que está acontecendo?

Pelos alto-falantes, uma voz, tentando soar calma, dizia:

— *Dr. Allcome, compareça ao terceiro andar. Dr. Allcome, compareça ao terceiro andar, por favor.*

Natasha sabia que aquilo era um código para emergências sérias — "*all come*", em inglês, significa "venham todos". Todo profissional médico que não se encontrasse ocupado estaria recebendo ordens de se dirigir ao terceiro andar imediatamente.

Foi quando ela percebeu que haviam chegado tarde demais. O tempo se esgotara. O plano de Labirinto já estava em andamento.

O Hospital Geral da Pensilvânia estava equipado com mais de 3.200 TVs de tela plana nos corredores, nas salas de espera e nos quartos dos pacientes. Ao mesmo tempo, todas começaram a mostrar a mesma coisa:

Outra mensagem de Labirinto.

Imagens: corredores de hospitais cheios. Pacientes em macas de aço frio, encostados contra as paredes. Rostos pálidos. Enfermeiros correndo de um lado para o outro, em meio ao caos.

LABIRINTO

A saúde é a maior indústria do mundo e obteve esse status por dar lucro. É muito melhor manter as pessoas doentes, para que elas continuem a acumular faturas e a abrir mão de suas economias para cuidar da saúde, em vez de curá-las. Vou reformular essa indústria e fazê-la começar a SALVAR AS PESSOAS.

Capítulo 78

Dark

Dark tentou apertar de novo o gatilho da Glock — e, outra vez, ele se recusou a funcionar. A arma parecia um pedaço inútil de metal na sua mão. Que porra estava acontecendo? Àquela altura, Labirinto já estava correndo até ele numa velocidade vertiginosa, com a serra cirúrgica junto ao braço direito, músculos tensos, pronto para atacar...

AGORA.

Dark soltou a arma e jogou o corpo para trás.

A lâmina passou por seu pescoço — abrindo um corte, mas sem atingir músculos. Um milímetro a mais teria feito a diferença entre um arranhão feio e uma artéria mortalmente aberta.

Quando as costas de Dark bateram no chão, Labirinto atirou-se contra ele, lançando um forte golpe com as costas da mão. Dark pegou o cotovelo do monstro e torceu-o. O braço do homem parecia feito de concreto armado. Sua força era irreal, em especial num indivíduo de constituição mediana.

— Vamos começar — disse Labirinto, dando-lhe uma cabeçada. Ferozmente. Com precisão. Pontos de luz ofuscavam a visão de Dark, que tentou manter o braço do oponente imobilizado, mas sentiu os músculos tremerem. Parecia que sua testa estava aberta. De que era feito o crânio do cara — de ferro?

Dark lembrou-se então da arma, a alguns centímetros de distância. Torceu o corpo para a direita, soltando por fim o braço de Labirinto. A lâmina cortou o ar um milímetro acima de sua cabeça. Ele rolou para o lado e agarrou a Glock. Um disparo talvez não funcionasse. Mas uma pistola descarregada ainda poderia ser uma boa arma. Dark virou-a e atingiu a lateral da cabeça do monstro. Uma, duas, três vezes. Crânio de ferro, conheça uma arma feita de metal. A cada golpe, sentia ódio puro borbulhar em seu interior.

Labirinto agarrou as mãos de Dark, apertando-as contra o chão. O sangue escorria pelo rosto do filho da puta, mas o monstro ainda assim sorria.

— Isso deve te deixar doido, não é? — sibilou ele, aumentando a pressão.

Parecia que os dedos de Dark estavam dentro de um tornilho de metal. A mão toda latejou e ficou dormente.

— Você não faz ideia de por que não consegue atirar em mim, não é?

— Foda-se.

A arma na mão de Dark começou a girar; Labirinto manipulava seus dedos como um pedaço de argila numa roda de moldar. Força demais, dedos repentinamente muito escorregadios, a arma girando — até Dark ver o cano apontado para ele.

— Bem-vindo ao labirinto — disse o monstro.

Ouviu-se um bipe suave.

Naquele breve momento, Dark percebeu que o ruído vinha da Glock. Forçou-se para a frente e ao mesmo tempo torceu o corpo para longe, mas era tarde demais. A arma disparou e uma bala atravessou seu bíceps.

A dor era inacreditável.

Uma mão na frente da outra no chão frio. O ferimento latejando. Não era a primeira vez que Dark levava um tiro, mas o fato não fazia com que doesse menos.

Em algum lugar atrás de si podia ouvir Labirinto pegando de volta a serra.

— Para onde você está indo? Ainda temos muito tempo para algumas técnicas de amputação.

Uma mão...

... na frente da outra.

— Vi fotos policiais do que você fez ao pobre Sqweegel. Você deve se sentir horrível, sabendo que fatiou o próprio *irmão* como um pedaço de carne no almoço.

Dark disse para si:

Não ouça.

Continue se movendo.

Porém, a simples menção do nome Sqweegel trouxe tudo de volta — o confronto final no covil do monstro, um porão, o machado subindo e descendo, seus membros finos cortados do tronco...

E agora com a consciência terrível de que o sangue negro que jorrava dos ferimentos corria em *suas próprias veias.* No *pequeno e forte coração de sua filhinha...*

Não.

Não faça isso com você.

Bloqueie.

Continue a se mover.

Continue a se mover...

... até o mostruário.

— Deixe-me aliviar um pouco da sua culpa. Acho que vou começar com uma perna.

Ignorando a dor no ombro, Dark pôs-se de pé e atirou-se para a frente, na direção de um mostruário situado ao longo de uma parede curva do anfiteatro. Seu corpo quebrou-o, estilhaçando o vidro, que caiu sobre antigos instrumentos cirúrgicos. Bisturis. Serras. Labirinto lançou-se em sua direção com o serrote de amputação. Dark virou-se e deu um chute no peito do oponente, deixando-o sem ar. Chutou-o de novo enquanto enfiava a mão no mostruário, cortando a ponta dos dedos no vidro quebrado até elas escorregarem sobre algo liso... metálico. Dark agora tinha uma arma também.

Um bisturi, já manchado com o sangue da ponta de seus dedos feridos.

Labirinto recuperou o fôlego e foi na direção de Dark, segurando a lâmina de amputação em posição baixa, à esquerda, preparando-se para outro ataque feroz. Dark sentia-se como se estivesse sangrando em cem lugares diferentes.

— Retalhou o próprio irmão com um machado — sibilou Labirinto, avançando e brandindo o serrote no ar com poder e força quase sobre-humanos.

Dark agachou-se. A lâmina zuniu por cima de sua cabeça e não a acertou por questão de milímetros. Dark enfiou o bisturi na lateral do corpo de Labirinto, enterrando-o numa série de estocadas, até o homem gritar e perder o equilíbrio.

Não era, no entanto, um grito de dor, mas uma gargalhada.

— HA HA HA HA HA! — exclamou o monstro, exultante, enquanto se virava para encarar Dark. — Você é igual ao seu irmão! *Muito bom* com um bisturi.

— O que tenho a ver com isso? — perguntou Dark. — Pensei que você fosse melhor.

— Nada — retrucou Labirinto. — Você é só *diversão.*

— Você disse que quer mudanças — falou Dark, ignorando-o. — O que você está mudando ao lutar comigo?

— A mudança já começou, e não há nada que você, Blair ou qualquer outra pessoa possa fazer para detê-la. Durante muito tempo homens como você guiaram as massas em direção a uma segurança falsa, enquanto as deixavam cegas. Seu precioso *sistema*, esse a que você serve tão cegamente, foi projetado para *usar* as pessoas. Por ambição, lucro e poder...

— Da mesma forma que você as vem usando para divulgar as suas sandices. Esse é o problema. As pessoas são mais inteligentes que isso. Vão perceber quem você é. Um monstro.

— Eu? Monstro? Talvez. Mas isso não interessa. Meu papel terminou. Agora outro as libertará das correntes.

Outro?, pensou Dark. *Será que ele tem um parceiro ou só outra marionete?*

Labirinto sorriu.

— Vá em frente, assassino. Mata o monstro.

Dark olhou para ele calmamente.

— Não.

Capítulo 79

Dark

Dark soltou o bisturi — e viu a expressão de genuíno espanto no rosto de Labirinto. Uma fração de segundo depois, atacou-o. O monstro recuou. Dark segurou a base do serrote de amputação. O inimigo redobrou a pressão sobre a arma; os braços pareciam cabos de aço. Dark podia sentir-lhes a força.

— Me mata, assassino — sibilou Labirinto. — *Me mata, me mata, me mata...*

Dark juntou forças para girar o serrote, entortando com violência as mãos de Labirinto, até a lâmina ficar apontada na direção oposta, a poucos centímetros de seu pescoço tenso e musculoso.

— Cala a boca — disse Dark, levantando o joelho e dando-lhe um golpe entre as pernas, seguido de uma cabeçada brutal.

Golpes de briga de rua — que um homem como Labirinto, ou Trey Halbthin, qualquer que fosse a porra do seu nome, não esperaria. Ele adorava rastejar no interior da mente das vítimas, para aprender que botões acionar. Com Dark, o monstro estava apertando os botões marcados com a palavra SQWEEGEL, achando que assim poderia incitá-lo a uma série de comportamentos previsíveis.

Dark, contudo, não estava canalizando seu "Sqweegel interior" nem nenhuma baboseira dessas. Estava ligado ao seu eu primordial, o *verdadeiro eu* — o garoto de orfanato assustado, o adolescente ensimesmado que vagava sozinho pelas ruas do centro de Los Angeles, o policial novato olhando para o primeiro psicopata, o pai atormentado na praia, sentindo falta do amor de sua vida, segurando a mão da filhinha. Porém, mais importante ainda, o homem que se sentia atraído por caçar monstros, e não a entrar para suas fileiras.

E esse homem usava golpes baixos.

Labirinto curvou-se de dor, deixando cair o serrote. Dark continuou golpeando-o com socos e pontapés, para mantê-lo sem equilíbrio.

— Você não é nenhum profeta ou salvador — falou. — Não passa de um babaca que estudou demais e tem dinheiro e poder sobrando.

Labirinto ergueu o braço como se fosse dar um soco, mas Dark meteu o cotovelo em seu rosto e depois enfiou uma algema em seu pulso direito.

— Eu sou policial, não assassino.

Dark arrastou Labirinto até a mesa de operações, passou a outra algema em torno de uma perna de metal, que ninguém movia há mais de duzentos anos, e prendeu o pulso esquerdo. Por mais forte que fosse o filho da puta, não tinha como deslocar aquela mesa. Teria de quebrar as próprias mãos antes ou arrebentar os elos, de aço reforçado, entre as algemas.

Deu um passo atrás e contemplou a presa. Apesar de o corpo doer, arder e sangrar, Dark sentiu uma estranha euforia tomar conta de si. A glória de encerrar um caso. Não — não era isso. Era a glória de pegar um monstro e arrastá-lo para a luz, enquanto chutava e gritava, a fim de que o mundo todo visse.

— Você o pegou — disse uma voz atrás dele, no auditório.

Dark virou-se e viu Damien Blair entrar na sala, de arma na mão. Ele não era agente de operações; orgulhava-se de ser o "facilitador". Teria vindo num jato separado? Estaria ali para um momento glorioso ao estilo de J. Edgar Hoover — a última foto da missão? Não fazia sentido.

— O que você está fazendo? — perguntou Dark.

Blair ergueu a arma.

Chicago Tribune

Últimas notícias: mistura de prontuários de pacientes resulta em pelo menos quatro mortes em dois hospitais locais; funcionários dizem que está tudo "sob controle".

PBS Newshour

Últimas notícias: avalanche de erros médicos em grandes hospitais da cidade; equipes estupefatas.

AP News

Últimas notícias: nova charada de Labirinto é recebida no Hospital Geral da Pensilvânia uma hora antes da onda de erros médicos.

TheSlab.com

Últimas notícias: Labirinto agora ataca doentes — quem serão as próximas vítimas? Órfãos e idosos?

Capítulo 80

Dark

Blair estava com uma expressão ligeiramente enlouquecida.

— Sabia que você o pegaria, Dark. Esse tempo todo, sabia que seria você quem o pegaria. Ninguém persegue melhor um homem que você.

— Damien, sério. Abaixa a arma. Ele está fora de combate. E não vai a lugar algum. Onde estão Natasha e o resto da equipe?

— Afaste-se — replicou Blair, em voz baixa. — Não estou pedindo. Considere isso uma ordem. Afaste-se agora.

— Uma ordem, o caralho!

— Não me faça atirar em você.

Dark balançou a cabeça, confuso.

— Esse tempo todo, e você quer matá-lo?

— Você não entende. Não podemos deixá-lo viver. Ele é perigoso demais para isso.

Dark surpreendeu-se ao posicionar o corpo bem em frente ao de Labirinto. Cinco anos antes, provavelmente ajudaria Blair a matar aquele filho da puta — iria segurá-lo e tudo.

Há cinco anos, no entanto, ele tinha uma fúria incontrolável nas veias, e quase pusera tudo a perder. Não interessava o que os exames de sangue diziam — era dono de si. Não era controlado pelos genes, pela linhagem nem por nada além da própria vontade. Essa era a diferença. Dark havia se tornado outro homem. Não ia ter uma recaída.

Disse a Blair:

— Não. Vamos levá-lo sob custódia.

— Você não entende. Tem que confiar em mim dessa vez.

— Não, você tem que me explicar.

Blair suspirou, mas manteve a arma apontada para Dark. Sem movê-la um milímetro sequer. A concentração do homem era precisa, inabalável.

— Não menti para você quando disse que criei a Global Alliance para pegar Labirinto. Era porque só eu sabia do que ele era capaz, e que só conseguiria ter uma chance de pegá-lo se reunisse o que havia de melhor.

— Você não está sendo muito coerente.

— Antes de criar a Global Alliance... criei Labirinto.

Dark não podia acreditar no que estava ouvindo.

— Você o quê?

— Foi há uns 15 anos. Éramos os dois jovens e ambiciosos, trabalhando para um braço do MI6. Você fazia parte da Divisão de Casos Especiais? Bem, era algo parecido. Só que na espionagem. Recebemos a tarefa de criar um agente insuperável, supremo. Um homem que pudesse ir a qualquer lugar, a qualquer hora, em qualquer missão, sem limitações. Alguém que conseguisse arrancar uma pestana do rosto do presidente dos Estados Unidos só para provar que podia fazer isso. Literalmente, um homem que pudesse salvar o mundo no caso de uma emergência séria. O codinome do projeto era *Labirinto*.

— Você *criou* esse filho da puta?

— Como uma força do *bem* neste mundo — respondeu Blair. — No princípio, Labirinto não era uma pessoa, mas um conceito. Chegamos a tirar sorte para ver quem se tornaria Labirinto.

— Acho que você perdeu.

— Não. Meu ex-amigo aqui perdeu. *Se* perdeu. Se eu soubesse a loucura em que isso se transformaria, teria rasgado o projeto e queimado os arquivos.

— E por que então você não contou nada sobre quem estávamos caçando? Saber o nome verdadeiro dele já seria uma ajuda para quem estava começando.

— Não importava qual era o seu nome verdadeiro — retrucou Blair. — Ele o abandonou há 15 anos. Isso fazia parte do projeto. Eliminação total da identidade para que, se um agente inimigo capturasse Labirinto, sua família não sofresse represálias. O projeto dependia de nome novo, rosto novo, aparar arestas e treinamento de campo implacável. Fizemos uma lista detalhada de como seria a aparência de um agente supremo e depois começamos a criá-la. Nele.

Dark pensou nos movimentos de Labirinto. Na facilidade com que atravessava fronteiras, soleiras e salões de escritórios. A forma como ocultava os movimentos, as ligações, as compras e os roubos. A habilidade para sondar os segredos mais íntimos e profundos de uma pessoa. Tudo isso parecia coerente com os dons de um "agente de inteligência supremo".

Todavia, tanta coisa ficava sem explicação — como os artefatos, as armas caríssimas e o patrocínio.

— Ele ainda está na folha de pagamento da Global Alliance? — perguntou Dark. — Esse tempo todo, você ficou se gabando do seu orçamento ilimitado e de acesso irrestrito. Isso se parece bastante com o que esse filho da puta vem desfrutando.

— Não — replicou Blair. — Faz dez anos que não o vejo. Nossos caminhos se separaram de forma... *muito violenta.*

— O que aconteceu?

— Viemos a discordar sobre a nossa missão, sobre todo o conceito do que significava fazer o bem neste mundo. Dirigi missões especializadas para utilizar Labirinto da melhor forma possível. No entanto, ele começou a sofrer de ilusões de grandeza, pensando que era uma espécie de ser superior. Predestinado a remediar sozinho os males do mundo. Quando percebi que a pressão tinha sido grande demais e a cabeça do meu amigo havia pifado, fiz o que precisava ser feito.

— Ou seja? — perguntou Dark.

— Mandei uma equipe altamente preparada atrás dele — respondeu Blair. — A elite da elite, os melhores caçadores de homens da área militar. Eles nunca retornaram. Os corpos nunca foram encontrados. E depois o próprio Labirinto desapareceu... total e completamente. Mas eu sabia que não estava morto. Ele simplesmente tinha afundado, mais do que nunca. Fora tão fundo que nem eu conseguia encontrar seu rastro. *Exatamente como havia sido treinado para fazer*. Passei para outros projetos, mas sabia que Labirinto voltaria para se vingar. Então fui construindo aos poucos a Global Alliance, reunindo os melhores agentes do mundo para lidarem com o pior entre os piores. Porque sabia que qualquer dia ele emergiria, e eu iria precisar da melhor equipe possível para neutralizá-lo. Não havia o menor sinal dele até algumas semanas atrás, quando reapareceu e enviou o primeiro pacote ao Departamento de Polícia de Los Angeles. Com isso, percebi que tudo que eu temia havia se tornado realidade. Só que ele não estava atrás de vingança. Aquele tempo todo em que estivera desaparecido, trabalhou num plano para salvar o mundo.

— Salvar o mundo? Como? Com uma campanha de terror?

— Mas não é uma campanha de terror, nem um pouco. Desde aquele primeiro pacote, eu sabia o que ele estava fazendo. Estava tentando *influenciar o mundo*.

Dark encarou-o, esperando que explicasse.

Blair sorriu.

— Era a habilidade mais elogiada de Labirinto. Ser capaz de *influenciar* um indivíduo. Fazer o inimigo mudar de lado. Convencer uma fonte a revelar as informações mais secretas.

— Como?

— No princípio, era uma brincadeira nossa. A ideia de que estávamos conduzindo um rato de laboratório por uma série de corredores, até ele chegar ao centro do labirinto. Mas, em vez de encontrar o queijo, o pobre camundongo nos oferecia o próprio queijo. Com alegria. De boa vontade. Fizemos experiências na Europa Oriental. Com voluntários, a maior parte. Labirinto então se tornou adepto de fazer a pessoas percorrerem os corredores da própria mente, sabendo exatamente que botões apertar a fim de fazê-las correr para esse ou aquele lado. No princípio, usamos um estoque de drogas para amansar nossos indivíduos, mas logo Labirinto já conseguia trabalhar sem elas com a mesma eficiência. Bastava lhe dar um dia e ele conseguia virar a vida de uma pessoa pelo avesso... só conversando com ela.

De repente, Dark se deu conta do que Blair queria dizer com *influenciar o mundo*. Toda a campanha de Labirinto tinha a ver com conduzir o próprio mundo, o inconsciente coletivo das mídias sociais modernas, por uma série de corredores até darem a *ele* o que queria.

Controle.

Dominação.

Uma voz falou atrás de Dark:

— Mas com você não funcionou, Damien.

Capítulo 81

Labirinto

Sim.

Estou acordado.

Estive acordado o tempo todo.

Sei como aparar os piores golpes que um mortal pode dar. Deixei Dark me bater, algemar e pensar que estava no comando.

Sei que não corro nenhum perigo real de ser preso ou morto.

Eles não podem deter meus planos agora.

Por mais que tentem.

Admito também que queria ouvir a explicação do meu velho amigo DAMIEN. E devo dizer: não é inteiramente satisfatória.

Sua versão da nossa associação, ou missão, faz com que nossas experiências pareçam um filme ruim na TV.

Ah, o nobre espião, tentando fazer a coisa certa até o amigo mentalmente desequilibrado TRAÍ-LO e deixá-lo recolhendo os cacos.

Quanta MERDA!

Como qualquer pessoa no mundo, a verdade sobre a minha origem é muito mais confusa, complexa e sutil do que Blair consegue gaguejar, em sua tentativa grosseira de jogar a culpa em mim e apagar o que entende como o maior erro da sua vida.

Somos os pais da NOVA ORDEM, Damien, você não vê isso? Mas você se exime das suas responsabilidades paternas, temeroso das implicações, ainda envolvido com alguma culpa religiosa errônea.

Você é o facilitador.

EU SOU O EXECUTOR.

Como sempre.

Mas, em vez de um brilho de poder, você vê sangue nas mãos.

Não é sangue.

Caro senhor,

É A PLACENTA DA NOVA ERA.

Sim.

Sim.

Sim.

VOCÊ É FRACO, SEMPRE FOI FRACO, TÃO ANSIOSO POR ABRIR NOVAS PORTAS, MAS TÃO RELUTANTE EM ENTRAR NELAS, DAMIEN! SE A MOEDA TIVESSE VIRADO PARA A DIREITA, EM VEZ DE PARA A ESQUERDA, PODERIA SER VOCÊ HABITANDO MINHA PELE...

MAS NÃO VIROU.

O DESTINO ME UNGIU!

E isso

ACABA COM VOCÊ, NÃO?

Mas não digo essas coisas em voz alta. Existem o meu eu interior e o exterior; o segundo me move pelo mundo que o primeiro um dia dominará.

Capítulo 82

Dark

Dark voltou-se para encarar Labirinto, que ainda estava algemado à mesa de operações. Seu oponente exibia um sorriso de satisfação, mesmo com o sangue escorrendo do couro cabeludo e com as feias contusões arroxeadas que iam se formando sobre a pele golpeada. Parecia *exultante*. Instintivamente, Dark percebeu que havia alguma coisa em jogo — outro ataque a caminho. Labirinto ainda estava brincando com eles. Mais uma razão para manter o filho da puta vivo. Matá-lo só tornaria mais difícil desmontar a cilada que ele já havia armado.

— Vou acabar com isso — disse Blair, em voz baixa.

— Não — retrucou Dark.

— Me diga uma coisa, Dark. O que Blair prometeu a você para que participasse de sua pequena equipe? Disse que manteria os monstros longe da sua garotinha, Sibby? Prometeu algum tipo de paz? Manter você ocupado perseguindo *bandidos* a ponto de não ter tempo de remoer a morte da sua esposa?

— Ele tem que morrer agora — disse Blair. — Afaste-se.

— Nós o pegamos — replicou Dark. — Não precisamos matá-lo. Vamos fazê-lo falar.

— Como? Você vai despejar água na minha garganta, Dark? Me fazer gorgolejar até eu... como se diz? Começar a cantar?

— Ele é mais esperto que isso — falou Blair.

— Sou mesmo, Steve Dark. Ah, como sou! Muito esperto. Melhor você dar ouvidos a ele. Afinal de contas, ele pensa que me criou.

— Atiro em você se for preciso — replicou Blair.

— Então para de ficar falando e faz.

— Sim! — gritou Labirinto. — Faz! Puxa o gatilho! Por favor, por favor, por favor! Vai ajudar um bocado!

E então alguma coisa explodiu acima deles.

Pedaços de vidro caíam enquanto Hans Roeding descia da claraboia, por uma corda, de arma na mão, mirando na cabeça de Labirinto. E assim ficou durante toda a descida, até que suas botas pisaram o vidro estilhaçado. No mesmo instante, Natasha e O'Brian irromperam pela porta da sala de operações. A cavalaria chegara.

Roeding, entretanto, surpreendeu a todos, virando o braço e apontando a arma para Blair.

— Solta a arma, Blair — disse ele.

Natasha e O'Brian gritaram, confusos:

— Que merda você está fazendo? Por que está ameaçando Blair? O que está acontecendo?

Dark, porém, sabia muito bem o que estava ocorrendo. O bilhete que recebera no hospital tinha sido de fato uma provocação de Labirinto, mas dizia também a verdade. Ele se infiltrara nas fileiras da Global Alliance. Tinha influenciado Hans Roeding. Só Deus sabe o que deve ter custado conduzir aquele ex-soldado durão pelos labirintos tortuosos da própria mente.

— Hans, não. Não me diga que... Você não...

— A arma. *Agora*.

Blair voltou a atenção para Labirinto, que tinha um sorriso angelical.

— Cara. Você perdeu — disse Labirinto.

Um lamento de angústia escapou por entre os lábios de Blair, um grito de traição, frustração e raiva. De repente, ele não deu a mínima para o fato de ter uma pistola apontada para a sua cabeça. Só o que importava era matar sua criatura.

Quando porém apertou o gatilho, nada aconteceu, naturalmente.

Afinal, era Hans Roeding quem cuidava de todas as armas da Global Alliance, de facas a pistolas, e até lança-foguetes.

O alemão estivera trabalhando para Labirinto o tempo todo, o que significava que ele havia instalado dispositivos capazes de serem acionados só pelo som da voz de seu chefe. Quem tentasse atirar no monstro com uma das armas de Roeding iria vê-la falhar. Voltar a ser um pedaço de ferro inútil. Roeding — mestre de armas da Global Alliance — podia com facilidade carregar uma Glock com cartuchos vazios. Foi o que acontecera em Edimburgo. Dark havia atirado com balas de festim! Se estivesse usando uma arma com munição de verdade, Labirinto teria sido detido naquela ocasião.

Blair percebeu a gravidade da traição de Roeding quando apertou outra vez com força o gatilho e absolutamente nada aconteceu.

— Não — disse ele. — Não pode ser. Verifiquei você, todos vocês...

— Chega — interrompeu Roeding, disparando dois tiros.

Jatos de sangue jorraram do peito de Blair quando seus pés se ergueram do chão e ele foi atirado para trás. O grito que escapou de sua boca foi incrivelmente agudo, como o de uma criança que tivesse ralado os joelhos pela primeira vez.

Natasha apontou sua arma para a cabeça de Roeding, apertou o gatilho e...

Nada.

Roeding girou o corpo, apontando a pistola para ela. Havia nele o esboço de um sorriso; era a primeira vez que Dark via algo assim. Não era apenas questão de cumprir as ordens do chefe. Ele estava gostando daquilo.

Dark reagiu imediatamente — agachando-se, pegou o bisturi ensanguentado e arremessou-o. Ele foi parar na lateral da garganta de Roeding.

O soldado tossiu, dando um passo para o lado. Um fio de sangue escorria-lhe pelos lábios.

— *Merda.*

Natasha deu um pulo, saindo do caminho, enquanto Roeding atirava a esmo, cravando balas nos bancos de madeira de duzentos anos de idade, antes de cair de joelhos e soltar a arma. Uma marionete cujos fios tinham sido cortados.

Antes de sangrar até a morte, contudo, murmurou algo. Dark compreendeu com dificuldade.

— Entre no labirinto.

O que significaria aquilo?

Antes de poder responder, Hans Roeding estava morto.

No chão, Labirinto ainda sorria de satisfação. Tudo aquilo era incrivelmente divertido.

— Pronto, chega de Global Alliance — disse ele. — Vamos ver, temos um líder de equipe morto, um traidor morto... Sobraram o novato com problemas emocionais, uma linguista fetichista e o nerd bêbado.

Dark agachou-se de forma que seus olhos ficassem na altura dos de Labirinto:

— Você vai ficar trancafiado pelo resto da vida. Ou seja, até eles decidirem enfiar uma agulha no seu braço. No fim das contas, prefiro ser o novato com problemas emocionais.

Labirinto sorriu.

— Não se preocupe. Ainda posso levar vocês à terra prometida. Ainda podem completar a missão, mesmo sem o Sr. Blair. Vocês querem a próxima charada, equipe?

— Vai se foder — respondeu Natasha, checando os sinais vitais de Roeding (não havia nenhum), antes de arrancar a arma de sua mão morta.

— Vou interpretar isso como um sim.

O homem que se chamava de Labirinto sorriu, fechou os olhos contundidos e recitou em voz alta, num tom retumbante e debochado:

NUNCA FUI, SEMPRE VOU SER. NINGUÉM JAMAIS ME VIU, NEM VERÁ. E MESMO ASSIM SOU A SEGURANÇA DE TODOS, DE VIVER E RESPIRAR NESTE BAILE TERRESTRE. QUEM SOU EU?

Dark sabia a resposta. As charadas nunca foram problema. Bastava começar a pensar em termos de metáforas e códigos para as respostas surgirem com mais clareza. As chaves do enigma eram as palavras *fui* e *vou ser*. Tempos. Passado e futuro. O falante não era uma pessoa, mas um conceito abstrato.

Dark disse:

— A resposta é *o futuro*.

— Diga, Steve Dark. Me diga que sou o futuro. Diga! SOU O FUTURO!

Dark, entretanto, ignorou-o.

— Onde estão as outras pistas? — perguntou Natasha. — Com quem e quando?

— Ora, você me interrompeu antes de eu ter a chance de entregá-las. Vai encontrar *quem* no terceiro andar. Quanto ao *quando*... sabia que todas as cirurgias neste anfiteatro só eram feitas durante o dia?

Dark olhou para Natasha, que já estava em movimento, subindo às pressas os degraus de madeira até o terceiro nível. Seria, porém, correr para outra cilada? Dark foi tomado por uma sensação terrível de que Labirinto tinha orquestrado aquilo tudo, cada último movimento, naquela sala de operações.

Talvez Blair tivesse estado certo o tempo todo. A única forma de derrotar Labirinto era entrar com ele no dédalo.

— Não sabia disso — falou Dark. — Por que durante o dia?

— Porque não havia luz elétrica. Espera aí, Dark, pensei que você fosse mais esperto. Os cirurgiões tinham de contar com a melhor luz do dia, vindo lá de cima. A maioria dos procedimentos era realizada entre onze da manhã e duas da tarde.

Natasha gritou do terceiro andar:

— Tem um baú fechado aqui. Vou abrir.

— Não — disse Dark, agarrando Labirinto pela garganta e apertando. — Vou fazê-lo abrir para nós.

Sim — entre no labirinto com ele, depois lhe dê um chute na bunda e *o obrigue* a mostrar a saída.

— Garanto a você, Natasha Garcon — falou Labirinto, numa voz contida —, que não há nada perigoso dentro desse baú. Pode abrir sem medo.

Nunca confie nesses monstros de merda. Nunca. Dark implorou a ela:

— Porra, não faz isso...

O estrondo de um tiro ecoou pelo anfiteatro.

— Fechadura arrombada. Abrindo.

Labirinto sorria, balançando suavemente a cabeça para a frente e para trás. Mantinha o olhar — que parecia ficar mais negro a cada instante — fixo em Dark.

— E aí? — gritou O'Brian. — O que tem dentro?

A voz de Natasha soou hesitante, incerta:

— Fotografias — respondeu ela. — Parece que há centenas... talvez milhares de fotos de bebês. Recentes, antigas, coloridas, em preto e branco, de todo tipo.

A mente de Dark disparou. Um baú cheio de fotografias de bebês. O segundo artefato, além do marcador de tempo, sempre indicava a vítima. Estaria Labirinto tentando dizer que iria matar milhares de crianças? Ou já teria feito isso?

— E aí... que diabos quer dizer isso? — perguntou O'Brian.

Labirinto revirou os olhos.

— Tão impaciente que não quer nem mesmo fazer funcionar essa massa cinzenta e gorda que tem dentro do crânio, Sr. O'Brian? Na verdade, você vai gostar desse enigma, já que sua mãe, católica irlandesa, certamente pariu você e seus tantos irmãos um atrás do outro.

— Dark, você está mais perto. Dá para você fazer esse filho da puta engolir uns dentes?

Labirinto continuou:

— A ideia de família se corrompeu. Com adultério, divórcio, famílias mistas, a família tradicional não significa mais nada. O conceito de núcleo familiar vai ser reinventado! Vamos tratar todos como família! Uma família chefiada por Labirinto! Devemos amar e apoiar uns aos outros, sem se importar com heranças. Vamos passar uma borracha. Começar de novo.

Começar de novo...

Dark se deu conta do que Labirinto tinha feito.

— As fotos... aleatórias. Ele fodeu com o registro de nascimentos.

— Muito bom, *muito bom* — falou Labirinto. — Como fiz isso? O que me deu acesso?

— Fecha a boca antes que eu meta uma bala nela — ameaçou O'Brian.

Natasha observou:

— O ataque anterior foi só um aquecimento. Ele mexeu com o sistema hospitalar hoje. As pessoas estavam tendo paradas cardíacas nos hospitais do país todo.

— Sra. Garcon, estou muito orgulhoso. Sei que nosso querido e falecido amigo aqui, Sr. Blair, também teria orgulho de você. Sim, enquanto todos vasculhavam seus pequenos sistemas hospitalares, em busca de erros, uma equipe independente de prestadores de serviços na Indonésia estava ocupada explorando as brechas na segurança.

Labirinto sorriu para todos.

— Eles apagaram meu nome. Mas aprendi que *nomes não significam nada.*

Milhares de recém-nascidos no mundo inteiro estavam prestes a ter suas novas identidades apagadas num segundo. E Dark não tinha ideia de quando.

Pensou imediatamente na filha, Sibby. Não podia evitar. Era involuntário. Um bebê que viera ao mundo na masmorra de um monstro, sem ter ideia de que a mãe estava morrendo, ou, pior, que o sangue do monstro corria em *suas* veias também. Havia alguma coisa de especialmente horrível no tormento de inocentes — era como ter todas as cartas do baralho contra você desde o instante do nascimento.

Dark não podia deixar isso acontecer.

Arrancou o bisturi do pescoço de Roeding, foi até Labirinto, agachou-se a seu lado e sorriu.

— Já fui torturado antes — disse ele.

— Não assim — retrucou Dark, segurando-lhe o rosto com uma das mãos e virando-o para um lado. — Acho que vou começar com o tímpano.

— Não vai funcionar. Acho que você sabe disso, Steve Dark, e está tentando me assustar para que eu coopere. Você realmente pensa que vou sucumbir diante da ameaça de tortura? Eu sou o torturador! Inventei esse jogo!

— Dark, que merda você está fazendo?

O'Brian disse:

— Deixa o cara trabalhar.

— Ou talvez um olho — falou Dark, apertando a ponta do bisturi contra a bolsa sob o globo ocular direito de Labirinto. — Você pode me fazer parar na hora que quiser.

— Humm.

Labirinto passou a língua pela boca, como se estivesse tentando tirar uma semente presa entre dois molares.

— Vejo você daqui a pouco.

Logo Dark percebeu o que ele iria fazer. O superagente estava acionando uma cápsula suicida — encerrada em algum dente, sem dúvida. Uma tradição antiga no mundo da espionagem. Quando se era capturado e se desejava evitar entregar segredos vitais sob tortura, retirava-se um dente falso e engolia-se a cápsula de cianeto contida em seu interior.

Dark segurou o rosto de Labirinto pelo nariz e o queixo e tentou abrir-lhe as mandíbulas. Nada. A boca nem se mexia, os músculos eram como cabos de aço, inflexíveis. Dark cerrou o punho e meteu um soco forte, duro, em seu rosto, fazendo a cabeça do homem pular para trás. Nem assim. E o que quer que ele houvesse engolido já tinha descido pela garganta, porque um sorriso pálido apareceu na cara ensanguentada.

Capítulo 83

Labirinto

Bem.

Isso é um adeus.

Por enquanto.

Não imaginei que teria de apagar justo agora, mas Dark está me forçando a isso. Reconheço esse olhar desvairado, justiceiro, em seus olhos — a vontade de me fazer mal para conseguir o que precisa saber. Acha que está sendo um herói. Não caio nessa. Vi as fotos da autópsia de Sqweegel. Irmãos de sangue, de látex ou não.

Não há a menor dúvida de que eu aguentaria qualquer coisa que Dark pudesse fazer, mas não desejo passar por aquela velha e batida pantomima. *Oh, veja, aqui está o seu globo ocular, olhe o quão perfeitamente oblongo e tenro ele é. Agora arrancamos um tímpano ou cortamos a língua?*

Que tédio!

Tomo, então, meu remédio e me preparo para dormir.

Só dormir.

Não morrer.

Meu remédio — que custou 6 milhões de euros para ser desenvolvido — simula o estado vegetativo, cessando as funções mais nobres do cérebro, mas mantendo respiração, frequência cardíaca e pressão sanguínea. Meu corpo ficará no piloto automático. Nada poderá me atingir. Durante seis dias. Depois meu cérebro recuperará as funções normais.

Estarei de volta. Não há dúvida de que estarei encarcerado em alguma espécie de prisão secreta, do tipo que os Estados Unidos tanto gostam. A fuga, entretanto, não será difícil. Já escapei de coisas muito piores.

E a essa altura...

Tudo será diferente.

Haverá um mundo novo ao meu redor, que terá um novo líder.

Um membro do Parlamento Europeu jovem, elegante, ambicioso, tenaz e extremamente maleável, chamado Alain Pantin.

Venho treinando-o há anos para que suba ao palco do mundo nesse momento, e ele nunca me decepcionou. É o homem perfeito para a tarefa.

Por que formar um exército quando tudo de que se necessita é um homem carismático, que cative corações e mentes daqueles que estão ansiosos por serem liderados?

Tudo de que Alain Pantin precisa é do presente que ainda não foi entregue, e do qual o mundo inteiro poderá desfrutar.

Então.

Isso é um adeus.

Mas só por enquanto.

Capítulo 84

Dark

— Merda.

Dark sentiu o pulso de Labirinto. Fraco mas constante.

— Ele está...? — perguntou Natasha.

— Não — respondeu Dark. — Ele se pôs em coma.

Natasha falava no celular com o agente do FBI encarregado do caso, contando-lhe onde estava, do que precisavam, e que explicaria melhor quando se encontrassem. Ao desligar, os tristes remanescentes da Global Alliance se entreolharam.

Dark perguntou a O'Brian:

— Você tem como parar esse ataque cibernético?

— Me leva até o local onde o hospital mantém os servidores e, sim, acho que posso parar qualquer coisa. Quanto tempo ainda temos? Preciso de prazos, cara. É assim que trabalho.

— Ligo para você quando souber.

Ficou decidido que Natasha permaneceria com o aparentemente em coma Labirinto — durante cirurgias, o tempo todo. Dark, enquanto isso, daria atenção ao tempo. O propósito daquele anfiteatro era ser um palco para o monstro. Steve tinha a charada e o artefato — as fotos de bebês. Mas e o marcador de tempo? Não havia relógios naquela sala. Nem de pulso, nem solares ou calendários... nada.

Só quando Dark levantou a cabeça e olhou para a claraboia estilhaçada, no alto da abóbada, foi que lhe ocorreu que a sala em si era o marcador de tempo.

Os cirurgiões tinham de contar com a melhor luz do dia, vindo lá de cima. A maioria dos procedimentos era realizada entre onze da manhã e duas da tarde.

Dark correu até o terceiro andar, onde Natasha havia encontrado o baú cheio de fotos de bebês. Cerca de 60 centímetros para a direita — como imaginava — um raio de sol caía suavemente sobre o piso de madeira.

Quando a luz se movesse pelo chão e chegasse ao baú... esse seria o prazo final.

Dark fez rapidamente alguns cálculos mentais e ligou para O'Brian, que estava a caminho da sala do servidor do hospital.

— Você tem mais ou menos meia hora, talvez dez minutos mais ou dez minutos menos — disse Dark.

— Ainda bem! Acho que dá para fazer em meia hora. Estava com medo de que você fosse dizer algo como trinta segundos.

— Faça.

Natasha tocou o rosto de Dark.

— Vou com Labirinto. Se cuida.

— É você quem vai ficar de babá do monstro.

— Você ainda não me convidou para a sua casa nas férias.

Dark pestanejou.

— Não sabia que você...

— Gosto de ir direto para a melhor parte.

Ela o beijou antes de se afastar às pressas para seguir o cortejo que saía da sala de operações.

Dark sentou-se nos degraus de madeira, enquanto uma dupla de enfermeiros começava a cuidar de seu braço e mãos. Olhou para o corpo inerte de Blair. Uma equipe de emergência médica também tentava tratar dele, porém não havia mais nada a fazer. O homem tinha passado sua existência dizendo a si mesmo que estava fazendo o bem, e fora castigado por isso. Deixara o monstro escapar, passando o resto da vida tentando aprisioná-lo de novo.

Pela primeira vez desde que o conhecera, Dark deu-se conta de que, afinal, meio que admirava Damien Blair.

New York Times

Últimas notícias: milhares de hospitais no mundo inteiro alertam para uma possível manipulação nos registros de nascimento; última ameaça de Labirinto.

AP World

Últimas notícias: "Labirinto" preso; identidade desconhecida, mas uma ameaça permanece.

Reuters

Últimas notícias: manipulação nos registros de nascimento é interrompida; último complô de Labirinto "não vai dar em nada", dizem funcionários.

Capítulo 85

Dark

Do lado de fora do hospital, num frio congelante, Dark olhou em volta para as velhas casas do período colonial. Tudo parecia irreal, como um sonho. Não se lembrava da última vez em que havia dormido. Só conseguia pensar em embarcar em um avião — ao longo das últimas duas semanas, passou a odiar aviões mais que qualquer outra coisa no mundo — para chegar em casa, em Los Angeles, e ficar com a filha. O dia seguinte era Natal. Não dera uma de Papai Noel, mas não importava. Só queria abraçá-la, sentir o aroma doce de seus cabelos, afastar-se de charadas, mortes, respingos de sangue... tudo... Por um instante apenas. Fazer uma pequena pausa. Um descanso. Um período de calma para planejar o próximo passo, agora que seu provável empregador estava morto.

— Sr. Dark?

Ele virou-se e viu o motorista de Blair, segurando nas mãos uma pasta de documentos.

— Isto acabou de chegar, endereçado ao Sr. Blair. Achei que o senhor deveria ficar com ela, considerando que...

Dark pegou a pasta, que era mais pesada do que deveria.

Em algum lugar do mundo, num guarda-volumes, um cronômetro voltou à vida com um ligeiro bipe. Havia recebido um sinal de uma nuvem on-line, que, por sua vez, fora ativada por um comando remoto, enviado do relógio de Labirinto, que monitorava seus sinais vitais.

Ele havia entrado em estado de coma, o que acionou o modo de segurança.

No caso de não estar acordado para entregar o pacote final.

Ajoelhado na calçada fria, Dark hesitava diante da maleta enviada para Blair. Se Labirinto queria vingança, daria então o golpe final no homem que tinha tentado matá-lo, naturalmente. Com certeza, o conteúdo teria a função de chocar ou matar.

Não de imediato, no entanto. Labirinto nunca era direto assim. Dark lembrou-se do destemor de Natasha. Se tivessem esperado para analisar o baú, teria sido tarde demais. Que fosse tudo à merda então. Moveu o fecho com os dedos e abriu a pasta. Dentro havia uma carta escrita em letra de imprensa, no que parecia ser um papel timbrado de Damien Blair. O estilo da fonte e a coloração do papel sugeriam que ele era de duas décadas atrás. Blair o teria sem dúvida reconhecido, se estivesse vivo para abrir o pacote.

A charada:

INSPIRO TERROR E MEDO, E O MUNDO FÍSICO
NÃO PODE ME TOCAR. QUANDO ESTIVER ACABADO,
VOCÊS TALVEZ NEM SE LEMBREM DE MIM. O QUE SOU EU?

LABIRINTO

A charada final de Labirinto. Entregue a Damien Blair pessoalmente por seu inimigo de tantos anos. Seu próprio...

Subitamente, Dark soube a resposta.

... pesadelo.

Tinham ido além das metáforas agora; estavam no nível literal. A ideia era que aquilo fosse o presente final de Labirinto para o mundo, a última curva do dédalo. Todos veriam que o centro não continha nenhum pedaço de queijo, mas um *pesadelo* literal.

Dark levantou a folha de papel. Embaixo da charada havia um pesado relógio atômico, do tipo que se compra numa loja altamente especializada para dar de presente a um cara que já tem tudo. Esse tipo de instrumento garantia precisão de milésimo de segundos. O mostrador ostentava um prazo final digital, numa contagem regressiva de menos de 12 horas — meia-noite do Natal.

O quando.

Um pesadelo... em pouco menos de meio dia.

Quem, então?

Quem seria a vítima final?

Blair já estava morto.

Talvez a resposta estivesse numa pequena ampola de vidro, presa por um laço de couro costurado na lateral da pasta. Dark retirou-a cuidadosamente com seus dedos enfaixados e depois a ergueu para examinar. Havia um líquido vermelho-escuro, não mais que 30 gramas, que enchia metade da ampola.

Sangue.

Dark já vira o bastante para entender as coisas. Seria aquele o sangue da vítima final?

O relógio fazia tique-taque. Ele precisava de um laboratório — *imediatamente.*

Natasha estava de pé, do lado de fora do quarto de hospital de Labirinto, muito bem-guardado, quando seu tablet emitiu um ruído que a trouxe de volta à realidade.

À nova realidade. Durante a última meia hora estivera repassando mentalmente o filme de sua vida e se dando conta de que pusera cada fibra sua na equipe, e de que não sobrara muita coisa. Primeiro, ficou furiosa com Dark porque ele parecia ridicularizar a coisa que ela mais valorizava. Agora compreendia seu desapego. Porque, quando o que se tem mais em conta nos é tirado, fica um vazio que dói demais.

O ruído, porém, significava que um novo vídeo marcado "Labirinto" fora postado na internet.

Natasha checou a tela, clicou e viu que havia um vídeo novo. Aparentemente postado alguns segundos antes pelo...

... pelo homem em coma que estava naquele quarto vigiado atrás dela?

[Para entrar no Labirinto, vá até Level26.com
e digite o código: *confesso*]

Capítulo 86

Natasha assistiu ao vídeo em que o monstro transmitia sua mensagem.

De sobrancelhas baixas, olhos focados diretamente na câmera.

Como outros tantos grandes monstros da história, parecia comum. Como qualquer homem de negócios sentado num avião. Uma pessoa a quem se pede informações numa cidade estranha. O cara de rosto simpático que paga uma bebida a alguém num bar. E achamos tudo normal, porque somos ensinados desde que nascemos a confiar naqueles que parecem normais e a temer os que são diferentes ou estranhos.

— Meu nome é Julian Blair e estou aqui para ajudá-los a escapar do labirinto.

Naquele momento, tudo ficou claro para Natasha.

Blair.

B-L-A-I-R

Oculto no próprio pseudônimo:

L-A-B-i-R-I-n-t-o

Uma brincadeira de família.

A charada final.

Ela estremeceu diante da descoberta. Aquele tempo todo Damien caçou o monstro que *era seu próprio irmão*. Um cara ou coroa tinha decidido seu destino. Um irmão do lado da lei e da ordem, o outro perdido na escuridão. Por que Damien não lhes contara nada? Por que tinha tanto medo de admitir a verdade? Aquilo os teria ajudado muito na perseguição a Labirinto. A informação teria alterado tudo.

Depois Natasha percebeu — ainda pode alterar tudo.

Tirou o telefone da cintura e discou.

O Hospital Geral da Pensilvânia não possuía laboratório forense, é claro. Estavam, contudo, perfeitamente equipados para analisar amostras de sangue. Um teste de DNA poderia levar horas, se tivessem sorte. Labirinto, no entanto, nunca era tão direto com relação às pistas. Devia haver outra mensagem no sangue.

Primeira coisa — Dark pediu um exame toxicológico, recomendando aos técnicos que tomassem todas as precauções possíveis. Depois, instalou-se em frente a um microscópio com sua própria amostra. Talvez Labirinto tivesse acrescentado algo mais ao sangue. Ou, quem sabe, a verdadeira mensagem estaria gravada no tubo de vidro que continha o sangue, e a amostra em si fosse irrelevante. Algo para desviá-los da ameaça de fato.

Vejo você daqui a pouco...

Sentado à mesa do laboratório, Dark sentia os segundos passando em sua cabeça. Odiava aqueles jogos com relógios tiquetaqueando. Ele era do tipo que remoía. Conseguia obter o melhor de si quando podia sentar-se numa sala fria e silenciosa, com pouca luz, e deixar as peças de um caso flutuarem em sua cabeça, até se encaixarem no lugar certo.

Um técnico do laboratório tocou-lhe o ombro.

— Sr. Dark? Precisa ver isso.

Havia algo de errado com o sangue da ampola. Encontrava-se ligeiramente irradiado. O que significava que o "doador", vivo ou morto, fora exposto a material radioativo. Seria uma referência aos terríveis acidentes nucleares no Japão? Teria Labirinto alguma espécie de mensagem ecológica a transmitir?

Não. Não soava certo.

Pensa. *Pensa*, porra.

A solução era encontrar o doador. Sua identidade completaria a história. Encontrar, todavia, um DNA correspondente levava horas, às vezes até a metade de um dia. Não havia tempo suficiente para isso...

E então seu telefone vibrou...

Natasha.

— Tem um vídeo novo — disse ela —, e Labirinto revelou seu nome de batismo. É Julian Blair.

— Irmãos... — replicou Dark, em voz baixa, as peças encaixando-se silenciosamente.

Não pôde deixar de pensar na conversa estranha e breve que haviam tido em Edimburgo. Labirinto já dera pistas então. *Irmãos de sangue. Você e eu, Steve Dark.*

— Nenhuma prova disso, mas eles têm mais ou menos a mesma idade. Faz sentido. Tudo. Mas ainda não entendo por que Damien não nos contou.

Sei exatamente por quê, pensou Dark. Porque, se você tem um irmão que é um monstro, a última coisa que deseja é que o mundo saiba. A partir do momento em que eles descobrem que o mesmo sangue corre em suas veias, a vida nunca mais será a mesma.

Alain Pantin assistia ao vídeo de Labirinto numa sala da BBC World News. Eles o tinham mandado chamar para discutir os últimos desdobramentos na América, e Pantin sabia no íntimo que seria uma questão de tempo até o ligarem a Trey Halbthin.

Trey Halbthin, o assassino louco, conhecido como Labirinto.

Parte dele lamentava que fosse assim o fim da carreira política, foco único de cada hora de sua vida durante os últimos três anos.

Criado e, no fim, destruído por um monstro.

"*...o pior pesadelo do mundo transformado em realidade...*"

Pantin sabia que deveria estar amedrontado, mas para sua grande surpresa descobriu que não. Nem um pouco.

Pois mesmo que Trey Halbthin pudesse ter sido um monstro...

"*... você ainda tem o poder de se rebelar. Ainda pode assumir o controle..* '

... Ele estava absolutamente *certo* sobre sua mensagem. Na qual Pantin ainda acreditava muito, apesar da forma como tinha sido transmitida.

Uma voz surgiu, vinda da porta atrás dele.

— Sr. Pantin, está pronto? Precisa de alguma coisa antes de começarmos?

Pantin olhou pelo espelho para a funcionária de belos olhos do estúdio, sorriu para ela com doçura e disse:

— Está tudo bem.

Capítulo 87

Dark ligou para Riggins de um sedã do FBI, rumando para o sul pela I-95 a uma velocidade definitivamente perigosa.

— Riggins, preciso de um avião.

— Dark? É você?

Dark ficou surpreso ao notar que a voz do ex-chefe não estava pastosa. O dia anterior à véspera de Natal era tradicionalmente uma ocasião para se encher a cara. A maioria dos funcionários federais era liberada ao meio-dia; repartições de governo que prestavam serviços considerados não essenciais sequer abriam. Essa época do ano era a preferida de Riggins. Evitava a família e tentava passar o feriado bebendo o máximo possível de vodca. Em geral num quarto de hotel, a fim de que ninguém tentasse telefonar para lhe desejar Feliz Natal ou alguma merda dessas.

— Preciso de um avião agora.

— Avião para onde?

— Te digo quando souber. Dá para conseguir um, abastecido e pronto para levantar voo?

Com a morte de Damien Blair, foram-se os generosos recursos da Global Alliance. Não havia nenhuma cadeia de comando ou excedentes dentro da equipe. Isso significava ausência de dinheiro. Nada de aviões, funcionários, motocicletas de luxo entregues na porta em noventa minutos ou até menos. *Nada*. Sem Damien, o restante da equipe — Dark,

Natasha e O'Brian — estava sozinho. Por isso, Dark telefonara para a única fonte de ajuda que havia sobrado.

— Porra, Dark. Está falando sério? Isso é só um palpite ou você tem alguma coisa concreta?

— Labirinto está sob custódia, mas deixou um ataque pronto— respondeu Dark. — Tenho a maior parte das peças, mas preciso de alguém tempo para juntar tudo. Enquanto isso, preciso de um avião abastecido e pronto para me levar a qualquer lugar do mundo.

— Você não é muito de pedir favores. Mas, também, quando pede...

— Onde você está?

— Em casa. Que tipo de ameaça dessa vez, Dark? O que vai acontecer?

— Do pior tipo possível. Em que milhares e milhares de pessoas morrem.

Dark não podia ver Riggins, naturalmente, mas podia imaginá-lo empertigando-se no banco de bar no qual provavelmente estava sentado naquele instante. Tom Riggins era um fracasso em todos os setores de sua vida exceto um: o trabalho. O que era uma boa coisa, porque tinha sacrificado todo o resto por aquilo.

— Acho que posso conseguir um avião pronto — disse ele. — Mas preciso que você faça uma coisa por mim.

— O quê?

— Quero que você volte para minha equipe.

— Porra, Riggins, você está falando sério? Temos que resolver isso agora?

— Me dá essa última satisfação antes de eu morrer. Que a gente possa trabalhar junto de novo. Como era antes. Quando éramos uma equipe, ninguém nos detinha. Lembra dessa época?

Sim, Dark lembrava. Bem demais.

— Você está muito bêbado — falou ele.

— Vou estar sóbrio quando você souber nosso destino.

Os minutos passavam. Que escolha tinha Dark?

— Ok. Tudo bem.

E com essas palavras Steve Dark voltou para a Divisão de Casos Especiais. Mesmo ela estando prestes a ser desmontada, e seu chefe, exaurido demais para manter o próprio emprego, muito menos o de outra pessoa

Quando Dark chegou ao Aeroporto Internacional da Filadélfia, Riggins já tinha cumprido a palavra. Ele reunira cada centavo e pedira emprestados outros tantos para conseguir um jato particular, abastecido com combustível suficiente para levá-los por meio mundo.

O problema era — onde? Poderia ser qualquer lugar que Labirinto tivesse visitado nos últimos meses. Depois, Dark pensou em seu rancor contra o irmão.

Posso mover o que quiser em qualquer lugar do mundo, gabara-se Blair certa vez. *Sem que ninguém faça perguntas.*

Damien e Julian Blair foram treinados nas mesmas especialidades. Sabiam como financiar, adquirir e enviar objetos para praticamente qualquer lugar do mundo.

Como uma bomba atômica para o quartel-general da Global Alliance.

Capítulo 88

Dark

— Contra o que estamos lutando realmente?

Eles estavam a caminho do quartel-general da Global Alliance, num utilitário do governo — também conseguido por Riggins ainda nos Estados Unidos. O general francês St. Pierre, que coordenara com eles o caso Sqweegel, cinco anos antes, sentia gratidão suficiente por Riggins e a Divisão de Casos Especiais para lhes emprestar não só o veículo e algumas armas como também um pequeno destacamento do Commandement des Opérations Spéciales, para ajudar na segurança do quartel-general da Global Alliance.

Graças a seu gênio peculiar, Riggins conseguira permissão para fazer uma investida em Paris usando forças especiais francesas sem precisar passar pelos canais habituais — a última coisa que desejava era desencadear uma onda de pânico internacional.

No telefone, interrompendo a festa de Natal do general, Riggins tinha resumido a situação com simplicidade: checar um trabalho incompleto de Labirinto.

— Labirinto foi capturado, certo? — perguntara o general St. Pierre. — Tenho ouvido notícias no rádio.

— Sim, mas ele tinha um conspirador trabalhando dentro da Global Alliance.

— É por isso que a Global Alliance não quer mandar a própria equipe para fazer a segurança do seu quartel-general. Entendo.

— É — dissera Riggins, incapaz de conter-se. — Eles chamaram a Divisão de Casos Especiais para dar uma ajuda.

Convenientemente omitindo a parte sobre a possível arma nuclear oculta nas catacumbas sob Paris.

Agora, entretanto, as formalidades haviam terminado, e Riggins queria saber sobre os riscos que estavam correndo. De verdade.

— Não vai ser nada fácil — disse Dark, contando-lhe sobre o quartel-general da Global Alliance.

Poucas entradas e saídas. Guardadas o tempo todo por soldados de forças especiais, *escolhidos por Hans Roeding.*

Quando estava morrendo, Roeding dissera as palavras:

"Entre no labirinto."

Estava dando-lhes um código secreto.

Estariam preparados para se defender contra quaisquer invasores.

A última vez que Dark havia estado ali, no quartel-general da Global Alliance, fora escoltado por esses seguranças particulares, muitos deles mercenários e agentes profissionais não cadastrados. Eram treinados para um combate implacável — e sujo. Não faziam ideia do que estavam protegendo, e Dark suspeitava de que para eles não fazia a menor diferença. Seu contracheque era *generoso.* Não havia como negociar com aquela gente — não depois que uma ordem fosse dada.

A única forma de passar por eles era realizando um ataque relâmpago.

Riggins distribuiu os agentes especiais franceses em equipes de ataque e depois entregou a Dark um detector de radiação.

— Toma. Em caso de todos nós passarmos vivos por esses seguranças.

— Como você explicou isso tudo ao general St. Pierre?

— Disse a ele que suspeitávamos de que um agente de Labirinto pudesse ter envenenado a água aqui embaixo.

Antes de se separarem, Dark pôs a mão no ombro do mentor.

— Riggins — disse —, escuta, caso...

— Ei, guarda isso para depois que a gente matar os bandidos e salvar Paris, ok?

— Ok — replicou Dark.

Porém, as palavras que estavam prestes a escapar de sua boca não eram exatamente um pedido de desculpas. Não tinha certeza se alguma vez perdoaria Riggins por esconder a verdade. Não que isso importasse agora — todos podiam estar mortos em questão de minutos.

Enquanto Riggins conduzia uma equipe pela garagem, o pessoal comandado por Dark atacava o outro ponto fraco — a entrada secundária, numa junção de galerias de esgoto. Obviamente que o termo *conduzir* era um exagero; Dark seguia atrás da meia dúzia de soldados, enquanto desciam pela tubulação fétida e viscosa, numa velocidade que era difícil de acompanhar. Usava colete à prova de balas, mas insistia em levar uma Glock 19, arma com que tinha mais familiaridade. Não fazia sentido carregar uma arma automática, a menos que se tivesse praticado várias semanas com ela.

Um dos líderes das forças de operações especiais francesas sussurrou algo e fez um gesto com dois dedos, mas Dark não teve tempo de entender porque, numa fração de segundo, toda a tubulação foi tomada por um tiroteio.

Os mercenários da Global Alliance não esperaram até que os invasores dessem o primeiro tiro. Dispararam uma chuva de balas à primeira indicação de problemas no interior das galerias. E não havia dúvida de que já tinham se comunicado por rádio com as outras equipes que guardavam as entradas.

Dark agachou-se, esperando a chance de atirar — inútil fazer disparos em meio a escuridão, fumaça e confusão. Um soldado das forças de operações especiais tombou à sua direita, com a testa aberta por uma bala. Merda! Deu um passo à frente e viu um vulto na extremidade da galeria. Firmou o dedo no gatilho e seguiu-o como podia.

Aquele confronto brutal pareceu interminável a Dark, e ocorreu-lhe que talvez fosse assim quando se estava para morrer — os últimos segundos de vida, alongando-se numa espécie de eternidade.

Ouviu-se então uma explosão terrível, de estourar os tímpanos, e depois fogo em seu rosto. Percebeu que era isso — a *morte*.

Capítulo 89

Dark

A Glock ainda estava em sua mão.

Foi a primeira coisa de que Dark se deu conta quando recuperou os sentidos.

A Glock ainda estava em sua mão.

E havia movimento ao redor.

Alguém apertava a lateral de sua garganta com os dedos. Algo comprimia-lhe as têmporas.

O cano de uma arma.

Abrir os olhos significaria morte instantânea, mas ela estava para vir num segundo, de qualquer forma. Porque, em um segundo, o mercenário agachado a seu lado sentiria a batida do sangue na artéria carótida e puxaria o gatilho, estourando-lhe crânio e miolos, e seria o fim.

Então, Dark manteve os olhos fechados e apertou o gatilho. A bala atravessou o esgoto e entrou no mercenário.

Um tiro soou ALTO bem ao lado de sua cabeça — era o mercenário fazendo o último disparo e errando por uma margem mínima.

Quando Dark abriu finalmente os olhos e se arrastou para trás, até atingir a interseção da tubulação, só viu devastação ao seu redor, percebendo o que tinha acontecido. Alguém — mercenário ou soldado das forças especiais — disparara uma granada. Era a única coisa que poderia explicar os corpos horrivelmente retorcidos ao redor e o fato de ele não ouvir nenhum som além das batidas do próprio coração. Dark perguntou-se se Labirinto acharia aquilo divertido. Ameace furar os tímpanos de um homem e o carma volta para você.

Ele se levantou vagarosamente do fundo da galeria e seguiu adiante. O mostrador de seu relógio tinha se estilhaçado, mas, se a hora estivesse certa, eles só tinham três minutos.

Não havia sinal de ninguém mais dentro do quartel-general da Global Alliance. Os mercenários deviam ter cortado a luz imediatamente e posto o complexo todo em modo de bloqueio. Assim, ali estava Dark, surdo e quase cego, procurando um contêiner do tamanho de uma bomba atômica em algum lugar. Arma que poderia ter sido posta lá sabia Deus quando — semanas? Meses? Anos atrás? Julian Blair talvez estivesse espionando o irmão desde o começo — desde o momento em que Damien resolvera utilizar aquele espaço.

Dois minutos e meio agora.

Dark tirou o detector de radiação do cinto e ligou-o. Nada aconteceu. Tentou outra vez — nada. Porra nenhuma.

NADA.

O detector de radiação, que devia ter sido danificado durante a explosão, estava quebrado.

Se Labirinto pudesse ver Steve Dark naquele momento, gritaria de deleite com certeza. O único homem capaz de detê-lo estava então literalmente perdido no dédalo que ele próprio criara, cego, surdo e sem o sentido artificial que poderia salvá-lo, que poderia salvar todo mundo...

Dois minutos agora.

Porra.

Dark passaria mesmo seus últimos segundos na Terra procurando algo.

Riggins estava no chão da sala de Damien Blair, sentado como uma criança de jardim da infância, de pernas abertas. Dark viu o outro detector de radiação no piso, à direita, além de uma caixa metálica entre as pernas dele. Riggins conseguira. Havia descoberto a maldita coisa. Escondida esse tempo todo num compartimento secreto sob a mesa de Blair.

Irmãos até o final.

Riggins devia ter ouvido o movimento e deu um giro rápido com a arma na mão. Uma expressão de pesar tomou conta de seu rosto quando notou que era Dark, que pôde então ver o conteúdo da caixa — o mais importante sendo o cronômetro digital, que lhes dizia restarem apenas 47 segundos.

— *Consegue me ouvir?* — perguntou Riggins, apontando para os próprios ouvidos.

As palavras soaram abafadas, mas Dark balançou a cabeça.

— Sim, consigo.

— *Morreu todo mundo* — replicou Riggins. — *Morreram para que eu pudesse entrar aqui. Mas de que adianta? Não faço a menor ideia de como parar essa merda.*

Dark ajoelhou-se ao lado do mentor e viu então como estava ferido. Tinha no mínimo uma bala no corpo, porque o sangue estava empoçando ao redor de suas pernas. As manchas no piso revelavam que Riggins tinha, literalmente, rastejado até ali, com a porra do detector de radiação na mão, esperando, desiludido, encontrar a bomba.

E ele a encontrara.

E não havia absolutamente nada que pudesse fazer para detê-la.

Trinta e cinco segundos restantes.

— *Por um acaso você fez algum curso sobre essas coisas?*

Humor negro de Riggins. Dark olhou para o interior da caixa e viu, sob o emaranhado de fios, um labirinto de madeira. Do tipo que se usava numa experiência de laboratório para testar camundongos e sua memória. Nada demais — provavelmente algo que um estudante de graduação construíra ao longo de um fim de semana, colando as barreiras e pintando a madeira com uma cor neutra. O cronômetro estava no meio, no centro do labirinto.

— *É, não pensei nisso. Estava tentando reunir coragem.*

Dezenove segundos restantes.

Dark pressionou levemente o ombro de Riggins, que levantou a arma do colo. Em sua mente, ele a viu fazendo o caminho para a têmpora do mentor. Oh, Deus, não! Não faça isso. Não agora, não assim — qual era o motivo?

Treze segundos restantes.

Riggins, no entanto, apontou a arma para o cronômetro digital e apertou o gatilho.

Capítulo 90

Dark

Indo do aeroporto para casa, Dark parou em The Grove a fim de comprar um vestido para o Natal.

Já se haviam passado sete dias desde a verdadeira data da comemoração, mas sabia que não podia aparecer de mãos vazias.

A loja de bonecas em The Grove tinha três andares de pura inocência — bercinhos, babadores, acessórios e, naturalmente, roupas. No Natal anterior, Dark comprara uma boneca ao acaso para a filha. A pequena Sibby adorou-a. Abraçava-a, recusando-se a separar-se dela durante todo o feriado. Desde que trouxera a filha para morar com ele, tinha voltado à mesma loja para comprar mais bonecas e acessórios. Dizia para si que aquela era uma forma de dizer a Sibby que teriam uma vida normal. Comprando coisas. Construindo uma casa para crianças perdidas. Só um louco compraria tantas coisas se não pretendesse mantê-las... certo?

Mesmo após ter ido ali várias vezes, sentia-se estranho quando passava pela porta. Especialmente naquele momento, com uma Glock carregada pesando no bolso do casaco. A ideia da loja era ser um retorno a uma época mais inocente — um porto seguro, onde meninas pudessem ser meninas. Havia até chás e desfiles de moda, organizados lá.

Dark sentia-se contente pelo tempo da inocência ainda poder existir. Felizmente, a ideia de Riggins — de certa forma malconcebida — de apontar sua .45 para o cronômetro e o sistema de ignição da bomba tinha funcionado. Ele estremecia ao pensar em como haviam estado próximos do fim. Em como Labirinto chegara perto de destruir parte deste mundo, deixando Sibby sem pai.

Embora o monstro não fosse mais uma ameaça, rebeliões e explosões de violência continuavam a ocorrer em várias partes do planeta. Crimes imitando os seus eram cometidos quase que diariamente na América, Europa, Ásia e África, visando os mesmos "pilares" que ele desejara derrubar: medicina, justiça, educação, política, arte e assim por diante. O mais preocupante era o fato de que cidadãos comuns estavam verbalizando, cada vez mais, acusações aos governos por serem incapazes de pôr fim aos ataques. O que, por sua vez, encorajava os seguidores de Labirinto a cometerem mais atos de protesto e violência.

Ele dera início a um incêndio e deixara o resto do mundo recolhendo as cinzas. Nem os Estados Unidos estavam imunes. As investigações no Congresso multiplicavam-se, descobriam-se coisas, e parecia que ninguém levava puxões de orelha por causa disso. Havia gente demais observando, prestando atenção. E não era mais só uma questão de perder a reeleição. As pessoas estavam morrendo.

Quem falava mais alto, todavia, era o "Outro" de Labirinto.

Alain Pantin — o homem que fora secretamente instruído pelo monstro, sob o disfarce de "Trey Halbthin". Houve certo choque entre os círculos políticos europeus após esse vínculo chegar às manchetes. Pantin, no entanto, veio a público e explicou que, ao mesmo tempo em que se arrependia da ligação com um criminoso tão vil, suas ideias e mensagens eram as mesmas. Governos e líderes de corporações precisavam ser responsabilizados por seus atos. A revolução podia ter sido deflagrada por uma mente doentia, mas isso não afastava a necessidade de uma revolução.

Pantin era na verdade intocável, porque não fizera nada de errado. Dark e Natasha tinham revirado sua vida ao máximo, sem conseguir encontrar nenhuma prova que vinculasse o parlamentar europeu a qualquer um dos ataques. Alguns comentaristas chegaram a afirmar que Pantin não passava de mais uma vítima de Labirinto — mas que continuava a falar a verdade, mesmo a um custo pessoal muito alto.

Não havia custo pessoal algum, achava Dark. Os níveis de aprovação de Pantin aumentavam diariamente, e sua voz era ouvida em mais lugares do mundo a cada dia.

Era isso que mais assustava Dark. A mensagem e a causa de Labirinto ainda estavam vivas, espalhando-se.

Como combater isso?, perguntava-se.

Ao sair da loja, sua mente voltou-se para Natasha. Não lhe fora possível vir para o feriado, mas estaria em Los Angeles daí a alguns dias. Queria conversar sobre o futuro da Global Alliance. Mesmo faltando dois membros, era ainda uma força do bem no mundo.

Dark disse-lhe que precisava pensar sobre o assunto. Depois perguntou se aquele era o único item em pauta.

Ela respondeu:

— Vamos dizer que eu e você também temos *muito* para pôr em dia.

Aquela noite, véspera de Ano-novo, Sibby organizou um chá surpresa. Serviu uma xícara de brinquedo para Riggins, que estava no sofá da sala com um braço na tipoia.

— Creme ou açúcar, Sr. Riggins? — perguntou ela.

— Dá para pôr um pouco de bourbon?

O rosto de Sibby contraiu-se, confuso.

— Bour o quê?

— Deixa essa parte com o papai — disse Dark, levantando-se da cadeira.

A audição retornara aos poucos, apesar de ainda não estar cem por cento. E nunca estaria, provavelmente. Dark pegou a garrafa de Knob Creek da prateleira, fez uma pausa e depois apanhou outro copo. Não custava nada beber com ele.

Riggins fora para lá direto do hospital, sem avisar, nem telefonar. Bateu simplesmente na porta e escarrapachou-se no sofá. Dark não se opôs. Sabia que tinham coisas a conversar.

Não foi, entretanto, direto ao assunto — não tão rápido. Não até Sibby haver terminado de servir seu chá e dar beijos de boa-noite em Dark e Riggins. Dark tornou a encher os copos. Os dois ficaram tomando bourbon até alguns minutos antes da meia-noite.

— Vou me aposentar — disse Riggins, por fim.

Dark sabia que era inútil fingir surpresa ou confusão. Pouquíssimas pessoas duravam muito tempo na Divisão de Casos Especiais; a permanência de Riggins durante um quarto de século era um verdadeiro milagre. Ele suspeitava de que o mentor teria se aposentado no mínimo dez anos antes, se não fosse por Sqweegel — e o efeito nefasto que o caso tivera sobre Dark.

Ele balançou a cabeça.

— Eles estão precisando seriamente de sangue novo — continuou Riggins. — Se você ainda não reparou, o mundo meio que está indo por água abaixo. Tenho a impressão de que a Divisão de Casos Especiais vai estar mais ocupada que nunca, e vão precisar de alguém bom no comando.

— Vão encontrar alguém, tenho certeza.

— Disse a eles que pensassem em pôr você.

— Eu? Você está brincando, não? Não tenho nada de sangue novo.

— Olha — falou Riggins. — Não vou ficar sentado aqui inflando o seu ego. Mesmo que me tenha feito engolir uma quantidade indecente de bourbon. Nós dois sabemos que você é o melhor caçador de criminosos do momento. Devia estar treinando agentes, passando conhecimento. E, se existe alguém que pode fazer com que Constance volte, esse alguém é você.

— Você consegue sinceramente me ver sentado à sua mesa?

— Com certeza!

— Sério? O irmão de um assassino de grau 26 dirigindo o departamento treinado para pegá-los?

— Vai se foder — retrucou Riggins. — Isso não tem nada a ver, e você sabe. Você nasceu para isso.

— Sei. A questão é se a Divisão de Casos Especiais consegue realizar a tarefa. Ou está muito presa a burocracia e formalidades?

— Todos precisam de limites, Dark — respondeu Riggins. — Falando nisso, e Labirinto? Você acha que ele ainda vai sair do coma?

Dark virou-se para o mentor, o homem que o havia feito o que era. Sabia que jamais retornaria à Divisão de Casos Especiais. A Global Alliance fornecia-lhe tudo de que precisava para pegar criminosos. Já tinha falado com alguns dos benfeitores de Damien Blair, e eles pareciam interessados em continuar a luta. Dark poderia fazer o que precisava, e não o que tinha *permissão* para fazer. E nisso residia toda a diferença. Se voltasse para a Divisão de Casos Especiais, Labirinto estaria numa cela em algum lugar, esperando algum descuido para escapar. Dark queria certificar-se de que ele não fosse mais uma ameaça para ninguém.

Assim, olhou para a coisa mais parecida com um pai que possuía e — como os filhos às vezes são forçados a fazer — mentiu.

— Não sei.

Muito mais tarde naquela noite, após Riggins ter tomado um táxi para seu hotel e tudo estar calmo e silencioso na casa, Dark recebeu a ligação. Escutou e resmungou um agradecimento rápido.

Pôs-se de pé.

Finalmente — era hora de *terminar aquilo*.

[Para entrar no Labirinto, vá até Level26.com
e digite o código: *revolta*]

Agradecimentos

Anthony E. Zuiker gostaria de agradecer: primeiro e antes de mais nada, os meus filhos Dawson, Evan e Noah. Vocês significam mais para mim do que imaginam. Ao elenco e à equipe deste livro, obrigado por toda a empolgação e por nos ajudar a terminar essa série com força. A Matthew Weinberg, Orlin Dobreff, Jennifer Cooper e David Boorstein, obrigado por me ajudarem a ver esta trilogia ir do início ao fim. Mais uma vez, muitos agradecimentos a Duane Swierczynski, por retornar para nosso terceiro livro. Obrigado ao apoio contínuo da Equipe Zuiker: Margaret Riley, Kevin Yorn, Dan Strone, Alex Kohner, Nick Gladden, Shari Smiley e Jonalyn Morris.

Obrigado a Brian Tart por correr o risco numa série como essa; ao nosso destemido editor, Ben Sevier, por seu apoio contínuo; e a todos na Dutton que ajudaram a tornar possível esse romance digital, inclusive: Jessica Horvath, Melissa Miller, Stephanie Kelly, Erika Imranyi, Christine Ball, Lisa Johnson, Rachel Ekstrom, Carrie Swetonic, Kirby Rogerson, Susan Schwartz, Leigh Butler, Aline Akelis, Sabila Khan, Hal Fessenden e Adina Weintraub.

E, igualmente importante, um agradecimento muito especial a Joshua Caldwell. Sentimos orgulho de passar a tocha para ele. Sei que nos fará brilhar.

Duane Swierczynski gostaria de agradecer: a minha esposa, Meredith; a meu filho, Parker; e a minha filha, Sarah. A meu parceiro de crime, Anthony E. Zuiker, por um passeio intenso e sempre louco pela Terra de Dark. A toda a equipe de Dare to Pass — em especial Josh, Matt, Orlin e David —, pelo apoio, pela orientação e capacidade intelectual coletiva. Às simpáticas pessoas da Dutton — especialmente Ben Sevier e Stephanie Kelly —, por juntarem tudo. E, finalmente, a David Hale Smith (e a toda a equipe de Inkwell), por tudo mais.

Elenco

Daniel Buran no papel de Steve Dark

Hal Ozsan no papel de Labirinto

Dave Baez no papel de Detetive Perez

Tom Ohmer no papel de Detetive Largent

Marlon Gazali no papel de Homem sem-teto

Andres Perez-Molina no papel de Cruz

Voltaire Sterling no papel de Dre

Garret Davis no papel de Sargento Smith

Tiffany Brouwer no papel de Faye Elizabeth

Daniel Probert no papel de David Loeb

Alan Brooks no papel de Charles Murtha

Jesus Ruiz no papel de Lisandro

Thomas Mikusz no papel de Alain Pantin

Bella Dayne no papel de Maria

Christopher Frontiero no papel de Johnny Knack

Jared Ward no papel de Shane Corbett

Nathalie Fay no papel de Andrea

Haley Strode no papel de Lisa

Jennifer Holland no papel de Simone

Este livro foi composto na tipologia Minion Pro,
em corpo 11,5/15,6, e impresso em papel off-white
no Sistema Cameron da Divisão Gráfica
da Distribuidora Record.